JN428172

5
Author 미치조
Illustrator 메론22
정조역전세계의 동정 변경영주기사
Virgin Knight
who is the Frontier Lord in the Gender Switched World

……고양이가
되고 싶어.
견습 기사
마르티나

파우스트의 애묘
마리안느
야~옹.

너 같은 걸 낳은 게
잘못이었구나!
안할트 왕국 여왕
리젠로테

나무토막 사이에서
태어나는 게 더 나아!
안할트 왕국 제1왕녀
아나스타시아

폴리도로령 봉건영주기사
파우스트

어린 시절, 신기한 추억이 있다.
식사할 때
어머니가 식사하는 내 얼굴을
가만히 바라보던 순간이 있었다.
나도 비슷한 경험을 겪었다.

5
Author 미치조
Illustrator 메론22
정조
역전세계
의
동정
변경영주
기사
Virgin Knight
who is the Frontier Lord
in the Gender Switched World

일러스트 — 메론22

프롤로그

어린 시절을 돌아본다.

아니, 지금도 어리지만.

아무래도 아직 9살이니까.

두 자릿수도 되지 않은 나이지만, 분별력은 있다.

그렇기에 기억을 돌아본다.

어머니를.

죄인으로서 목이 잘리고, 수급은 내걸려 민중의 웃음거리가 되고, 돌을 맞고, 그대로 썩을 때까지 방치된 어머니를.

아아, 자상했다.

더없이 자상했던 어머니를 돌아본다.

겁이 많고 다정했던 어머니를.

"왕도에는 도서관이 있는데, 책이 아주 많다더구나."

늘 그렇게 말했다.

나에게 그 책을 읽어주고 싶다고 말하곤 했다.

'배움이 얕은 나는 읽지 못하는 글자로 적힌 책이 많이 있다더구나'라고.

'하지만 마르티나라면 읽을 수 있을 거야'라고.

"그러니 언젠가 데려가 주마."

불가능한 말을 했다.

우리는 보셀 령에서 빠져나갈 수 없는데도.

어머니는 영주 대행이라고 해도 군역을 수행할 때 동원되는 용병 같은 존재이며.

나는 어머니가 배신하지 않도록 잡아두기 위한 인질이나 마찬가지였다.

언젠가, 언젠가.

영지를 손에 넣거나, 혹은 자유를 얻어 밖으로 뛰쳐나가는.

아마도 그런 꿈만을 꾸었다.

불쌍한 어머니를 돌아본다.

나는 그 어머니의 '수급'을 보지 않았다.

처형되어, 구경거리가 된 어머니의 목을.

한 번 보러 가려고 했으나 파우스트 님이 몹시 싫어했다.

사실은 나도 그 '수급' 옆에 나란히 놓여있었을 것이라고.

그렇게 말하자 파우스트 님은 정말로 울어버릴 듯한 얼굴이 되었다.

보셀가에 맺힌 증오와 원한을 휘두르며 아무런 죄도 없는 타영지민을 학살하기까지 하고.

약탈하고, 재화를 빼앗아 적국으로 도망치려 하고, 마지막 순간까지 업화의 불티를 뿌려대며.

어머니 카롤리느 본인도, 그녀를 따르던 영지민도, 그리고 본가인 보셀 가를 포함한 모든 것을 증오의 불꽃으로 태워버렸다.

그런 어머니의 목이다.

어떤 대우를 받아도 어쩔 수 없다는 걸 알고 있다.

그렇기에 그걸 한 번 눈에 담아두고 싶었는데, 정말로 울 것 같은 얼굴이 된 파우스트 님이 필사적으로 막았다.

"어린아이가 볼만한 것이 아니다."

나를 껴안고.

마치 내 어머니를 처형한 것조차 자신의 죄라는 듯한 기세로 나를 껴안고.

그렇게 붙잡았다.

어린아이가 볼만한 것이 아니라고?

모두가 내 어머니의 수급을 보았다.

그야말로 어린아이가 수급에 돌을 던져서 맞히는 놀이를 즐기고 있을 것이다.

"'그녀의 아이'인 네가 볼만한 것이 아니야."

설명이 부족하다고 생각한 걸까.

파우스트 님이 필사적으로 말을 이었다.

한 번 보고 오자.

어머니의 죄와 그 결말을.

그리 생각했으나, 역시 나를 구명해준 파우스트 님의 뜻을 거스르면서까지 할 일이 아님을 안다.

포기하자.

알겠다고 대답하자 진심으로 안도한 표정을 보여주는 파우스트 님을 보고 생각했다.

무엇을 신경 쓰시는 걸까.

나는 어머니의 죽음이 당연한 일이라는 걸 안다.

악귀처럼 약탈하고, 법을 어기고, 타락한 블루 블러드로서 극

악무도한 짓을 저질렀다.

죽을만했다.

이유가 무엇이었는지 안다.

제 처우가 마음에 들지 않았던 것이겠지.

뚜껑을 열어 보면 모든 것이 그저 오해였다.

전부 다 견디고 침묵하고 버티다 보면 얻을 수 있었던 과실을 맛보지도 못하고, 멍청이가 멍청한 촌극을 벌이고 끝난 것이 보셀 가의 가주 상속 갈등의 결말이었다.

그렇게 대답했다.

"……마르티나."

비난하듯이 내 이름을 불렀다.

안다.

파우스트 님은 내 처우에 연민을 느끼는 것이다.

어머니가 죄인으로서 처형당하고, 그런 어머니의 자식으로 대우받는 나에게.

싫지는 않다.

나를 살려달라고 탄원한 파우스트 폰 폴리도로 경을 싫어하는 것은 절대 아니다.

이렇게 안아주는 것도 결코 싫지 않았다.

다만 거구인 파우스트 님이 몸을 웅크리고, 정말로 슬퍼하는 표정을 짓는 것을 용서할 수 없었다.

연민하지 말라.

그게 아니다.

무언가를 말하려고 했지만, 아무 말도 하지 못했다.
무언가를 말하면 그 시점에서 배은망덕한 자가 된다.
"지금은 참아라. 어떻게든 하마."
등을 쓰다듬는 손.
아무것도 참을 것이 없었다.
마치 울 것처럼 보이기라도 한 걸까?
그저 어머니의 얼굴을 보고 싶은 어린아이처럼?
설마.
내가 그런 표정을 지을 리가 없다.
예전부터 어른스러운 아이라는 말을 자주 들었다.
어머니가 보아도, 사제가 보아도 참으로 귀염성이 없는 아이였다는 자신감조차 있을 정도다.
그러니 나를 그렇게 떼쓰는 어린아이처럼 대하지 말았으면 좋겠는데.
파우스트 님은 나를 껴안은 채 한 번 더 입에 담았다.
"내가 어떻게든 해주마."
그 말의 의미를 잘 이해할 수 없었다.
파우스트 님이 무엇을 각오했는지.
그때의 나는 아무것도 알지 못했다.

제87화 고양이와 파우스트

폴리도로령이라고 불리는 토지가 있다.

신성 구스텐 제국의 가맹국이자 선제후인 안할트 왕국의 오른쪽.

마침 같은 선제후국인 빌렌도르프 왕국과의 국경선에서 조금 떨어진 곳에 있다.

영지 규모는 300명을 밑도는 인구수에 비하면 넓다.

커다란 산이 있으며, 그 땅과 숲이 머금은 빗물이 영지로 흐르는 강으로 흘러가 양질의 수원을 공급해주고 있다.

상류에서 흘러오는 오물이나 폐기물을 피할 필요가 없다.

요컨대 식량을 생산하는 땅으로서, 인간이 사는 땅으로서는 상등급이라고 할 수 있었다.

인구수가 적은 이유는 이 땅이 국경선과 가깝다는 안 좋은 입지에 있기 때문이나.

——오직 그 이유만은 아니다.

기본적으로는 특산품이라고 부를 수 있는 게 전혀 없다는 점도 원인이라고 들었다.

억울할 정도로 식량 생산지로서의 가치밖에 없다.

그것이 이 영지의 주인인 변경 영주 기사 폴리도로 경의 설명이었다.

하지만 그 사람의 말은 썩 믿을 수 없다.

신뢰할 수 없는 화자이다.

본인은 진심으로 말하는 것일 테지만, 아무래도 와닿지 않았다.

나, 마르티나 폰 보셀이 아이의 작은 두뇌에 꽉꽉 눌러 남은 지식을 동원해서 머리를 잠시 굴려보니 마음에 걸리는 점이 있었다.

"이곳은 좋은 땅이라고 봅니다."

확실히 안할트와 빌렌도르프 사이에서 발생하는 전쟁 피해.

치안 악화, 약탈 발생, 식량이나 병사 징발 등의 영향은 뼈아프다.

불안 요소가 산더미처럼 많은 땅이다.

하지만 인구수는 조금 더 많을 수 있다고 본다.

아무리 그래도 이만한 넓이의 영지에서 300명은 너무 적다.

이 땅은 왕령이 아니라 폴리도로 경이 보유한 영지이니 더욱 그러하다.

군역은 있으나 왕가에 세금을 낼 필요는 없다.

최근 수 세기 사이에 농업 생산성이 확 향상되었다고 하지만 식량도 무료가 아니기 때문이다.

폴리도로 령은 식량을 수출해서 외화를 벌고 있다.

이 땅의 가치는 분명 높을 것이다.

"그렇죠? 아주 좋은 땅이죠?"

옆에 있는 종사장 헬가 님이 내 입에서 나온 말에 기민하게 반응했다.

그 목소리는 기쁨으로 가득했다.

폴리도로 령에 사는 인간으로서 자부심이 느껴졌다.

반대로 나는, 그런데 왜 이렇게 인구가 적은 것이냐며 부정적인 쪽으로 방향을 틀어버렸지만.

무언가 원인이 있을 것이다.

농사에 적합한 폴리도로령의 땅을 생각하면 3,000명은 너끈히 자급자족으로 생활할 수 있을 터.

재화를 투자하면 마을의 발전을 기대할 수 있다.

장래 폴리도로 경을 정부로 삼고 싶어 하는 아스타테 공작이 그렇게 말했었다.

변태이자 엉덩이를 밝히긴 하지만, 머리와 얼굴만큼은 뛰어난 공작의 발언이다.

그 예측은 틀리지 않을 것이다.

뭐, 그래도 변태다.

즉 변태인 것이 문제다.

"마르티나, 너는 파우스트의 견습 기사로서 폴리도로 령에 가게 되겠지. 폴리도로령에 대해 보고해줬으면 하는데."

변태 공작 아스타테의 요구였다.

아스타테 공작의 단점이다.

유능한 인간에게 강한 흥미를 느끼고, 그 재능을 적극적으로 칭찬한다.

정말로 유능하다면 지위나 재산을 주는데, 평민 병사에게 기사 작위까지 내려준 적이 있다.

세간에는 재능광, 재능에 미쳐있다고 인식되는 그것.

이것은 공작가에서 국서로서 왕궁에 들어간 로베르트 님과도

공통된 사항이다.

아스타테 공작가의 집안 특성인 걸까?

단점이라고 말하긴 했으나, 생각해 보면 장점도 있다.

경직된 조직 내부의 정체된 피를 흐르게 만드는 것은 절대 나쁜 일이 아니다.

하지만 파우스트 폰 폴리도로 경에게 품는 관심은 명백하게 나쁜 점이 드러나고 있었다.

"바보인 거겠지."

이번에는 헬가 님에게 들리지 않도록 정말 작게 입술을 움직였다.

아무래도 색이 얽히면.

파우스트 님이라는 사람이 얽히면 아스타테 공작은 급격히 바보가 된다.

그것은 저 온화한 파우스트 님이 진심으로 아스타테 공작에게 혐오를 보였던, 내 구명 탄원 때의 실패이기도 하고.

후에 헬가 님을 통해 알았지만, 공공장소에서 파우스트 님의 엉덩이를 주물러 명예를 더럽히는 바람에 악귀가 된 폴리도로 영지민 스무 명에게 포위당해 죽을 뻔한 사건이기도 하다.

왕도에 있는, 파우스트 님이 제2왕녀 상담역으로서 받은 저택.

그곳을 제1왕녀 상담역으로서 제2왕녀 상담역을 감시한다는 명목으로 파우스트 님의 일거수일투족을 감시하고 있다.

——실제로는 파우스트 님의 기호나 거동을 알고 싶다는 사욕뿐.

반한 남자에 대해 모든 것을 알고 싶어서 견딜 수 없는 것이다.

아아, 틀렸다.

완전히 변태다.

기분 나쁜 무언가나 형태가 달라지는 것을 말함이 아니라, 그 자체이다.

남자인 파우스트 님이, 아무리 공작이자 전우라고는 하나 그런 인간의 접근을 허락한다는 걸 이해할 수 없다.

본래 남자라는 생물은 저런 여자에게 껄끄러움을 느끼기 마련이 아닌가?

하지만.

"——."

그 아스타테 공작을 거역하지 못하고 행하는, 폴리도로령에서의 스파이 행위.

파우스트 님의 행동 및 영지 통치에 대해.

이모에게 보내는 편지로 가장하여 아스타테 공작에게 정보를 제출해야 하는 나도 비슷한 수준의 쓰레기가 아닐까.

조금 머리가 아팠다.

처음에는 거절하려고 했다.

하지만 이모인 헤르마 폰 보셀이 그 폴리도로 경이 그랬듯 머리를 바닥에 찧으며 부탁했다.

"부디 아스타테 공작께서 말씀하신 대로 따라주십시오. 아무런 배경도 없는 우리 가문은 이미 공작가에 매달릴 수밖에 없습니다."

진심으로 미워하는 상대였다면 무시할 수 있었다.

하지만 나는 이모를 미워하지 않았다.

후계자를 지명하지 않았던 할머니와 제대로 준비를 갖추고 반란을 일으키지 않은 어머니 잘못이다.

병약한 이모의 부탁을 거절해서 내가 미워한다고 오해받는 것도 마음이 불편했다.

하지만――.

보셀가의 존속은, 그리고 내 구명 탄원은 눈앞에 있는 파우스트 폰 폴리도로 경이 그 명예를 내던져서 이뤄낸 일이다.

그런 폴리도로 경의 정보를 흘린다는 건 배은망덕한 행위이다.

하지만 병약한 데다 마음도 이미 망가지기 직전까지 간 이모에게 무슨 말이 통할까.

나는 우선 그 자리에서는 고개를 끄덕였다.

즉 전부 다 얼버무리기로 했다.

나는 아스타테 공작의 요구대로 폴리도로 경에 대해 조금 알려주자.

하지만 정말로 폴리도로 경이 숨기는 비밀은 일절 입을 다물겠다.

그것이 내 타협점이었다.

똑똑한 변태인 아스타테 공작이라면 그 정도는 잘 알고 있을 것이다.

구실을 붙여서 폴리도로 경의 생각을 알고 싶다는 것이 본심이 아닐까.

상황이 받쳐준다면 영지에 대해서도 알고 싶다는, 그 정도의 요구일 것이다.

너무 깊이 생각할 필요는 없다.

"어머니, 지금 막 영지에 돌아왔습니다."

오랫동안 생각에 잠겨있었지만, 파우스트 님의 목소리에 의식이 돌아왔다.

지금 나는 폴리도로 경의 저택, 300명의 영지민을 지배하는 영주의 저택에 살고 있다.

폴리도로 경이 솔직히 왕도에서 받은 저택이 훨씬 번듯하다는 말까지 한 저택에는 손님용으로 마련된 방이 여럿 있는데, 그중 하나를 내게 주었다.

뭐, 폴리도로 경은 본인이나 자신의 소유물을 비하하는 일이 많은, 자존심 강한 기사답지 않은 말을 자주 한다.

어머니나 영지가 무시당하면 격노하지만, 본인에 관한 일은 기본적으로 중요하지 않다는 태도이다.

확실히 오래된 저택이다.

헬가 님이 말하길, 영주 일족이 너무 무신경했기에 영지의 얼굴인 저택이 이렇게 낡으면 영지민들의 체면이 서지 않는다며 개선해달라고 찾아오는 영지민들이 있을 정도라고 했다.

여기에서 몇 세대를 살았던 걸까?

"오랫동안 사랑하는 폴리도로 령을 떠나있어서 대단히 죄송합니다. 군역은 어쩔 수 없다지만 지난 한 달 동안 자리를 비웠던 것은 개인적인 이유 때문이었습니다. 하나 기사로서 명예가 달린 일이었습니다. 변명에 불과할 테지만, 저로서는 선택의 여지가 없었습니다."

파우스트 님의 또렷한 목소리가 저택 안에 낭랑히 울려 퍼졌다.

저택 현관.

파우스트 님 옆에는 종사장인 헬가 님과 견습 기사인 나 마르티나가 서 있다.

다른 사람은 없다.

"그 모든 사유를 밝히는 것은 어머니라고 한들 불가합니다. 죄송합니다. 하지만 신 앞에 맹세코 영지의 얼굴에 먹칠하는 일은 하지 않았습니다. 진선미(眞善美)에 따라 기사로서 명예롭게 행동했다고 단언할 수 있습니다."

달리 사람은 없는데도 파우스트 님은 계속 말을 이었다.

그것은 죽은 어머니이자 선대 영주인 마리안느 님에게 건네는 말이었다.

"그러니 갑옷을 긁어 발톱을 관리하지 마십시오. 아마 발톱 갈이에는 적합하지 않을 겁니다."

"야옹."

동시에 애묘 마리안느에게 건네는 말이었다.

왜 이 사람은 조금 전부터 고양이에게 말을 걸고 있는 걸까.

나는 옆에 있는 헬가 님에게 시선을 주었다.

"그게…… 선대이신 마리안느 님께서 생전에 하신 말씀이 있습니다."

헬가 님이 고개를 돌리며 중얼거렸다.

파우스트 님이 말을 이었다.

"아니, 어머니가 생전에 병상에서 마리안느를 껴안고 말씀하셨거든. 당신께서 죽은 뒤에는 이 고양이를 통해 나를 지켜보겠다고."

아니, 그런 이해할 수 없는 말을 들어도 난감할 뿐이다.

갑옷에 발톱을 세우는 고양이 마리안느를 안아 들고 이쪽으로 걸어오는 파우스트 님.

그 품 안에서 발톱 갈이를 방해받아 다소 못마땅하다는 듯 우는 고양이.

"애옹."

애옹은 무슨.

"선대 마리안느 님은 농담을 좋아하는 분이셨습니까?"

"아니. 반대다. 농담 같은 건 전혀 입에 담지 않는 성격이었지. 지금 생각해 보면 그런 해학은 즐기지 않는다고 해야 할지, 나 때문에 그런 여유가 없었던 게 아닐까."

파우스트 님이 또 자신을 비하했다.

아무래도 선대 마리안느 님에 대해 이야기할 때는 살짝 시선을 내리고 무언가를 후회하는 듯한 표정을 보인다.

——조금 안 좋은 일이 떠올랐다.

아스타테 공작은 참으로 취향이 독특한데, 이런 파우스트 님의 부정적인 부분을 좋아하는 모양이었다.

평소 무뚝뚝한 파우스트 님이 죄책감을 보이면서 슬퍼하는 순간이 참을 수 없다고 했었다.

정말 그 인간은 변태구나.

죽어버리면 좋을 텐데.

"아무튼, 어머니는 그리 말씀하셨지. 진심이었을지도 모르고, 농담이었을지도 모른다. 알 수 없지. 그래서 뭐, 어머니의 무덤 앞으로 찾아가서 어두운 얼굴을 보여드리는 것도 죄송스러우니까 어머니가 생전에 유일하게 던진 해학에 맞춰드리기로 했다. 무덤 앞이 아니라 애묘 마리안느에게 영지를 떠나있는 동안 무슨 일이 있었는지 보고하고 있지."

"애옹."

애옹은 무슨.

고양이를 싫어하는 건 아니지만, 그래도 견습 기사로서는 그런 말을 들으면 난감하다.

그런 말을 들으면 이 고양이 마리안느를 선뜻 무릎 위에 올려놓지도 못하게 되지 않는가.

"솔직히 영지민 입장으로서도 이 고양이가 장난이라도 쳤을 때 혼낼 수 없게 되니까 조금 난감합니다……."

"아니, 그런 구분은 나도 잘하고 있다만. 애초에 마리안느가 나쁜 짓을 하기 하나? 영지 내의 논밭을 어지럽히는 쥐를 잡기도 하는데?"

파우스트 님의 변호.

실제로 파우스트 님이 고양이의 머리를 쓰다듬으며 약간의 고기를 주는 비용에 비해.

농민의 적이자 유해 동물인 쥐를 죽이는 마리안느의 가치는 커 보였다.

"기본적으로는 영지에서 나가지 않지만, 가끔 멀리 산책하러 나갈 때 파우스트 님의 애묘이자 선대 마리안느 님께서 남기고 가신 유품이라고 할 수 있는 존재를 내버려 두어도 괜찮은지, 짐승에게 잡아먹히는 것은 아닌지 고뇌하는 젊은이들이 보이곤 하죠."

"처음 듣는 이야기군. 그런 광경은 보지 못했다."

"파우스트 님이 영지에 계실 때는 애마 플뤼겔과 마찬가지로 마구간에서 주무시는 일이 많으니 지금까지 모르셨던 것뿐이겠지요. 저희도 말씀을 드려야 할지 망설였습니다."

흠.

우선 이로써 그 변태 아스타테 공작에게 보고할 이번 달 편지 내용은 정해졌다.

이 정도 내용이면 충분하겠지.

이미 아는 정보일지도 모르지만.

"영지에서 일어나는 일은 바로 보고해라. 그런 배려는 하지 않아도 돼. 방치해도 된다. 나는 고양이를 아주 좋아하고 마리안느를 극진히 아끼지만. 영지민이 해야 할 일을 내던지고 짐승에게 위협당할 필요를 느끼면서까지 마리안느의 행동을 지켜볼 필요는 없다."

"알겠습니다. 바로 촌장과 종사장의 이름으로 연락하여 전원에게 알리겠습니다."

"부탁한다."

파우스트 폰 폴리도로는 고양이를 아주 좋아한다.

아스타테 공작에게 보고하는 내용 같은 건 이 정도로 충분하다.

제88화 파우스트와 교회

파우스트 님이 여행의 묵은 때를 씻어내기 위해 목욕하고 나서 푹 잠든 다음 날 이른 아침.

나, 마르티나와 파우스트 님은 함께 길을 걷고 있었다.

"어디에 가시는 겁니까?"

"우선은 교회에."

사람에 따라서는 검은 고양이처럼 미움받는 켈른파의 교회다.

참고로 파우스트 님의 애묘, 마리안느는 검은 고양이다.

선대 영주이신 마리안느 님이 군역을 위해 어떤 마을을 지나갔을 때의 일이다.

자신의 불행을 고양이에게 화풀이하는 글러 먹은 인간에게 얻어맞은 건지.

심하게 다친 채 바닥에 쓰러져있는 마리안느를 발견하고 불쌍히 여겨 폴리도로령으로 데려왔다고 한다.

고양이를 좋아하는 사람이었던 걸까?

자신과 같은 이름을 붙일 정도니까 좋아했던 거겠지.

확실히 검은 고양이는 흔히 불길함의 상징이라고 하지만, 지방에 따라서는 길조로 보기도 하고 폴리도로령에서는 명확하게 후자이다.

파우스트 님 말로는 고양이는 검은색이든 하얀색이든 모두 귀엽다고 하지만.

뭐, 파우스트 님과 애묘 이야기만 영원히 계속할 수는 없다.
그리 넓은 마을도 아니라 교회에는 금방 도착했다.
작은 교회는 아니다.
제법 큰 교회였다.
"이 교회는 어느 시대부터 있었던 거죠?"
"폴리도로령의 선조가 이 땅에 뿌리를 내렸을 때부터 있었다고 해. 물론 증축에 증축을 거듭해서 조금씩 커진 거지만."
창문은 왕도의 교회 같은 스테인드글라스가 아니다.
유리창이 아니라 나무로 된 미늘살을 끼운 창이었다.
애초에 석조가 아니라 목조 교회였다.
교회 자체는 크기만 외관은 검소한 인상이었다.
아마 이것은 쾰른파의 기호라기보다는, 단순히 원자재인 목재가 풍부하기 때문이겠지.
이 영지에 석공은 없다고 들었고.
"아무래도 초대 폴리도로 경이 기사로서 안할트 왕국으로 흡수되었을 때 이미 영지에서는 쾰른파가 제사를 담당하고 있었다고 한다."
"그렇군요."
대충 대답했다.
말의 의미를 조금 이해하기 어려웠기 때문이다.
응?
기사로서 흡수되었다?
"파우스트 님, 조금 의문이 있습니다. 흡수되었다는 건 무슨 의미인 거죠?"

"무슨 의미냐니, 말 그대로다. 아주아주 예전부터 이 땅에 살던 폴리도로 가문이 안할트 왕국과 빌렌도르프의 소규모 전쟁에 휘말렸고, 후에 초대 폴리도로 경이 된 분이 마지못해 영지민을 이끌고 안할트에 가세했지. 그 후 안할트가 그 전쟁에서 승리했을 때 그대로 초대 폴리도로 경을 봉건 영주로 인정했다."

그렇구나.

아직 왕령이 아닌 땅의 개척단 리더가 그대로 기사가 된 건가.

많은 봉건 영주가 본인의 땅을 제 가문에서 대대로 이어받은 땅이라고 발언하곤 하지만, 기본적으로는 거짓말이다.

물론 수 세기 전의 일이므로 대충 대대로 이어받은 땅이라고 주장해도 용인되는 범위일지도 모르지만.

과거를 더듬어 올라가면 군사력을 유지하기 위해 주종 맹세를 한 종사들에게 왕이 영지를 '은대지(恩貸地)'로서 내려주고, 다시 전장에 나가는 군역 의무를 짊어지게 했다.

봉건 영주들이 그걸 그대로 자식들의 영지라고 정해놓고 빼앗아버린 것이다.

본래 왕이나 교회가 소유하는 땅이며, 정말로 선조 대대로 이어받은 땅은 드물다.

적어도 내가 살던 옛 땅 보셀령은 먼 옛날 안할트 왕가가 잘라서 나눠준 땅이었다.

지금은 다시 왕령이 되었지만.

"드문 사례로군요. 정말로 조상 대대로 이어받은 땅이라니."

"그렇다고 해. 왕가와 핏줄이 이어진 것도 아니니까 아무런 의미도 없지만. 기본적으로 군역 말고는 왕도와 엮이지 않았던 가문이고."

확실히.

잘 생각해 보면 안할트 왕가에 정말 오래전부터 몇 대에 걸쳐, 어쩌면 두 자릿수에 달할 만큼 오래오래 섬겨온 기사라고 표현하면 듣기는 좋다.

하지만 듣기만 좋을 뿐, 왕가나 다른 귀족과의 연줄은 서글플 정도로 없다.

고양이와 파우스트 님에게는 다정했던 선대 마리안느 님은 주변 귀족에게 미치광이 취급을 받아, 주변 봉건 영주와의 미미한 인맥도 완전히 끊어져 버렸다고 들었다.

뭐, 그런 건 중요하지 않다.

"안할트 왕가 같은 건 상관없지요. 돌아오셨습니까, 파우스트 님."

퀼른파의 평상복인 수단을 입은 중년 여성이 천천히 나타났다.

물론 일주일에 한 번 예배를 빠짐없이 나가므로 얼굴은 잘 아는 사람이다.

파우스트 님의 견습 기사가 되면서 퀼른파로 개종도 마친 상태다.

"파우스트 님. 이미 알고 계실 테지만 왕도에서 제2왕녀 친위대 대장 자비네 님이 우리 종파로 개종했다는 연락을 받았습니다."

"왕도를 떠날 때 자비네 님에게서 직접 들었지. 친위대와 새로 고용하는 종자도 전원 개종시킨다고 했는데, 그거 진심이었나?"

자비네 님도 개종한 건가.

개종하니 생각났다.

일주일에 한 번 먹게 되는 쾰른파의 짭짤한 제병(祭餠) 맛이 참 싫다.

"진심이라면 기쁜 일이지요. 이러니저러니 해도 신도의 숫자는 힘이 됩니다. 물론 자비네 님이 개종하는 대신 무엇을 원하는지는 이해하고 있습니다만."

"머스킷 총인가."

신모, 파우스트 님, 나.

세 사람은 교회 중앙에 장식해놓은 머스킷 총을 보았다.

……폴리도로 령처럼, 이런 말은 조금 그렇지만 구석진 변경까지 머스킷 총을 일일이 배포하고 있는 거냐, 쾰른파.

왜 그렇게까지 화력을 신봉하는 걸까.

쾰른파에게 물어보고 싶은 것이 세 가지 정도 있다.

"갑작스럽게 죄송하지만, 신모님, 세 개 정도 질문이 있습니다."

"괜찮습니다, 신도 마르티나. 말씀하시죠."

우선 첫 번째.

조금 전에도 떠올렸던 것.

"왜 쾰른파의 제병은 그렇게 짠 거죠?"

"전장에서는 땀을 많이 흘리기 때문입니다."

"……."

쾰른파의 제병이 짠 이유는 전투식량이기 때문에.

그래, 단순한 대답이었다.

퀼른파는 머리가 이상하니까 어쩔 수 없다.

그것은 일반적인 상식인들이 퀼른파를 보며 늘 하는 말이었다.

"이해하셨습니까?"

"이해했습니다."

첫 번째 질문 끝.

두 번째 질문.

이건 아침마다 골치 아파하는 일이다.

"왜 퀼른파에는 원숭이와 비슷한 괴성을 지르며 미친 듯이 나무를 메이스로 후려 패는 습관이 있는 거죠?"

"우리 부제(副祭)를 말씀하시는 겁니까?"

"네."

매일 아침.

안개도 아직 걷히지 않은 이른 시각, 어디선가 원숭이와 비슷한 괴성이 들린다.

키이익인지 으랴아아악인지 잘 알아들을 수 없는 외침도 섞인다.

원숭이와 비슷하긴 하지만 분명히 인간의 목소리였다.

솔직히 9살 아이다 보니 너무 무서워서 견딜 수 없었지만, 궁금해서 보러 갔다.

그곳에는 괴성을 지르며 메이스로 나무를 미친 듯이 후려 패는 부제가 있었다.

수녀 옷을 입고 있으나 장래엔 눈앞의 신모님을 대신하게 될 인

물이다.

"그건 퀼른파의 습관이 아닙니다. 파우스트 님의 영웅가를 듣고 언젠가 자신도 전장에 데려가달라는 그녀의 동경에서 나온 행위이죠."

"아침에는 푹 자고 싶으니까 당장 그만두라고 전해주세요."

"말은 전하겠습니다."

파우스트 님의 얼굴을 살펴보자 역시 고통스러운 표정이었다.

아무리 자상한 파우스트 님이라고 해도 폴리도로 령의 모든 것을 옹호할 수는 없었다.

하지만 조금 생각하는 바가 있었던 건지 입을 열었다.

"제 어린 시절의 기억이 확실하다면, 신모님도 젊으실 때는 마찬가지로 나무를 메이스로 때리는 습관이 있었으며 그 일로 제 어머니에게 혼나지 않으셨습니까."

"그 시절의 마리안느 님은 힘든 상황이셨고, 병약한 몸을 끌고 군역을 하러 가셔야만 했죠. 제가 무언가 조금이라도 힘이 되어 드릴 수 없는지. 그런 생각으로 우선 저를 홍보하기 위해 메이스로 나무를 때렸습니다."

성직자가 할 일은 안 하냐.

왜 전장에서 공헌할 수 있다는 점을 호소하려는 건데.

진지하게 머리가 이상한가?

그런 말이 떠올랐지만, 파우스트 님이 눈동자가 슬픔으로 물들었기 때문에 참기로 했다.

퀼른파는 머리가 이상한 사람밖에 없다.

그건 안할트 왕도만이 아니라 옛 보셀 령 같은 봉건 영주의 영지 구석구석에까지 널리 알려져 있었다.

"세 번째 질문을 해도 되겠습니까?"

"말씀하시지요."

9살 어린아이로서는 그냥 파우스트 님의 손을 슬쩍 붙잡고 저택으로 돌아가자고 조르고 싶은 기분이었지만.

가장 궁금했던 세 번째 질문을 던졌다.

"파우스트 님이 사용하시는 그레이트 소드. 그건 예전에 교회에 걸려있던 마법의 무기라고 들었습니다."

"네, 맞습니다. 지금 머스킷 총이 걸려있는 장소에는 본래 파우스트 님의 그레이트 소드가 걸려있었습니다."

교회 중앙, 제단 위에 올라가 있는 머스킷 총.

화력에 편중된 쾰른파.

그 신조인 '아군을 구하기 위해서는 적을 한 명이라도 많이 죽여라'를 상징하는 화기가 걸려있다.

조금 넌더리를 내면서도 솔직하게 의문을 입에 담았다.

"왜 마법의 무기가 있었던 거죠? 값이 많이 나갔을 텐데요."

파우스트 님이 애용하는 그레이트 소드.

영웅담을 뒷받침하는 무기이자, 체인 메일 정도라면 버터처럼 갈라버릴 수 있다.

폴리도로 가문에서 선조 대대로 내려온 물건이자, 초대 폴리도로 경 시절부터 교회에 걸려있었다고 들었다.

파우스트 님이 손에 넣기까지의 경위를 잘 모른다.

"적나라하게 말씀드리자면, 비싸지 않았기 때문입니다. 오히려 공짜였죠."

"공짜?"

"처음부터 설명할까요. 애초에 그건 초대 폴리도로 경이 쓰러트린 빌렌도르프의 기사가 가지고 있던 검입니다. 조금 전 파우스트 님께서 말씀하신 이야기는 기억하고 계시죠?"

기억한다.

안할트와 빌렌도르프의 소규모 전쟁이 일어났을 때, 초대 폴리도로 경이 안할트 측에 섰고 그 답례로서 기사 임명과 폴리도로령 지배를 인정받았다고.

요컨대.

"초대 폴리도로 경이 참전한 전투에서 적에게 빼앗은 거였습니까?"

"그렇습니다. 마법의 그레이트 소드를 지닌, 아마도 손에 꼽히는 초인이었을 기사에게 어떻게 이겼는지는 기록에 남아 있지 않지만요."

파우스트 님의 선조라고 하니, 어쩌면 일대일 대결로 쓰러트렸을 가능성도 없지는 않지만.

너무 예전 일이라서 빌렌도르프 쪽에도 기록이 남아있을지 알 수 없을 정도다.

신모는 내 얼굴을 바라보며 이야기를 이어갔다.

"그렇게 빼앗은 것까지는 좋았지만. 아무래도 초대 폴리도로 경은 다룰 수 없는 검이었던 건지 교회에 장식해두게 되었습니다.

그로부터 수 세기가 지났죠. 영지 내에서 저 그레이트 소드를 다룰 수 있는 인간은 한 번도 나타나지 않았습니다. 아무래도 불편하니까요. 마법의 무기라고 표현하면 그럴싸하게 들리지만, 신도 마르티나. 당신은 그 그레이트 소드를 자연스럽게 휘두를 수 있습니까? 성인으로 성장한 이후를 상상해도 됩니다."

"불가능합니다."

바로 대답했다.

애초에 그레이트 소드라고 부르고 있기는 하나 요즘은 신성 구스텐 제국 황제 직속 용병부대인 란츠크네히트가 사용하는 대검, 츠바이 헨더라고 부르는 것이 정확하지 않을까.

그것도 의장용, 혹은 전시용이고 도저히 실전용으로 보이지 않는 크기와 중량의 무기다.

장병기인 핼버드보다는 짧지만 그래도 검치고는 길며 무겁다.

두 손으로도 버거운데, 그걸 한 손으로 수족처럼 가뿐하게 휘두르는 파우스트 님이 이상한 거다.

일개 견습 기사로서 말하자면 그 말도 안 되는 광경을 보기만 해도 다들 전의를 잃어버릴 것이다.

용기를 쥐어짜서 파우스트 님 앞을 가로막은 자는 그 시점에서 용사라고 인정해도 되지 않을까.

"하나 결국 파우스트 님이라는 초인이 나타났습니다. 15살에 첫 출진을 떠나실 때, 교회를 찾아온 파우스트 님이 이렇게 말씀하셨죠. 교회에 계속 장식해두는 건 아깝다고. 저것은 본래 폴리도로 가의 소유물이니 돌려받겠다고."

그 첫 출진에서 파우스트 님은 산적 30명 중 20명을 직접 베었다고 들었다.

첫 출진 때 파우스트 님은 당신의 죽음도 각오했었다고 했으나, 분명 거짓말이다.

산적이 불쌍해질 정도로 일방적인 살육이 펼쳐졌을 것이 틀림없다.

일격으로 사람을 두 쪽 내는 광경에 아무런 각오도 없던 산적 따위는 순식간에 공황 상태에 빠졌겠지.

공황에 빠진 산적을 손쉽게 도륙하는 파우스트 님과, 그런 파우스트 님을 따르는 폴리도로 영주민들.

파우스트 님은 본인 이야기에서는 전혀 신뢰할 수 없는 화자이다.

아무튼 굉장하다.

——파우스트 님을 원망하는 마음은 전혀 없지만, 어머니 카롤리느는 무슨 심정으로 그 앞에 섰을까.

아니, 이런 생각을 하는 건 좋지 않다.

"여하간 그러한 경위로 지금은 파우스트 님이 그 그레이트 소드를 사용하고 계십니다."

잠시 머리를 스친 고뇌를 끊어내듯 고개를 붕붕 도리질했다.

우선은.

세 개의 질문이 해결되었다.

내 감상은 이렇다.

파우스트 님도, 쾰른파도 무언가 내 상식 밖의 세계에서 살고 있다.

아무런 특별함이 없는 평범한 9살 어린아이, 마르티나 폰 보셀로서는 그런 생각을 했다.

제89화 영주관에서 점심 식사

영지 경영에서 인간관계는 중요한 자산이다.

사람과 사람 사이의 관계에서 일어나는 마찰은 살아가는 한 피해 갈 수 없는 부분이 있다.

그것은 동기나 같은 귀족 사이에서도 일어나는 법이기는 하나.

특히 기도하는 사람, 싸우는 사람, 일하는 사람.

그 셋 사이에서는 특히 더 크지 않을까. 나 마르티나는 그렇게 생각한다.

성직자라는 역할, 기사라는 군사 계급, 그 둘이 활약할 때 필요한 세금을 내는 시민, 혹은 농민.

아니, 평민이라서 부유하지 않은 건 아니고, 어지간한 빈곤 법복 귀족보다 부유한 평민도 많이 있지만.

평민은 대부분 수탈당하는 쪽이다.

많은 농민은 이 시대에도 배부를 기회가 거의 없이 죽어간다.

——본론으로 돌아가서.

어쨌거나 요즘 시대에 인간 사이의 마찰이란 특히 계급 차이에서 오는 것이 크다고 할 수 있다.

영주는 아무리 조촐하다고 해도 군주이자 한 지역의 왕이다.

위정자로서 통치와 경영을 맡아야만 한다.

땅과 영지민을 지배하고, 동시에 본인의 소유물로서 집착하며 그 가치를 유지하는 것도 필요하다.

영주재판권을 가졌으며 심판하고 판결을 내린다.

영주로서 벌을 줘야 할 때도 있고, 반대로 평민 사이의 분쟁을 중재하기도 한다.

쉽지 않은 역할이다.

특권계급이기는 하지만 그리 쉽게 혜택받은 입장이라고 볼 수도 없다.

결론적으로 무슨 말을 하고 싶으냐면.

“그래서, 딸의 몸 상태는 어떻지? 젖은 잘 먹고 있나?”

“파우스트 님, 출산한 지 한 달은 지났습니다. 슬슬 일에 복귀하고 싶……”

“너무 짧다. 최소한 두 달은 쉬었으면 좋겠는데.”

지금 상황은 이상하지 않나.

왜 파우스트 님은 영주관에 평민을 불러서 함께 식사하시는 걸까.

파우스트 님이 없는 동안에 출산한 평민이니, 그 노고를 위로하기 위함이라고 하셨지만.

아무리 작은 영지의 영주라고 해도 고작 그런 일로 식사에 초대한다는 이야기는 들어본 적이 없다.

이런 건 촌장이 할 일이 아닌가.

“파우스트 님께서는 걱정하시지만 아이는 젖을 물려주면 자랍니다. 그 젖도 자매가 번갈아 주면 그만입니다. 아이는 가족이 함께 키우는 것입니다. 하물며 집에는 남편이 있습니다.”

“말은 그리해도 제 새끼는 귀여운 법이지. 지금은 집에서 딸과 식사를 즐기고 있을 헬가도 군역이 오래 걸리는 바람에 또 자식이 얼굴을 잊어버렸다면서 울더군."

"헬가는 정이 너무 깊습니다. 애초에 파우스트 님께 그런 일로 심려를 끼치다니 부끄러운……."

왜 영지민의 자식을 그 부모보다 영주인 파우스트 님이 더 걱정하는 걸까.

목제 식기가 테이블에 올라가 있다.

일단은 영주이니 파우스트 님은 은으로 된 식기를 사용하지만, 구색만 갖췄을 뿐이다.

얼마 전엔 이 숟가락은 작아서 불편하니까 싫다고 푸념했었다.

폴리도로 령의 선조가 구두쇠였던 게 아니라, 거구인 파우스트 님이기에 숟가락이 작은 것이다.

초인이라서 독을 무시하니, 사실 독을 판별하기 위한 은식기 같은 건 필요하지 않을 테지만.

그렇다고 해도 귀족인 파우스트 님이 아무렇지도 않게 목제 식기를 사용하는 건 볼품이 없다.

오래된 빵을 부족한 그릇 대신 사용했을 정도로 야생이던 먼 옛날도 아니고.

"다들 헬가가 너무 무른 게 아니냐고 염려하지만. 나는 잘해주고 있다고 본다."

"저희가 염려하는 건 종사장보다도 오히려 파우스트 님의 관대함입니다."

가장 문제는 저거다.

지금 하는 행위다.

연회의 주인으로서 손님을 대접하기 위해 파우스트 님이 고기를 잘라 나눠주는 건 뭐 괜찮다.

하지만 이번 손님은 손님이라고 해도.

영지에 사는 평민이다.

그것도 촌장이나 종사가 아니라 아주 평범한—— 이런 말은 조금 그렇지만, 딱히 특별한 지위를 지닌 것도 아닌 평민이라고 들었다.

그런 평민에게 웃는 얼굴로 고기를 나눠주는 지금의 모습은 대체.

파우스트 님이 생글거리며 웃었다.

"관대한 게 문제인가?"

"적어도 파우스트 님의 관대함에 기대어 파우스트 님의 발목을 잡는 짓은 바라지 않습니다. 제가 전장에서 치명상을 입고 걸림돌이 되어버리는 일이 있다면, 파우스트 님은 그 자리에서 저를 버리셔야 합니다. 그때 제가 아무리 울부짖는다 한들 미쳤다고 생각해주십시오. 그건 이미 폴리도로 영지민인 제가 아니니까요."

"네가 목숨을 잃지 않는 한 나는 너를 버리지 않을 테지. 죽었다고 해도 그 시신은 반드시 영지로 데리고 돌아온다."

"……파우스트 님이 그런 일을 하지 않으셔도 저희는 영혼이 되어 폴리도로령으로 돌아올 것입니다."

물론 전부 다 부정하려는 건 아니다.

나도 결국 왕도처럼 번화한 성채도시와는 거리가 먼, 인구수

천 명 정도의 영지 출신이다.

특히 내 어머니 카롤리느는 모든 군역에 출진했다.

종사장은 물론이고 종사나 뛰어난 평민이라면 사람들 앞에서 그 공적을 칭찬했다.

나는 어릴 때부터 그 광경을 지켜보아야 했고, 나도 마찬가지로 타인을 칭찬하라는 교육을 받았다.

상대의 명예를 지키는 것이야말로, 그 공헌을 무엇보다 소중히 여기는 것이야말로 귀족과 평민을 불문하고 중요한 일이라며.

물론 종사들과는 함께 식사하는 일도 많이 있었다.

전장에서는 병사가 먹는 음식과 자신이 먹는 음식 사이의 질이 두드러지게 차이 나지 않고, 한솥밥을 먹었다고 들었다.

하지만 평상시에 식사를 함께하는 일은 한 번도 없었다.

인간에게는 입장과 역할이 있다.

엄하게 구분해야 하는 부분에서는 엄하게 해야 하고, 허락해야 하는 곳에서는 허락해야 한다.

차이를 두는 건 중요하지만, 그것이 당연한 일이라고 받아들이게 하는 것이 핵심이라고 했다.

수긍이라는 이름의 균형이 무엇보다 중요하다고.

――그러니까.

"이 영지에 무엇이 있지?"

두 사람에게 들리지 않도록 작게 중얼거렸다.

인간은 인간이다.

딱히 이유도 없이 풍족하게 대우한다면 오만해지는 인간도 많을 것이다.

특히 교양이 없는 인간은 자신의 본분도 알지 못하고 선을 넘는 일이 많다.

이야기 속에는 부조리한 귀족이 많지만, 현실은 무질서한 평민이 더 많다.

하지만 아무래도 파우스트 님은 이런 황당한 방식으로 잘 다스려 나가고 있는 모양이었다.

부농, 빈농의 차이를 불문하고 돌아가면서 영주관에 평민을 불러들인다.

환영해주고 밥을 배불리 먹인다.

그렇게 파우스트 님은 300명의 영주민을 거느린 소영주로써 균형을 맞추고 있는 것 같았다.

애초에 견습 기사에 불과한 내가—— 아니.

확실히 충언은 필요하지만 그건 종사장인 헬가 님의 역할이다.

그 역할을 빼앗는 짓은 하지 않는다.

그나저나.

의문점이 하나 있다.

"몇 번이고 말씀드리지만, 이 폴리도로령에서는 영주님이 가장 중요합니다. 파우스트 님께 무슨 일이 생기면 왕가에게 영지를 빼앗길 테죠. 그것만큼은 사양합니다."

"나라고 죽을 마음은 없는데."

"도저히 그리 보이지 않는 행동을 이따금 보이시니 저희가 곤란해하는 겁니다."

일종의 광기마저 느껴지는 영지민들의 이 충성심은 무엇일까.

내 어머니 카롤리느도── 지금에 와서는 어리석은 어머니라 고밖에 할 수 없지만.

이런 식으로 말하면 파우스트 님이 무척 슬픈 표정을 짓지만.

여하간 군역을 함께 해온 평민들은 어머니 카롤리느에게 굳건한 충성을 맹세했다.

그야말로 그녀를 적국에 망명시키기 위해 자신들이 목숨을 걸고 방패가 될 정도의 충성을.

그때까지 걸어온 인생에서 어머니 카롤리느는 부하들에게 '이 주군을 위해서라면 나는 죽어도 좋다'라고 생각하게 만드는 모습을 보여준 것이다.

"……."

어머니 카롤리느는 나름 잘했을 것이다.

하지만 가주 찬탈에 실패했다.

어디서 틀려버린 걸까.

역시 사전 준비가 부족했던 거겠지.

그것은 눈앞에 서서 의자에 앉은 영지민에게 고기를 잘라주는 인물.

이 영지의 지배자인 파우스트 폰 폴리도로 경과도 통하는 구석이 있다.

꾸밈없고 솔직한 성격.

그 성격은 장점도 있고 단점도 있다.

앞으로 일어날 상황에 대응할 수 있을까.

지금까지는 누구도 무어라 할 수 없는 실적과, 묘하게 날카로운 감과 재치—— 아니, 지능으로 분류해야 할까.

그러한 바탕으로 모든 일들을 헤쳐 나왔지만, 앞으로도 그것이 통할까.

유목 기마민족이 정말로 습격해온다면.

파우스트 님은 다시 수많은 역경을 뛰어넘어야만 한다.

"네가 보았을 때 폴리도로령에 무언가 변화는 있었나?"

"다들 잘 지냅니다. 빌렌도르프만큼 겨울이 혹독하지는 않으니까요. 촌장이 올해도 수확을 기대할 수 있겠다고 했습니다. 선대 마리안느 님께서 평생에 걸쳐 추진하신 식량 증산 계획은 훌륭히 성과를 냈습니다."

"어릴 때는 다들 배부르게 먹을 일이라고는 연회를 열었을 때 정도였지. 지금 모두가 충분히 배를 채우고 있는 건—— 어머니를 포함해 지난 수 세기에 걸쳐 영지를 발전시킨 선조들 덕분이다."

과거에 조금 잠겨있는 듯한 파우스트 님의 목소리를 들으며 생각했다.

안할트 왕가에서 차세대를 짊어질 인간.

앞으로 파우스트 님과 엮이게 될 관료들.

아나스타시아 제1왕녀, 아스타테 공작.

둘 다 이해심 있는 상사이긴 하지만, 파우스트 님을 아랫사람으로 거느리는 위치이기도 하다.

발리에르 제2왕녀.

일단은 윗사람이긴 해도 능력 자체는 그리 기대할 수 없다.

솔직히 말해 임기응변이 뛰어나지만 아무래도 머리가 이상하다는 여자.

제2왕녀 친위대 대장 자비네가 더 도움이 될 것 같았다.

결국 파우스트 님에게 무엇이 부족하냐면.

저 성격은 이미 교정할 수 없는 이상, 보좌가 필요하다는 점이다.

적확한 조언으로 폭주를 제어할 인간이 필요하다.

"시간이 참 빨리 흐르는군. 어린 시절이 그립구나."

아쉽게도 그 후보로 떠오르는 사람이 한 명도 없지만.

진심으로 파우스트 님이 폭주했을 때 막을 수 있는 인간이 한 명이라도 있기는 할까.

나는 짐작이 가지 않는다.

"질문해도 되겠습니까."

파우스트 님이 드디어 의자에 앉은 타이밍을 노리고 옆에서 끼어들었다.

파우스트 님이 평민을 대하는 행동을 질책할 생각은 없다.

다만 순수하게 묻고 싶은 게 있었다.

"뭐지?"

"영지민을 식사에 초대하는 건 파우스트 님 세대에서 시작하신 일입니까?"

평민을 대하는 이 태도는 파우스트 님이 그들에게 보이는 신뢰―― 과신, 방심에서 이뤄지는 일인 것인지.

아니면 옛날부터 그랬는지.

"아니, 내가 아는 한 초대 폴리도로 경 때부터였다."

"저도 그렇게 기억합니다."

콩과 보리로 만든 수프가 빙글빙글.

닭고기와 양파를 넣고 소금으로 간한 수프를 숟가락으로 빙글빙글 휘젓는 파우스트 님.

달그락거리며 식기가 부딪치는 소리.

식사할 때 자주 저런 동작을 봤는데, 아무래도 파우스트 님의 습관인 모양이다.

안할트 귀족의 식사 예법에 어긋난다.

마리안느 님은 지적하지 않으셨던 걸까?

하지만 그런 지적은 나중에 해도 된다.

"초대 때부터 이후 몇 세대까지는 애초에 같이 식사했었지. 양의 차이 정도밖에 없었다고 들었다."

"인구가 많지 않았으니까요. 저희 증조모 세대에 들어서 겨우 사과 같은 과일나무를 심을 수 있을 정도의 여유가 생겼다고 들은 기억이 있습니다."

영주와 영지민의 거리가 너무 가깝다.

앞서 늘어놓았듯이 폴리도로 영지민은 폴리도로 가에 광신적인 충성을 맹세했는데.

지금 이야기를 들어보면 그건 파우스트 님 세대에서부터 시작된 일이 아닐 가능성이 컸다.

이렇게 가까운 거리에서 어떻게 주종관계가 성립되는 거지?

아무래도 궁금하다.

조금 캐 봐야지.

"영지민 분께 묻겠습니다. 선대 마리안느 님을 어떻게 생각하십니까?"

"……위대한 분이셨습니다. 말수가 적어 속내를 드러내는 일은 없으셨지만요. 영지를 차근차근 개척하고, 군역을 훌륭히 수행하고, 영지민을 한 명도 굶기지 않고, 후계자인 파우스트 님을 키워내셨습니다."

살짝 슬픔이 감도는 듯한 대답이었다.

선대 마리안느 님은 주변 영주 기사는 물론이고 영지민들도 미쳐버렸다면서 그녀를 체념했다고.

헬가 님은 그렇게 말했었다.

나쁜 짓을 했다면서 계속 후회한다고.

"어리석은 저는, 그리고 거의 모든 영주민이 살아계실 때는 마리안느 님의 마음을 알지 못했습니다."

"하지만 다들 끝까지 어머니를 따라주었지. 입으로는 반대해도 다들 나와 어머니를 다정하게 지켜보았다."

"그건 영지민으로서 당연한 일입니다. 파우스트 님."

하지만 파우스트 님이 두둔한 것처럼.

영지민들은 미쳐버린 마리안느 님에게도 거스르지 않았던 모양이었다.

물론 마리안느 님이 사실은 제정신이며, 영지 내에서 통치나 경영상의 실수도 없었고 파우스트 님을 초인으로 완성해냈다는 사실이 있긴 하지만.

그렇다고 해도.

역시 주변 귀족들에게 절연 당한 것은 명백히 마리안느 님의 실패라고 할 수 있었다.

"……."

입 밖으로 꺼냈다간 나를 죽이려고 해도 이상하지 않았기에 입이 찢어져도 말하지 않을 기지만.

폴리도로가의 통치권을 찬탈하려는 생각은 하지 않았던 걸까.

미쳐버렸다고 인식한 영주 마리안느 님을 촌장이나 종사들이 칩거로 몰아넣고 어린 파우스트 님을 가주로 세워 주변 영지와 관계를 회복한다.

그런 길도 있었을 터이다.

하지만 실행하지 않았다.

상황적으로 불가능했던 것이 아니라, 가능했지만 실행하지 않은 것이다.

다양한 위험을 고려해서 하지 않은 건지, 단순히 마리안느 님에게 충성하는 마음이 더 컸던 건지.

'죽어도 폴리도로 가를 거스르면 안 된다' 같은 충성심이 대대로 이어진 건지.

판단할 수 없다.

지금은.

"식사가 끝나면 과일을 바구니에 넣어서 가지고 돌아가도록 해. 가족에게 인사 전해 다오."

"파우스트 님께서 마음을 써 주셨다는 것을 꼭 전달하겠습니다."

그 수수께끼는 견습 기사로서 파우스트 님을 모시다 보면 이해할 수 있겠지.

영지민이 돌아가자마자 수프를 소리 내어 휘젓는 습관을 고치라고 파우스트 님에게 충고할 것.

그것만은 잊지 않도록 하며 폴리도로 령의 수수께끼는 마음 한 구석에 넣어두기로 했다.

제90화 마르티나의 재능

점심 식사를 마치고 소화할 겸 단련에 들어갔다.

나 자신의 단련이 아니라 견습 기사인 마르티나를 교육하는 일이다.

솔직히 이건 내가 즐기고 있다.

마르티나에게는 뚜렷한 재능이 있다.

9살 어린아이로는 보이지 않을 만큼 똑똑했으며, 내가 하나를 말하면 백을 이해하고, 나아가 천을 알기 위해 질문까지 던질 만큼 탐욕스럽기도 했다.

그것은 아스타테 공작도 알고 있을 것이다.

하지만 총명하기만 한 건 아니다.

영지에서 입는 평상복에 맨손으로 마르티나를 상대한 지 한 시간 정도가 지났다.

"여기까지인가? 내가 어릴 때는 더 오래 버텼는걸."

"왜 파우스트 님은 무예의 초인인 본인과 저를 비교하시는 거죠?"

비교하는 이유는 나와 필적하는 재능이 잠들어있기 때문이다.

그야 마르티나의 어머니인 카롤리느는 우선 지식을 먼저 가르쳤을 것이다.

왕도에서 검술 훈련을 시작했을 때는 목검조차 제대로 쥔 적이 없다고 했다.

참으로 현명한 판단이었고, 지금까지 성장 과정에서는 옳은 선택이었다.

나 역시 이 아이는 검의 길로 살아가는 게 아니라 그 두뇌를 이용해 출세시켜야겠다고.

아나스타시아 제1왕녀 전하와 아스타테 공작이라면 이 재능을 반드시 살려줄 것이라고.

영지를 빼앗긴 법복 귀족 마르티나가 앞으로 살아가는 방법을 가르치자고.

그렇게 생각했다.

하지만 무예 분야에서 보여주는 이 경이로운 성장 속도는.

"다음은 날지 않을 거냐?"

웃으며 중얼거렸다.

"안 납니다. 허를 찌를 수 있다고 생각했는데요."

마르티나는 그 작은 몸으로 조금 전 2m가 넘는 나의 머리를 쪼개고자 시도했다.

새처럼 가뿐하게 허공을 날았는데, 그 놀라운 도약력은 내 어린 시절과 필적했다.

초인이다.

마르티나에게 초인의 소질이 있다는 건 누가 봐도 명확했다.

신성 구스텐 제국에서 초인이라는 단어는 기본적으로 포괄적으로 뛰어난 인간을 가리킨다.

기사 사이에서 빈말로 상대를 초인이라며 띄워주는 일은 흔히 있었다.

하지만 정말 진심으로 초인이라 부를 수 있는 인간은 사실 많지 않다.

마르티나의 어머니 카롤리느처럼 아슬아슬하게 손이 닿을 법한 사람조차 소수다.

마법사처럼 1만 명 중 한 명 나올까 말까, 혹은 그보다 더 적을지도 모른다.

가까운 곳에서는 나처럼 개인의 무예에만 특출난 타입.

아나스타시아 제1왕녀나 아스타테 공작처럼 전략이나 전술에서 시대를 앞서가 미래가 보이는 타입.

다양한 타입이 있지만, 어쨌거나 신체적인 근력부터 명백하게 평범하지 않았다.

남녀의 역할이 역전된 듯한 이 세계에서는 외모와는 다르게 핼버드나 츠바이 헨더를 가뿐하게 휘둘러대는 여성이 당연하다는 듯 존재한다.

하지만 영화 속 액션 스타 같은 활약을 영화 속 장면처럼 실행할 수 있는 무식한 존재쯤 되는 건 역시 초인뿐이다.

그리고── 눈을 감는다.

다리.

"짧아."

작은 체격을 살린, 다리를 파고드는 공격.

나쁘지는 않다.

신발의 측면으로 목검을 짓누른 뒤 비틀어서 걷어찼다.

공중으로 날아간 목검을 엄지와 검지로 잡아챈 다음 마르티나의 어깨에 일격을 가했다.

당연히 힘 조절은 하고.

"――."

그 일격에 마르티나는 비명조차 지르지 않았다.

이를 악물고 통증을 참고 있다.

아파서 분노를 발산하면서도 강한 기사는 있으니 이것 자체에 좋고 나쁘고를 말할 수 없다.

하지만 통증을 두려워하지 않는다는 점은 좋았다.

악을 쓰든 조용히 참든 가장 중요한 건 통증을 두려워하지 않는 것이다.

"오늘은 이것으로 30번째 죽음이다."

"아니, 애초에 무리잖아요. 파우스트 님. 저는 9살이거든요."

종사장인 헬가를 상대로 열 번에 한 번은 이기는 초인이 무슨 말을 하는 건지.

애초에 이건 승리를 목적으로 한 훈련이 아니다.

마르티나 폰 보셀이라는 초인의 능력을 어디까지 끌어낼 수 있는지 가늠하기 위한 훈련이다.

무엇을 어떻게 해야 이 소녀가 최종적으로 완성되는지는 잘 알고 있다.

그래.

레켄베르, 그 이름을 떠올렸다.

빌렌도르프의 대영웅, 클라우디아 폰 레켄베르처럼 모든 방향으로 궁극에 달해있던 진정한 초인.

그녀 같은 인간이야말로 진짜 초인이라고 불러야 할 것이다.

그 완성형 앞에서는 나 같은 건 한 분야에 특화한 재주꾼에 불과했다.

이를 악물었다.

전장이었기에 죽일 수밖에 없었지만, 지금은 살아있었다면 좋았겠다고 바란다.

가상 몽골인 유목 기마민족 국가의 위협이 닥쳐오고 있다는 걸 알게 된 지금은 후회마저 한다.

하지만 이런 생각을 해 봤자 소용없다.

여러모로 뒤죽박죽인 이 기묘한 세계에서도, 게슈라는 형태로 신을 증명할 수 있다고 해도 죽은 사람이 살아 돌아오는 기적은 '신의 딸' 말고는 없었다.

생각을 되돌린다.

나는 마르티나가 저 레켄베르에 필적하는 완성형의 초인에 도달할 수 있을지도 모른다고 기대한다.

아니, 그 이상.

제대로 된 교육 환경만 갖춰준다면 뛰어넘을 수도 있다는 추측마저 한다.

이건 내 견습 기사라서 콩깍지가 끼었기 때문은 아니다.

"다음. 자세 정비해."

"지쳤습니다. 30번이나 죽었으면 충분하잖아요."

마르티나의 선언.

이 똑똑한 아이가 하는 말이니 정말로 지쳤을 테지.

순순히 고개를 끄덕이고 휴식을 허락했다.

――이 아이를 어떻게 키울까.

"아아."

어머니, 마리안느도 이런 식으로 고뇌했을까.

그래, 무엇이 어떻게 되든 이 아이는 초인이 될 것이다.

하지만 그 재능의 다양성은 명백히 육성 환경에 좌우된다.

솔직히 말해 지금부터라도 아스타테 공작에게 애원해서 공작 밑에서 교육을 받게 해야 하는 것이 아닌가.

그런 생각도 들지만.

――나에게도 욕심이 있다.

마르티나는 내 손으로 키우고 싶다.

이 재능이 어느 영역까지 도달할 수 있을지 지켜보고 싶었다.

조금 전 초인을 액션 스타로 비유했는데, 딱 그랬다.

초인은 때로는 무시무시할 정도로 사람을 매료한다.

"파우스트 님?"

의아한 듯, 그러면서도 9살까지 간직한 순수한 눈은 그대로.

마르티나가 내 얼굴을 바라보고 있다.

서 있기는 하지만 완전히 녹초가 되어있었다.

"방에 가서 낮잠이라도 자고 와. 저녁 먹을 때까지 자유 시간이다."

낮잠은 피로 회복에 좋다.

아아, 이건 전생의 지식이 아니라 어머니 마리안느에게서 들은 말이었지.

그건 선조 대대로 내려오는 학습에서 나온 말인지, 아니면 내 몸을 염려했기 때문인지.

아마도 둘 다일 것이다.

내 말에 따라 순순히 방으로 돌아가는 마르티나.

잠시 혼자 생각할 시간이 필요했다.

마르티나가 완전히 떠난 것을 확인한 뒤 홀로 중얼거렸다.

"저 아이의 어머니, 카롤리느는 무슨 생각을 했을까."

불쌍했다.

처음에는 좋아하지 않았다.

그저 어리석은 여자라며, 최소한 죽기 직전의 한 마디 정도는 이뤄주겠다고 생각했었는데.

이렇게 마르티나가 우수한 것을 보니 몹시 불쌍해졌다.

그 여자는 세상 전부에 절망했을 것이 틀림없다.

자신은 차녀로서 단순한 스페어에 불과하고, 마르티나라는 재능을 세상에 내보내지 못한다는 사실에.

저만한 재능을 지녔어도 앞으로 출세를 바라기는커녕 1천 명의 영지민을 거느린 영주조차 되지 못한다는 사실에.

마르티나에게는 입이 찢어져도 말할 수 없고, 절대로 들켜서는 안 된다.

카롤리느가 저지른 흉행(凶行), 가주 찬탈 사건에서 최후의 방아쇠를 당긴 요인은 저 아이일지도 모른다.

마르티나라는 재능 덩어리를 세상에 내보이지 못한다는 두려움이 그 사건을 일으켰을 가능성이 있다.

자신을 따르는 종사와 영지민들의 미래, 카롤리느 본인이 영주가 되고 싶다는 욕구도 분명히 있었을지도 모르지만.

만약에—— 그래, 예를 들어 왕국에서 윤활유 역할을 해주며 뛰어나기만 하다면 법복 귀족으로서 자리를 마련해주는 사람.

로베르트 님 같은 사람과 연이 닿았다면 그런 폭주는 저지르지 않았을 것이다.

물론 로베르트 님은 5년도 더 전에 죽었지만.

안 되겠군.

카롤리느의 좁은 시야에서, 마르티나의 미래는 태어났을 때부터 막혀있다.

모든 것을 참고 입을 다물고 있었다면 마르티나는 1천 명의 영지민을 둔 보셀령의 봉건 영주가 되었을 것이다.

마르티나의 이모가 계승권을 포기할 마음이라는 것을 사전에 알았다면 분명히 존재했을 미래이지만.

전부 다 잃어버리고 말았다.

무엇을 한들 왕령이 되어버린 영지를 마르티나가 되찾는 미래는 오지 않는다.

"앞으로 마르티나의 미래가 밝을까."

그리 좋지 않다.

블루 블러드는커녕 그 의무를 버리고 평민으로서의 행복조차 바라지 못할지도 모른다.

사람들에게 손가락질당하면서 살아갈 것이 틀림없다.

과거 리젠로테 여왕 폐하에게 들은 말이 초조하게 했다.

다음 여왕 폐하가 될 아나스타시아 제1왕녀는 영명한 사람이다.

그렇기에 부모의 죄를 자식의 죄로 보는 세간의 평가를 무시할 만큼 어리석지 않다.

아스타테 공작은 그런 부분을 신경 쓰지 않는다.

재능만 있다면 평민 출신이든 적국 출신이든 살인귀의 딸이든 중용할 것이다.

의지할 상대라면 아스타테 공작이었다.

그 아이를 구명하기 위해 세간에 억지를 부린 나로서는 기사의 명예를 걸고 장래를 약속해야만 한다.

하지만 아스타테 공작이라.

"……."

솔직히 요즘은 그 사람을 조금 알 수 없게 되었다.

절대 싫어하는 건 아니다. 그 변태적인 성향도 내 전생의 남녀 가치관으로 본다면 수용할 수 있는데.

아니, 전생의 가치관으로도 아스타테 공작은 서글플 정도로 변태이긴 하지만.

그것도 나를 좋아하기 때문이라고 생각하면 대충 괜찮다.

진심으로 나를 좋아한다고는 생각하지만, 얼마나 순수한지는 썩 믿음이 가지 않는다.

내가 그녀의 구애를 거부하는 건 입장상의 문제뿐만이 아니다.

다른 남자에게 마음이 바뀌지는 않을까? 다른 남자와의 아이를 폴리도로 령의 영주로 세우려고 할 가능성은 없나?

그러한 의문을 버리지 못하기 때문이다.

하지만 마르티나에게는 아스타테 공작의 힘이 필요해 보였다.

우선 기회가 주어지지 않는다면 활약해서 명예를 되찾지도 못한다.

전쟁에 참전하는 건 물론이요, 왕국의 관료로서 일하려고 해도 어떠한 조력이 필요하다.

하지만 영지민이 300명 남짓한 빈곤 영주 기사가 무엇을 해줄 수 있을까.

최근에는 자금이 넉넉하지만, 이건 나만이 아니라 영지민들을 위한 돈이기에 마르티나에게 전부 사용할 수는 없다.

"아스타테 공작에게 몸을 팔까?"

작게 중얼거렸다.

마르티나의 장래를 진지하게 걱정했다.

이쯤 오니 아스타테 공작에게 매달리는 것 말고 다른 방법이 떠오르지 않았다.

하지만 내가 교섭 조건으로 걸 수 있는 건 내 몸뚱이 하나뿐이었다.

장래의 약혼자인 발리에르 님에게 매달려서 도저히 방법이 없다며 부탁할 수도 있을 것 같기는 하다.

발리에르 님은 불쌍할 정도로 제 사람에게 약하다.

저 미치광이 자비네에게 보이는 태도만 봐도 확연했다.

기본적으로 중요한 건 세간에 보여주는 체면뿐, 귀족이 한 남자를 공유하는 것쯤은 이 세계에선 드물지도 않다.

세간에서 나에게 내리는 평가, 즉 영지와 영지민에게 피해가 없으면 된다. 요컨대 아스타테 공작의 정부가 된다고 해도 비밀로 할 수 있거나, 어떠한 상황에서 공공연히 인정받을 수 있기만 하면 된다.

"아나스타시아 제1왕녀에게는 부탁하지 못할 것 같고……."

사실은 뒤에서 인육을 먹는다는 소문을 들으면 살짝 믿어버릴 정도로 눈매가 무시무시한 여자.

파충류의 눈을 지녔지만, 그건 파충류에게 말이 너무 심하단 소리를 들을 법한 눈매의 왕녀.

하지만 어마어마한 미모의 아나스타시아 제1왕녀.

나는 그녀를 전우라고 생각하고, 그녀도 그렇게 생각할 것이다.

기사로서 실력을 정당하게 평가해주기도 한다.

하지만 이 세계의 미적 감각을 고려하면 나를 좋아해 줄 것 같지는 않다.

몸을 팔기엔 부적절하다.

선택지가 없다.

"성상납."

그 세 단어로 귀결된다.

나 자신이 글러 먹은 놈이라는 생각이 드는 까닭은 아스타테 공작에게 몸을 파는 걸 생각하자 조금 흥분해버렸기 때문이다.

가슴이 큰 아스타테 공작에게 희롱당한다고 생각하니 어떻게 할 수가 없다.

자연스럽게 그동안 몇 번이나 등이며 팔을 짓눌러대던 아스타테 공작의 가슴 감촉이 자연스레 떠올랐다.

발기했다.

하지만 지금은 영지에 있으니 고추가 아프지는 않았다.

영지에 있으니 정조대는 풀어놓았고, 고간 주변이 넉넉한 바지 차림이었다.

"최악의 사태에는 그렇게 하자. 애초에 아스타테 공작이 너 같은 건 필요 없고, 마르티나를 부하로 두고 싶다고 할지도 모르니까."

색정광이기는 하지만 재능광이기도 한 그녀에게는 내 정조 같은 것보다 마르티나가 더 가치가 크지 않을까.

그런 가능성을 부정할 수 없다.

오히려 더 커 보인다.

분명 그럴 것이다.

"마르티나의 미래는 밝을 거야."

나보다 더 재능으로 충만한 마르티나.

그것이 세상에 인정받지 못하고 매몰되는 일은 일어나서는 안 된다.

내 전우 아나스타시아 제1왕녀와 아스타테 공작이라면, 설득하면 알아줄 것이 틀림없다.

분명 마르티나를 유능한 부하로서 손에 넣고 싶어 할 것이다.

이 정조 같은 건 바라지 않겠지.

밝게 웃으며 목검을 손가락 두 개로 빙글빙글 돌렸다.

그것은 마치 세상을 돌리는 것처럼 깔끔하게 돌아갔다.

제91화 마르티나의 낮잠

침대에 누웠다.

파우스트 님이 낮잠을 자라고 권했지만 잠이 오지 않는다.

피곤해서도 아니고, 하물며 고민이 있어서도 아니다.

시끄럽기 때문이다.

"진지하게 머리가 이상한 겁니까?"

나무를 메이스로 때리는 소리.

원숭이와 비슷하지만 분명한 사람의 목소리.

키에엑인지 으랴랴인지 크아악인지 잘 알아들을 수 없는 외침도 섞여 있다.

그래, 내가 아침에는 푹 자고 싶으니까 그만두게 해달라고 쾰른파 신모에게 부탁했다.

그것을 오후에는 해도 괜찮다고 해석했구나.

놀라울 정도로 자기에게 유리하게 해석하는구나, 저 성직자.

이쯤 오면 때려도 되지 않을까?

"제 당장 목표는 저 미친 부제를 때려눕히는 일이 아닐까요? 그러기 위한 힘을 손에 넣는 게 아닐까요?"

침대에 누워 천장을 올려다보면서 자문했다.

결국 이 세상은 약육강식.

약하면 죽고 강하면 산다.

그러한 섭리로 이루어져 있다.

특히 이 영지의 종파, 쾰른파는 그런 사고방식을 지녔다.

무슨 수단을 쓰든 이기면 된다.

교황이 금지한 크로스보우든 뭐든 쓸 수 있다면 팍팍 사용해라.

그런 사고방식으로 살아간다.

"본래 성직자는 저렇지 않다고 단언할 수는 없나."

과거에는 지식을 보존하고 속세에서 떨어져 제 내면을 살피는 곳이 수도원이었다.

그러한 오래된 수도원 자체는 딱히 사라지지 않았다.

하지만 시대 변화에 따라 그 전통에서는 크게 벗어났다.

영지를 보유하고 기사수도회라면서 기사단을 육성하여, 속세의 영주권과 무력을 행사하고 있다.

성직자들은 누가 봐도 강력한 권력을 지녔다.

쾰른파에서는 최근 특히 두드러지게 움직이고 있다.

기원 자체는 오래되었지만, 규모는 작은 파벌.

본래는 주목할만한 가치가 없다.

그래도 쾰른파가 유명했던 이유는 순수한 미치광이들만 모아놓은 것 같은 투쟁집단이기 때문이다.

화약을 손에 넣기 전부터 머리가 이상했다.

영주가 전쟁에 나설 때면 몹시 참전하고 싶어 한다.

종군 신모의 주된 역할은 치료이자, 장송이자, 민심 안정이다.

그건 괜찮다. 오히려 봉건 영주 쪽에서 부탁하기도 했다.

하지만 아침에 파우스트 님과 신모의 대화에서 나온 것처럼, 쾰른파는 전투원으로서 참전하는 걸 강력하게 희망한다.

이교도를 공격하거나 방어한다는 목적이 아니다.

그녀들은 퀼른파끼리라고 해도 전쟁에서는 회한을 남기지 않음을 전제로 두고 싸우는 것을 긍정했다.

명예, 부, 신에게 헌신 같은 목적이 있다면 나았을 테지만 그것도 아니다.

그녀들은 자신들이 터를 잡은 영지와 그 신앙을 인정한 영주, 그리고 신도인 영지민과 함께 싸워 적에게 효율적으로 타격을 주고 한 명의 적이라도 많이 죽이는 것을 신조로 삼고 있다.

그때 저지르는 살인은 아무런 문제도 되지 않는다.

자신이 사랑하는 신도를 지키기 위해 적을 배제하는 것뿐이니까.

"자선을 통한 자매애로서의 우애는 어디로 사라져버린 거지?"

적어도 퀼른파에서는 서글플 정도로 보이지 않았다.

아무튼 머리가 이상하기로 유명한 소수 파벌.

얼마 전까지는 그 정도에서 끝이었다.

화약을 손에 넣은 뒤로는 한층 머리가 이상해졌다.

머스킷 총.

아직 병기로서 불완전하긴 하다.

사정거리가 너무 짧고, 명중률이 떨어졌다.

플레이트 메일의 흉갑을 관통하는 머스킷 총은 확실히 매력적이다.

하지만 그건 조건이 갖춰졌을 때의 위력이며, 투구나 흉갑은 이미 총탄 대책도 맞춰놓고 있다.

총탄을 상대로 투구나 흉갑은 아직 유효한 방어력을 보여줄 것이다.

'아직까지는'.

시대는 변해가고 있다.

머스킷 총은 파우스트 님이 이전 제2왕녀 친위대 대장 자비네에게 흘린 발언을 들은 뒤로 조금 생각하는 바가 있다.

앞으로 전쟁을 격변시키는 키워드가 될 것이다.

하지만 지금 그쪽 생각은 하지 말자.

지금 생각할 필요가 있는 건 퀼른파에 대해서다.

아무튼 화약이다.

퀼른파는 화약을 만난 뒤로 한층 이상해졌다고 들었다.

어머니 카롤리느에게 배운 지식, 파우스트 님에게 배운 지식, 그것을 머릿속에서 이리저리 짜 맞췄다.

"신도 수 증가."

손을 펼쳤다가 손가락 하나를 접었다.

머스킷을 저렴하게 손에 넣기 위해서는 퀼른파의 세례를 받아야 한다.

자연스레 총을 선호하는 용병은 다들 퀼른파가 되었다.

그 가족도 마찬가지.

상황에 따라서는 총을 선호하는 봉건 영주가 퀼른파로 개종까지 한다고 들었다.

그것 하나만으로도 수만 명 단위로 신도가 증가한다.

"주교령 발전."

두 번째 손가락을 접었다.

무기와 총화기 공방이 즐비하게 늘어선, 하천을 낀 공방 도시.

그 도시의 발전은 최근 보기 드문 수준이라고 한다.

쾰른파는 신도의 헌금을 전부 화기 개발에 쏟아부었다.

신성 구스텐 제국 내의 모든 헌금을 쏟아 넣고, 그 무기가 다시 쾰른파의 용병이나 뛰어난 무기를 원하는 기사들의 손으로 넘어갔다.

적을 죽이는 것이 신도를 지키는 유일한 수단이라며 혈안이 되어있다.

엄숙한 의식이나 석조 건축물, 하루하루 생활의 안녕.

그런, 다른 종파가 하는 일은 서글플 정도로 무의미하다고 생각한다.

안할트 왕도의 쾰른파 교회가 대교회라는 이름이 무색하게 작은 교회였던 이유는 소수파이기 때문만이 아니다.

사치는 투쟁의 불순물이라고 생각하는 경향이 있었다.

청빈함의 의미를 한숨이 나올 만큼 다르게 생각하고 있다.

"쾰른파의 정점에 있는 주교가 추기경으로 선출."

세 번째 손가락을 접었다.

쾰른파의 주교가 고작 7명밖에 없는 추기경 중 한 명으로 선정되었다.

앞서 꼽은 두 가지와 관련이 있을까?

아니면 현재 쾰른파의 주교가 그만큼 능력이 좋은 걸까?

나는 알 수 없다.

어쩌면 둘 다일지도 모른다.

아무튼 퀼른파의 주교는 교황의 중요한 상담을 맡을 대상으로 뽑혔다.

"화기라."

나머지 두 개의 손가락을 접었다.

유치한 9살의 두뇌로는 세 가지밖에 요인을 꼽지 못했다.

결론부터 말하자면 화약이다.

그 폭발로서 퀼른파는 신도 수를 확대하고, 세력을 넓히고, 권위를 강화했다.

"키이이이이이이이이이이이익."

"시끄러워."

원숭이 같은 외침과 나무를 메이스로 때리는 타격음이 들린다.

그녀들이 사랑하는 머스킷 총으로 머리를 쏴 버리고 싶었다.

파우스트 님은 왜 화내지 않는 걸까.

성직자를 귀하게 대우하는 건지도 모르지만, 아무리 그래도 화낼 권리 정도는 있을 텐데.

때릴 권리도 있을 것이다.

움직임을 멈출 때까지 때려도 되지 않을까?

본래 이 방은 파우스트 님이 폴리도로령을 이어받을 때까지——선대 마리안느 님이 돌아가실 때까지 쓰던 방이었다고 들었다.

어린 시절의 파우스트 님은 격노하지 않았을까?

화가 났지만, 아마 익숙해지거나 포기하거나 했을 테지.

분노의 기사라고 불리지만 평소 파우스트 님은 순박하고 자상한 분이다.

때때로 도저히 용서할 수 없는 일, 그 불가사의한 윤리관과 지적 능력으로 세상이 자기 의사와 맞지 않을 때 터트리는 것뿐이다.

물불을 가리지 않게 된다—— 역시 그 성격은 교정하지 않으면 곤란할 것 같다.

하지만 22살의 파우스트 님이 새삼 교정하는 건 역시 불가능할 것이다.

누군가가 도와야 한다.

역시 파우스트 님의 보좌가 될 인물이 필요하다.

짐작 가는 사람이 없다.

내가.

내가 조금만 더 나이가 많았더라면.

무언가 도움이 되었을지도 모른다.

하지만 9살인 나로서는 전장에서 옆에 서지도, 지혜로 도움이 되지도 못할 것이다.

파우스트 님의 뜻을 꺾지 못한다.

"——."

조금 졸음이 왔다.

"키이이이이이이이이이이이이익."

광기 어린 행위는 계속되고 있다.

머스킷 총을 갖고 싶다.

그걸로 저 부제의 머리를 꿰뚫는 것이다.

일격에.

괴로워하지 않고 신의 곁에 갈 수 있도록 일격에 처치해주겠다.

그런 살의를 품고 있을 때——.

"야옹."

고양이 소리.

고양이 마리안느가 밖에서 문을 긁작긁작 긁고 있었다.

들어오고 싶은 모양이다.

많이 졸렸지만, 침대에서 일어나 문을 열었다.

"애옹."

"파우스트 님이라면 안 계십니다."

이 방은 과거 파우스트 님의 방이었다.

마리안느는 사람을 착각한 게 아닐까.

하지만 내 다리에 이마와 꼬리를 문지르며 다리 사이로 빠져나갔다.

그길로 침대에 폴짝 뛰어오르더니 구석에서 몸을 말았다.

"그곳이 당신이 좋아하는 장소입니까? 빼앗아서 죄송합니다."

"애옹."

짧게 대답하듯 울고는 눈을 감았다.

고양이는 자고 있기만 해도 시간이 흘러가니까 편해서 부럽다.

나는 무언가 하나가 마음에 걸리면 그 생각을 멈추지 못한다.

모르는 게 있으면 계속 질문해대서 옛날부터 어머니 카롤리느의 말문을 막히게 했——아아.

그만하자.

침대에 앉아 마리안느를 한번 쓰다듬었다.

고양이는 좋구나.

쓰다듬고 있는 동안에는 속세의 안 좋은 일, 불쾌한 일, 떠올리고 싶지 않은 일들을 잊어버리게 해준다.

"……고양이가 되고 싶어."

물론 불가능하다는 건 이해하고 있다.

자세를 바꿔 옆으로 누웠다.

깃털을 채워 넣은 이불을 끌어당겨서 몸을 감쌌다.

조금 전보다 졸음이 강해졌다.

저녁 먹을 때까지는 자자.

나는 9살이다.

몸과 머리의 발달을 위해 잘 자야 한다.

머릿속이 뭉게뭉게 흐릿해지면서 비어간다.

조금만 더 하면 잘 것 같다.

"키이이이이이이이이이이이익."

저 목소리만 방해하지 않는다면.

머릿속이 어지러워진다.

흐리멍덩해진 그것을 마음속에 늘어놓는다.

폴리도로 령에서 해야 하는 일.

『아스타테 공작의 스파이.』

『파우스트 님의 해주는 견습 기사 교육』

궁금한 점.

『폴리도로령의 수수께끼. 폴리도로가와 영지민의 관계성.』

『쾰른파의 화기 개발 상황.』

하고 싶은 일.

『퀼른파 부제 척결.』

『파우스트 님의 보좌 발굴.』

이 정도?

아니, 하나 더. 이뤄질 수 없는 소원이 있다.

어머니, 카롤리느.

아니——.

거절하지 않았는가.

빌렌도르프의 국경선으로 향할 때 들었던, '내 영지라도 괜찮다면 무덤도'라는 파우스트 님의 몹시 다정한 말.

나는 그걸 이미 매정하게 거절하지 않았는가.

반역자의 무덤 같은 걸 만들었다가는 파우스트 님이 비난받는다고.

그런 이유로 거절하고 말았다.

비련은 끊어내야 한다.

그런 어리석은 인간에 대해서는 잊어야 한다.

어린 시절부터 내가 던지는 질문에 말문이 막혀서 눈썹을 찌푸리고는, 수도원의 도서실이나 성직자에게 물어본 뒤 며칠 뒤에는 반드시 대답을 돌려주었던 것을 떠올렸다.

종사와 영지민에게 신뢰받고 영지를 위해 모든 군역에 출진해서 보셀가의 명예를 유지해온 어머니.

나의 어머니, 카롤리느 폰 보셀.

한때는 내 자랑이었던 인간.

——세간에서는 모든 판단을 그르친, 안할트 연방민의 피로 손을 더럽힌, 시야가 좁은 우둔한 반역자.

비난받고, 그 이상의 조롱을 듣는 인간일 뿐이었다.

"……."

내 어머니 카롤리느는 대역죄인이다.

파우스트 님의 손에 날아간 목은 리젠로테 여왕 폐하의 조사 후 어떻게 되었는지도 모른다.

공동묘지에 매장되지도 못했을 것이다.

돼지 먹이로 던져주었을까.

숲에라도 버려져서 들개나 벌레에게 파먹혔을까.

파우스트 님에게 그 말로를 물어볼 수는 없었다.

이 이상의 심려를 짊어지게 할 수는 없다.

내 어머니는 사악하고 우둔한 인간이었다.

지켜야 하는 안할트 왕국의 왕령을 덮쳐 많은 사람을 죽이고, 남자를 끌고 가 빌렌도르프에 나라를 팔아먹으려고 했다.

제 영지의 영지민을 현혹해 사지로 보내고, 결과적으로 보셀령을 파멸시켰다.

인간으로서는 계약도 계율도 어겨버린 극악인이며 귀족으로서도 어리석다고밖에 할 말이 없었다.

——잊어버려.

그렇게 생각한다.

그건 하찮은 인간이었다.

파우스트 님이 어머니의 이름을 꺼낼 때마다 그렇게 단언해야

만 한다.

잊어버리자.

내 어머니는 어리석은 사람이었다.

"야옹."

웅크리고 있던 마리안느가 울음소리를 내더니 일어났다.

그러고는 내 얼굴 옆으로 걸어와 뺨을 핥았다.

마리안느의 혓바닥이 내 뺨을 타고 흐르던 것을 훔쳐 갔다.

까끌까끌한 감촉이 기분 좋았다.

"아아."

입에서 오열이 흐른다.

결국 이 세상은 약육강식.

약하면 죽고, 강한 자가 살아남는다.

그리고 어머니는 각오도 품성도 시야도 지능도 무력도, 모든 것이 부족했다.

바보가 필사적으로 발버둥 친 결과, 당연한 결과를 맞이했을 뿐이다.

다들 그렇게 생각하고, 사실을 보면 정말로 그랬다.

하지만.

하지만.

나에게는――.

"……."

피어났던 꽃봉오리가 오므라드는 것처럼 이성이 점점 작아져 간다.

그렇게 꿈결 속으로 떨어졌다.

폴리도로 영주관의 홀.

다섯 명 정도가 어떻게든 앉을 수 있는 길쭉한 의자가 테이블 좌우로 두 개 놓여있다.

그곳에 파우스트 님과 내가 앉고, 반대편에는 종사장 헬가 님과 다른 종사 네 명이 앉아 있다.

파우스트 님이 왕도에 홀로 남아 영지를 비운 동안 나는 헬가 님의 집에서 식사하고 단련을 이어갔다.

다른 종사들과는 빌렌도르프에 다녀올 때 이후로 처음이다.

종사 다섯 명은 크로스보우와 체인 메일을 받은 순수한 전사 계급이다.

싸우기 위해 전문화된 전사였다.

각자에게 주어진 집의 밭은 평소 그녀들의 자매와 가족이 경작하고 있다.

이러한 생활양식은 작은 봉건 영지에서는 도시든 시골이든 다르지 않을 것이다.

"내일 모의전에 대해서다만."

"영지민은 다들 기다리고 있습니다. 내일도 여느 때처럼 50명의 영지민이 참석할 예정입니다."

헬가 님이 빵과 고기, 그리고 생선에도 손을 가져가며 대답했다.

이 저녁 식탁에서 파우스트 님과 견습 기사인 나와 다섯 명의 종사가 나누는 대화 주제는.

내일 열리는 모의전에 대해서였다.

평소 단련은 물론이고 내 어머니 카롤리느도 종사들과 훈련했었다.

그러나 평민과 함께 모의전을 하는 모습은 본 적이 없었다.

기본적으로는 다들 생산자로서 일이 바쁘기 때문이다.

"이번에도 역시 진형 연습입니까?"

"그래. 역시 지금은 영 딱 들어맞지 않아."

하지만 폴리도로 령에서는 일주일에 한 번 평민과 함께 대규모 모의전을 치른다.

폴리도로령의 사람들은 과거 개척단이었던 자들의 후손이며, 그 리더가 폴리도로가였다는 이야기는 교회에서 들었다.

그리고 폴리도로령은 안할트 왕국과 빌렌도르프의 국경선과 가까운 변경 영지다.

땅을 강탈당하는 것에 명확한 두려움과 위기감이 있다.

이런 부분은 옛 고향인 보셀령과 똑같이 볼 수 없을 것이다.

"무엇이 들어맞지 않는다는 거죠? 저는 잘 모르겠습니다."

너무 끼어드는 건 좋지 않지만, 견습 기사로서 의문을 던졌다.

내 어머니 카롤리느는 파우스트 님에게 맞서 싸웠고, 종사와 영지민을 포함해 70명이 전사했다.

물론 원망할 생각은 없지만, 모조리 다 죽어버렸다.

반면 폴리도로 영지민의 전사자는 0명.

이렇게 무시무시한 숙련도인데, 무엇이 부족하다는 건지 옆에서 보아도 알 수 없었다.

"내가 애초에 근본적인 실수를 했다는 게 원인이지."

"그 말씀은?"

파우스트 님이 눈썹을 찡그리며 중얼거렸다.

"테르시오라는 진형이 있다. 종사 다섯 명의 크로스보우 부대를 지휘관 · 사격수로서 중앙에 놓고, 그곳을 창이나 검으로 무장한 민병이 에워싸는 기본 진형이지. 폴리도로 가문이 군역에 동원할 수 있는 인원은 20~30명 정도. 솔직히 말하면 진형이라고 부르기에는 민망할 정도로 머릿수가 적다 보니 아주 불완전해지지만. 아무튼 그것을 채용했지."

"그렇군요."

방어적인 진형.

기본적으로 원거리 공격이 가능한 병사를 창병이 호위하는 진형이라고 생각하면 될 것이다.

파우스트 님의 진형은 때로 유연하게 움직인다.

빌렌도르프로 행군하던 도중, 마침 기회라면서 헬가 님의 지시로 몇 번 진형을 바꾸며 어떤 느낌인지 보았다.

각 종사의 명령에 따라 가로 한 줄로도, 세로 한 줄로도 바뀌었다.

확실히 불완전하지만, 영지민이 신속하게 움직이는 모습은 뛰어난 숙련도를 확실하게 보여주었다.

무엇이 불만족스러운 걸까.

"나는 이 진형을 채용해서 영지민의 전사자 수를 줄일 수 있다고 기대했지. 방어적 진형이 그 효과를 발휘하기를 바라면서."

"줄지 않았습니까?"

파우스트 님이 영주 대행으로서 나서게 되면서 폴리도로 영지민의 전사자 수는 제로라고 들었다.

"줄었지. 줄었기는 하지만, 무언가가 아닌 느낌이야. 나는 무언가 근본적인 착각을 하는 게 아닐까."

파우스트 님이 고민했다.

——막연하게 눈치챘다.

"잘 생각해 보면 진형을 짠 건 좋지만, 딱히 이 행동에 의미는 없지 않나? 확실히 사망자는 없어졌지. 그래도 처음에 진형을 짜는 건 완전히 무의미해진 것 같은 느낌이 든다."

애초에 파우스트 님의 전투 스타일이 방어적이지 않다. 적의 최강 전력을 향해 돌격하는 극공격형이다.

적의 지휘관을 죽이고 사기가 무너진 적병을 영지민 전원이 일방적으로 몰살하는 참수 전술.

"하지만 파우스트 님, 역시 사망자는 나오지 않으니 이 방식을 그만둘 필요는 없다고 봅니다. 현재 잘 돌아가고 있으니 괜찮지 않습니까?"

한 종사가 반대 의견을 냈지만, 파우스트 님은 의문을 드러냈다.

"하지만 의미가 없는 느낌이다. 정말로 의미가 없는 것 같아."

파우스트 님은 애초에 자기비하적 경향이 있다.

개인적인 무위는 선대 마리안느 님이 손수 가르친 것.

따라서 그 부분만큼은 절대적인 자신이 있을 것이다.

하지만 그것 말고 다른 부분에서는 의심이 많은 모양이었다.

"역시 나는 전부 다 착각하고 있었던 거다. 병사는 다들 직접 전투를 고집한다는 편견이 있었지. 현실은 그렇지 않아. 다들 나를 보면 기본적으로는 도망친다. 우리에게는 도망치는 적을 필사적으로 쫓아다니면서 몰살한다는 현실만이 남았지. 진형 같은 건 전개하자마자 바로 무너진다고."

2m가 넘는 거구의 초인이 플뤼겔처럼 황당하게 큰 말을 타고 퍼레이드 전시용 같은 그레이트 소드를 한 손으로 붕붕 휘두르며 돌격한다.

그래서야 누구도 직접 싸우고 싶어 하지 않는다.

창병이 포위해도 두부처럼 무기를 일격에 잘라버리고, 다음으로 창병 전원의 목이 날아가는 모습이 눈앞에 선하다.

파우스트 님에게 근접전을 걸었다가는 일방적으로 참살당한다.

대책이라면 중장갑 기병들로 포위할 수밖에 없는데, 그래도 성공률이 미심쩍다.

저 그레이트 소드로 얻어맞으면 둔기로 맞는 것과 다를 게 없다.

정면에서 붙을 수 있는 건 기사 중에서는 클라우디아 폰 레켄베르크 같은 초인 영웅뿐이다.

"젊을 때의 나는 어리석은 꿈을 꾸었지. 방어적 진형을 사용하면 바보처럼 직접 전투하러 달려드는 적을 크로스보우로 일방적으로 사살할 수 있다는 어리석은 꿈을. 현실은 아니었다. 다들 멀리서 활을 쏴. 전부 튕겨내면 그만이지만."

파우스트 님이 테이블에 팔꿈치를 올리고 두 손으로 얼굴을 덮었다.

직접적인 전투에 집착하는 건 적이 아니라 오히려 파우스트 님이었다는 결말인가.

"종사가 원거리에서 크로스보우를 쏜다. 내가 돌격해서 적 지휘관을 죽인다. 사기가 무너진 적병을 다 함께 나서서 죽인다. 도적을 상대할 때는 기본적으로 이런 패턴이었고, 아무튼 도적은 필사적으로 도망치지. 화가 날 정도로 상대해주지 않아. 심지어 도적은 돈이 없다. 도적 같은 건 결국 먹고살기 급급한 자들의 모임이니까."

아니, 뭐 그야 그렇겠지.

"18살 정도까지는 도적을 잔뜩 죽여서 돈을 벌겠다는 꿈을 꾸었지만, 여행 상인을 경비까지 모조리 죽여서 마차를 통째로 빼앗거나, 왕도로 납품하는 왕령의 세금을 징세관으로부터 강탈하는 등 도적에게도 드문 행운이 일어나지 않는 한 무리다. 폴리도로 령처럼 소수 인원으로 진압할 수 있는 정도의 도적단이 돈이 많을 리가. 왜 나는 평범한 도적이 돈을 갖고 있다고 생각했던 거지?"

"돈이 있는 도적이라는 건 용병단이 그대로 도적단이 되어서 작은 봉건 영지라면 습격할 수 있는 수준의 대규모 집단 정도죠. 그쪽도 용병단의 운영비를 모조리 빼앗으면 돈이 된다는 무모한 소리죠. 아니면 페데가 일단 금지되기 전 강도 기사의 재산을 빼앗기 정도? 어느 쪽이든 순수한 도적이라고 부르기에는 조금 어폐가 있는 느낌입니다."

옛날에는 교회에서 금품을 강탈하는 강도 기사도 있었다.

분쟁 해결을 위한 결투, 페데가 일단 금지── 뭐, 일단은 금지되었다는 것뿐이라 지금도 하는 기사는 있다.

그 페데를 악용해서 결투라는 이름으로 강도, 공갈, 노상강도, 몸값을 노린 유괴를 저지른다.

특히 지독한 건 유괴다.

아무리 생각해 봐도 결투가 아니다.

더 지독하게 가면 남자를 납치한 다음 그 가족에게 페데를 치르거나 돈을 내라고 협박하는 것이다.

그렇지 않으면 남자는 어딘가에 팔아치워서 돈으로 바꾸겠다고.

유괴한 다음에 결투장을 보낸다.

기사라는 신분이 없다면── 아니, 있다고 해도 누가 봐도 범죄자였다.

만약 파우스트 님이 강도 기사가 된다면 그 전투력으로 순식간에 재산을 비축할 수 있을 테지.

성격상 불가능하겠지만.

"그런 주제에 크로스보우는 갖고 있지. 다섯 개나 노획했다. 바꿔 말하자면 나는 총 다섯 번이나 노려진 거야. 영문을 모르겠군."

하긴.

가난한 도적단에게는 과분한 무기다.

운이 좋은 건지 나쁜 건지.

아무튼.

"신성 구스텐 제국에 화기인 머스킷이 유행했기 때문이라고 봅니다. 유동수가 늘어나면 가격은 내려가고 입수 기회도 늘어나겠죠. 애초에 퀼른파의 공방 도시는 교황의 크로스보우 금지령을 무시하고 크로스보우를 생산해서 사방에 뿌리고 있으니까요……."

나는 생각한 바를 입 밖으로 늘어놓았다.

전부 다 퀼른파가 문제라고 원인을 몰아가서 파우스트 님이 혐오감을 느끼게 시도해본 것이다.

"아, 그렇군. 퀼른파 때문이라면 어쩔 수 없지."

파우스트 님은 아무렇지도 않다는 어조로 수긍했다.

너무 순순해서 당황했다.

실제로는 복합적이고 다양한 이유가 있을 테지만.

이 노선으로 퀼른파를 몰아세우는 건 어려울 것 같다.

"내 어리석음을 한탄했을 뿐이다. 본론으로 돌아가자. 아무튼, 발단은 내 착각이야. 다들 미안하다. 그 불완전한 짭테르시오 대형은 내 실수였다. 조금 수정하자."

"구체적으로는 어떻게 하실 생각이십니까? 애초에 어떤 형태를 이상으로 삼고 계시죠?"

물었다.

대충 예상은 가지만.

"일방적인 사살."

파우스트 님은 직접 전투에 특화된 능력을 지녔지만, 아무래도 본인은 그것을 싫어하는 모양이었다.

"크로스보우만이 아니라 본래는 머스킷 총이 좋지. 그리고 테르시오의 비율은 방어적 성질을 유지할 수 있는 정도로 창병이 있어야 하지만. 솔직히 말하자면 총병의 비율이 높을수록 좋다."

종사들은 예스맨이 많아서 그리 많은 것을 물어보지 않았던 건지 파우스트 님의 말에 살짝 열기가 배었다.

파우스트 님의 목적이 구체적으로 나왔다.

"진정한 이상은 마르티나가 존재밖에 모른다는 그 섬나라가 민병을 훈련할 때 도달하는 모습이다. 훈련하는 시간적 유예와 머릿수만 갖출 수 있다면 속사성과 사정거리가 뛰어난 롱 보우를 통한 일방적 사살. 뭐, 그 섬나라는 최종적으로는 졌지만. 아무튼 일방적인 살육이다. 당연하게도 사람들은 다들 적의 사정거리보다 먼 곳에서 일방적으로 살육하는 방법을 생각해왔지. 검보다 긴 창을 드는 것도, 돌을 던지는 것도, 화살을 쏘는 것도, 총으로 쏘는 것도 마찬가지다. 물론 이건 내 얕은 지식으로 쥐어짠 대답에 불과하지. 하지만 총병만이 아니라 기병도 총을 들게 되는 건 확실하다."

얼마나 일방적으로 살육하고 싶은 거지?

파우스트 님은 순박하고 온화한 사람이지만, 전장에서는 피에 굶주린 행동을 한다.

그건 아군의 손실을 줄이기 위해서일 테고, 아군으로서는 기꺼워해야 하는 행동이라지만 너무 가혹하다.

반면 기사로서 명예는 빌렌도르프의 기사단장 레켄베르를 쓰러트렸을 때처럼, 그야말로 영웅가의 주인공이 될 만큼 완강하게 지키며 때로는 내 구명 탄원을 위해 머리를 바닥에 조아리는 짓까지 해준다.

무예의 초인으로서 태어난 기사의 긍지인 걸까?

전쟁터와 평상시의 행동이 너무 어긋난다.

안 돼.

이해할 수 없다.

하지만 잠시 고민해보자 딱 하나, 짐작 가는 부분이 있었다.

"쾰른파의 영향을 너무 받으신 것 아닙니까?"

그래, 쾰른파다.

그 미치광이 종파가 이 다정한 사람의 사상과 지향점을 비틀어 놓은 것이다.

자신과 제 사람을 구하기 위해서라면 무엇을 해도 상관없다고.

평상시에는 별개로, 정정당당한 일대일 대결은 별개로, 휘몰아치는 전장에서는 그렇게 해도 된다고.

그런 사고방식이 뼛속까지 스며들었다.

나는 그 점을 지적했다.

"……."

파우스트 님은 몹시 상처받은 듯 내 얼굴을 바라보았다.

이렇게 대놓고 말을 들으니 조금 생각하는 바가 있었던 모양이다.

"내일 모의전은 어떻게 할까. 마르티나, 무언가 생각이 있다면 말해 다오."

그러고는 노골적으로 화제를 돌렸다.

나 개인으로서는 추궁하고 싶다.

하지만 이 문제를 계속 건드리는 건 아무리 그래도 파우스트 님이 불쌍했다.

나쁜 건 근본이 자상한 이 사람이 아니라 퀼른파다.

“저는 9살입니다. 솔직히 무엇이 나쁜 건지 대답하기 어렵습니다. 내일 모의전을 하죠? 그때 보고 생각한 것을 말씀드릴 테니…….”

살짝 말문을 흐렸다.

파우스트 님은 조금 전의 열정적인 말투를 거두고 어딘가 상처받은 듯한 얼굴이었다.

전부 퀼른파가 나쁘다.

생각한 바를 그대로 입에 담은 견습 기사 마르티나의 잘못이 아니다.

“그럴 수밖에 없나.”

파우스트 님은 의기소침한 듯 몸을 웅크렸다.

그러고는 콩과 보리로 만든 수프를 숟가락으로 휘젓기 시작했다.

저 습관은 한 번 지적한 정도로는 고쳐지지 않는 모양이었다.

제93화 파우스트의 단점

폴리도로 영지 내의 평야.

영지에서 걸어서 1시간 정도 떨어진 곳까지 행군했다.

돌멩이가 주변을 굴러다니기는 하지만, 인간의 발로 밟아서 다져놓은 티가 나는 장소였다.

좋은 연병장이다.

“총인원 50명, 집합했습니다!”

종사장 헬가 님이 큰 소리로 외쳤다.

파우스트 님과 나, 영주 기사와 견습 기사의 눈앞에 폴리도로 영지민 50명이 줄을 지어 서 있다.

종사장 헬가, 종사 4명, 농병 44명── 그리고 쓸데없이 쾰른 파의 부제도 끼어들어서 총 50명.

규율이 잡혀있다.

눈에 띄지 않고 소박한 복장의 여자들.

크로스보우, 검, 체인 메일로 무장한 사람은 4명의 종사뿐이고, 다른 44명은 창이나 검을 들고 있을 뿐 복장은 평상복 그대로다.

무기 자체도 애초에 전부 파우스트 님 및 폴리도로가의 소유물(크로스보우 5개를 포함하여 도적에게서 남획한 것이 많다)인데, 평상시에도 개인에게 대여해주고 있었다.

썩 언급하고 싶지 않지만── 내가 싫어하는 부제는 체인 메일에 머스킷 총을 장비하고 허리에 메이스를 단 완전무장 차림으로 신모의 요소는 조금도 없었다.

현재 쾰른파의 모범적 무장이라고 한다.

달리 메이스를 장비한 사람은 없냐고 파우스트 님에게 물었는데, 애초에 갑옷을 입은 상대와 근접전을 상정하지 않으니까 필요하지 않다는 대답이 돌아왔다.

뭐, 파우스트 님이 참전하는 군역은 주로 산적 퇴치고 빌렌도르프 전쟁은 예외였던 셈이다.

설령 전쟁터에 나간다고 해도 중장갑 기사는 파우스트 님이 가장 먼저 죽이려고 달려드는 부류의 적병이다.

영지민이 상대할 기회는 없었을 것이다.

'지금까지는' 그랬다는 전제가 붙지만.

그리고 그 파우스트 님은, 그레이트 소드 하나만 있다면 메이스는 필요하지 않았다.

랜스도 메이스도 방패도 필요하지 않고, 그저 한 자루의 마법검만 있다면 눈앞의 적을 참살할 수 있다.

물론 빌렌도르프에서 레켄베르 가에게 마법의 롱 보우를 빌려오긴 했지만.

그건 앞으로 어떻게 다룰 생각인 걸까—— 거기까지 생각했을 때.

"평소처럼 병사를 나눠라."

"전원, 보폭을 맞춰라! 넷!!"

헬가 님이 짧게 외쳤다.

그것만으로도 다들 의도를 이해하고 질서정연하게 넷으로 갈

라졌다.

침착하게 전원 똑같은 속도로 달려서 종사가 든 크로스보우를 에워싸는 진형으로 전환했다.

누구 한 명 허둥거리지 않았다.

기본적으로 아할트 왕국에서 봉건 영주에게 부여되는 군역은 1년에 40일.

물론 금전이나 물품 납세를 통해 왕가와 교섭해서 더 많아지거나 줄어들기도 하지만, 폴리도로 령에서는 군역을 떠나지 않은 기간 동안 일주일에 한 번꼴로 농병을 훈련하고 있다.

숙련도가 자연스럽게 올라간다.

그것만이 아니다. 전부터 영지민을 보고 생각했던 거지만, 일부 예외를 제외하면 체격이 좋다.

파우스트 님처럼 일종의 이형이라고 할 수 있을 만큼 큰 건 아니어도 평균 180cm의 장신에다 전신에 탄탄한 근육이 붙어있는 것처럼 보였다.

그녀들은 파우스트 님을 위해서라면 죽음도 두렵지 않다는 인상이었다.

요컨대 어중간한 병사로는 상대도 되지 않을 만큼 영지민 개개인이 강하고, 잘 훈련되어 있으며, 사기가 높다.

아스타테 공작의 상비병 500명이 300명으로 줄어든 지옥의 빌렌도르프 전쟁에서도 아무도 죽지 않았다는 것이 강함을 증명한다.

아주 흥미롭다.

물론 그건 파우스트 님이라는 최강의 창이자 방패의 비호가 있었기 때문이겠지만.

"——."

그래, 빌렌도르프 전쟁 최전선에서 그 힘을 직접 본 아스타테 공작은 원인을 알고 싶은 거겠지.

파우스트 님에게 폐가 되지 않는다면 일단 스파이로서 보고하자.

고찰을 이어갔다.

지금 폴리도로 영지민은 넷으로 갈라졌다.

종사 1명당 농병 11명이 붙어서 총 12명씩 팀이 구축되어 있다.

딱 나뉘어 떨어지는 숫자다.

반면 쾰른파 부제가 마음대로 한 곳에 13번째 인원으로 끼어들었다.

나쁘지 않은 숫자이다.

13번째 사람은 배신자다.

배신자 사도가 있다.

무언가 수를 써서 미리 죽여놓아야 하는 거 아닐까?

그런 생각을 지적하듯 파우스트 님이 말했다.

"마르티나, 네가 쾰른파를 그리 좋아하지 않는다는 건 알지만. 그렇게 노려보지 마라. 나쁜 사람들은 아니야."

"아뇨, 쾰른파는 상관없습니다. 고마움도 느낍니다. 적어도 저를 파문에서 지켜준 점에는 크게 감사합니다."

파문당했다.

내 어머니, 카롤리느 폰 보셀은 본래의 종파에서 파문당했다.

계율을 어기고 나라를 배신하며 끝까지 꼴사납게 발버둥 쳤다.

그러니 어쩔 수 없기는 하다.

교회에서 묘지에 매장 거부를 공표할 것도 없이, 반역자인 내 어머니의 시체는 흙에 묻힐 일이 없다.

그 반역자의 딸로서 내가 파문당하는 것도, 뭐 어쩔 수 없다.

동시에 부모의 죄가 자식의 죄로서 연좌되는 건 말도 안 된다며 파우스트 님이 격분하더니 퀼른파 교회에 가서 개종을 탄원한 것도.

초대 폴리도로 경 시절부터 영지에서 굳은 신앙을 바쳐온 파우스트 님의 탄원을 받아들여 퀼른파가 당연하다는 듯 나를 받아들인 것도.

고마워하고는 있다. 일단은.

적어도 성직자에게 버림받아 앞으로 어떤 종교적 권위의 보호도 없이 살아가는 일은 피했으니까.

그건 그렇다 치고.

"퀼른파는 됐고, 저 머리가 이상한 부제가 싫습니다."

"그녀는 최소한 훈련에 참석시키지 않으면 난동을 부리거든. 내 어머니 마리안느 시절에도 그런 식으로 퀼른파를 넘겨왔지."

마리안느 님 시대에는 교회에 있는 신모가 마찬가지로 참석했을 것이다.

그 광경이 쉽게 떠올랐다.

폴리도로 가문은 왜 퀼른파에게 그렇게 관대한 걸까?

초대 때부터 이어진 관계라고 들었는데.

"애초에 폴리도로가와 영지민은 퀼른파 말고 다른 종교는 몰랐어. 군역을 거듭하고 세상을 알아가고 지식을 쌓으면서 비로소 다른 종파의 존재를 알았을 정도라더군."

찡그린 눈썹에 대답하듯 내가 듣고 싶은 말이 이어졌다.

"초대 폴리도로 경이 이 영지를 개척했을 때는 신모 같은 게 없었지. 신의 존재도 어디에도 없었다. 서당 개 삼 년이면—— 아니. 이 비유는 어차피 안 통하겠군. 약간의 계율과 성서의 일부 구절을 아는 영지민이 있었다."

"그게 퀼른파의 내용이었단 거군요."

그러고 보면 나는 퀼른파의 계율을 모른다.

개종한 지 얼마 지나지 않았고, 파우스트 님도 바빠서 시간을 낼 수 없는 상황이었기 때문이다.

"가난한 영지이긴 하지만, 영지민들은 다들 정식으로 신모가 있으면 좋겠다고 바랐지. 그 간청이 이뤄져서 어느새 왕도의 대교회에서 신모가 오게 되었다. 그런 경위였지."

"그래서 귀하게 여긴다는 겁니까?"

"정말로 가난해서 하루하루 겨우 풀칠하던 시절부터 함께 해주었으니까. 같이 밭을 개간해주던 시절도 있었지. 홀대하는 게 이상하지 않겠니. 보답하지 않는 게 이상한 거다. 성직자니까, 귀족이니까, 농민이니까, 그런 차원의 이야기가 아니야."

이해한다.

퀼른파의 그런 방식에는 호감이 가고 긍정도 할 수 있다.

그렇다고 해도 너무하다.

"키이이이이이이이이이이이이익."

키이익은 무슨.

잘 생각해 보면 나는 저 부제가 사람 말을 쓰는 걸 한 번도 들어본 적이 없다.

괴성만 들었다.

서글플 정도로 괴성만 들었다.

그래도 폴리도로 영지민은 다들 잡담 한번 없이 역전의 병사처럼 도열하고 있다.

그 속에서 괴성을 지르는 부제.

그녀를 비난하지도, 불편해하지도 않고 태연하게 받아들이는 폴리도로 영지민.

몹시 비일상적인 광경이었다.

"퀼른파는 다들 저런 느낌입니까?"

"그녀는 본래 귀족 출신이었다고 들었다."

파우스트 님이 거짓말을 했다.

드문 일이다.

"거짓말이라고 생각할 테지만 사실이다. 이 세계에는 가끔 저런 게 태어나. 제2왕녀 친위대 대장 자비네처럼 사회 정의에 어긋나는 악인이라고 할 수는 없지만, 본성은 한없이 악에 가깝다고밖에 할 말이 없는 인간이. 저 부제처럼 절대 악인은 아니지만 무언가 머릿속이 고장 났다는 생각만 드는 인간이. 퀼른파의 계율에 매료되어 귀족가의 장녀라는 입지도 버리고 수도원에 들어가 버리는 여자가."

"저거 장녀였습니까?"

"그래, 귀족이라고 해도 한참 말단으로 가난한 집안이었다고 들었지만."

그래도 후계자로서 교육받은 사람으로는 보이지 않는데.

아무튼 저 모양이어도 파우스트 님에게 출신을 이야기할 수 있을 정도로는 지능이 있구나.

나는 조금 안심했다.

"키이이이이이이이이이이이익."

무언가 소리치고 있다.

마음대로 하는 상상이지만, 본가는 몰락했을 게 틀림없다.

파문당한 나보다 그녀의 죄가 더 무겁지는 않으려나.

"슬슬 모의전을 시작할 건데, 지금 마르티나가 봤을 때는 어떻지?"

"조금 곤란한 질문이군요."

저 시끄러운 괴인을 제외하면 단점은 딱히 보이지 않았다.

애초에 병대를 움직이려면 어떻게 사기를 끌어 올릴지.

어떻게 지휘관이나 부사관의 지시에 따르게 할지.

각각 능력은 어떤지.

다양한 요소가 복합적으로 어우러져 뛰어날수록 좋지만, 폴리도로 영지민은 다들 각 요소에서 뛰어났다.

승리의 목적인 파우스트 님의 생존과 폴리도로 령의 존속을 위해서라면 죽음을 두려워하지 않고, 평상시에도 잘 훈련되어 있으며, 개별적인 능력도 좋다.

9살인 내가 굳이 지적할 곳이 없다.

파우스트 님이 우려하는 진형은 할 말이 보일지도 모르지만, 아무튼 숫자가 적다.

무너지지 않았다면 고치지 않아도 된다는 게 내 판단이다.

개선해야 한다는 파우스트 님의 판단은 이상하다.

영지 방위를 위해 모든 영지민을 동원하지 못한다고 해도, 군역을 나갈 때 동원하는 20~30명의 병력이라면 파우스트 님의 지휘를 따르는 한은 어지간해서는 죽지 않을 것이다.

아니, 애초에 파우스트 님은 진지하게 답을 구하고 있는 건가?

"파우스트 님, 묻고 싶습니다. 애초에 저에게 정말로 답을 원하시는 겁니까?"

"무슨 뜻이지?"

"파우스트 님은 종종 제게 가르침을 주기 위해 일부러 발언하시는데, 동시에 그 발언에 깊이 숙고하신 듯한 경향이 보입니다. 심모원려 같지만, 굳이 따지라면 자기자신으로 완결된 인간에게 흔히 보이는 모습이죠. 대화하는 것 같으면서도 사실 제 발언은 벽에 발언이 튕겨서 돌아온 정도로만 생각합니다."

처음에는 아무래도 주변이 자신의 모든 행동을 기본적으로 긍정해주는 예스맨이 많아서 파우스트 님이 조금 고뇌하고 있는 것 같다고 생각했다.

하지만 이 사람은 애초에 남의 말을 제대로 듣긴 하나?

수프를 휘젓는 습관.

평소 보이는 과묵한 모습과 다르게 이따금 관심이 가는 부분에 대해서는 열정적으로 발언하는 태도.

파우스트 님에게서는 산만한 사람이나 나쁜 의미로 학자 같은 모습이 보였다.

변호하자면, 다소 자각은 있어 보인다.

소수를 지휘할 수는 있을 것이다.

초인으로서 카리스마도 다소 갖추고 있다.

하지만 다수를 이끄는 일에는 명백하게 적합하지 않았다.

감정과 이성을 제대로 제어하지 못하기 때문이다.

파우스트 님은 그 부분을 자각하고 있으며, 개선하려고 노력도 한다.

하지만 이 사람, 아마 내 말을 듣지 않는다.

남의 조언이 필요하다고 느끼는 주제에 막상 대화하면 혼자 완결을 내버리는 성향이 있어서 남의 말을 귀담아들으려고 하지 않는다.

"……."

파우스트 님은 침묵했다.

보라지, 이 사람은 자기에게 불리해지면 입을 다문다.

파우스트 님은 우매하지 않다.

심모원려인지, 자기완결형인지, 조금 전에는 둘 중 하나라고 했지만 전자로 착각이 들 정도로는 어리석지 않다.

고작 300명을 거느린 소영주치고는 은근히 지식도 있고 머리가 팽팽 돌아간다.

그렇게 지금까지는 어떻게든 헤쳐갔다는 게 문제다.

영지민을 죽이지 않고, 눈앞에 일어난 사건에 대처하며 전부 어떻게든 뚫고 나왔다.

하지만 파우스트 님은 정말로 올바른 판단을 내리고 있나?

애초에――.

"파우스트 님, 제 목숨을 구해주셨기에 망설였지만 그럼에도 말씀드립니다. 진짜 귀족이라면 부모의 죄가 자식과는 관련이 없다는 헛소리는 하지 않고 저를 버리셔야 했습니다. 저와 처음 만났을 때부터 파우스트 님은 잘못된 판단을 하셨습니다."

"그것만큼은 절대로 아니야."

고개를 돌리고 일버무리려고 하던 파우스트 님이 갑자기 이쪽을 쳐다보았다.

몸집이 큰 사내의 눈과 작은 9살 아이의 눈이 마주친다.

파우스트 님의 그 눈이 모든 것을 말하고 있었다. 나를 구한 후회는 조금도 느껴지지 않았다.

부관.

몇 번이고 생각했지만, 파우스트 님은 부관이 없으면 언젠가 큰 피해를 볼 것이다.

돌이킬 수 없는 실수를 저질러서 아스타테 공작에게 몸을 팔아 도움을 요청할 수밖에 없는, 그런 파탄을 불러오리라는 것이 뻔히 보였다.

선대 마리안느 님의 교육이 부족했던 건지, 타고난 성격인 건지는 알 수 없지만.

아무튼 누군가가 이 사람을 도와주어야만 한다.

파우스트 님이 나에게서 천천히 시선을 돌리고 손을 들었다.

민병에게 명령하기 위해서였다.

"모의전을 개시한다. 알고 있을 테지만, 이건 모의전이다. 하지만 실수는 죽음에 직결되지. 대열을 맞춰서 연계하고 전투력을 유지할 것을 명심해라. 전열을——."

그리고 재빠르게 손을 내리자 민병들이 살아있는 생물처럼 움직이기 시작했다.

"음, 전열? 전열보병…… 어? 내가 무언가 중요한 걸 잊어버린 것 같은데."

파우스트 님이 무언가 작게 중얼거리기 시작했다.

또 나를 무시하고 자문자답을 시작한 걸 미심쩍게 쳐다보며 나는 커다란 한숨을 쉬었다.

제94화 견습 기사의 전장 예상도

모의전이 계속되고 있다.

물론 진심으로 검이나 창을 휘두른다면 사상자가 나온다.

만에 하나 다치지 않도록 창끝은 천으로 동여맸고 검은 검집에서 빼지 않았다.

크로스보우나 머스킷 총은 나설 차례도 없었다.

캉캉 부딪치는 소리가 아니라 그저 종사장 헬가나 각 종사의 명령만이 크게 울려 퍼졌다.

병사 개개인에게 전투력을 키워주기 위한 훈련과는 또 다르다.

명령을 따르고 진형을 유지하며, 혹은 12명씩 묶은 다른 팀과 이합집산을 반복한다.

나, 마르티나에게는 기묘한 광경이었다.

보셀 령에서는 이런 훈련을 하지 않았다.

"키이이이이이이이이이이이이익."

기괴한 외침.

키이익은 무슨.

그런 식이니까 파우스트 님이 전장에 데려가지 않는 거라고.

저 괴성만 질러대는 부제는 명백히 방해되는 존재――라고 말하고 싶지만.

부대의 이동을 방해하지 않고 제대로 종사의 지시를 따른다는 점이 골치 아팠다.

병사로서 발목을 잡는 건 아니었다.
그게 괜히 더 화가 났다.
"조금 전부터 무슨 생각을 하시는 거죠?"
"……."
대답 없음.
파우스트 님은 모의전의 상황을 바라보면서 무언가 생각에 잠겨있다.
조금 전 전열이라는 단어를 입에 담은 뒤부터 계속 생각 중이다.
"별로 상관없는 일이야."
"말씀해주세요. 또 혼자 완결을 내버리신다고 해도 듣는 이는 있는 게 낫지 않겠습니까."
파우스트 님이 살짝 곤란한 듯 눈썹을 휘며 조곤조곤 이야기하기 시작했다.
"정말로 상관없는 일인데. 경제력도 인구수도 부족한 폴리도로 영지민과는 전혀 상관없고, 거리가 먼 몇 가지 진형에 대해 생각하던 중이었다."
"어떤 진형이죠?"
"어제 저녁 먹을 때 이야기했던, 화기가 불러오는 미래의 전장 예상도 말이야. 아니, 정말로 폴리도로 령과는 전혀 상관없는 일인데다 지식이 부족해서 자신이 없는데……."
울퉁불퉁한 손으로, 두꺼운 검지로 관자놀이를 누르면서.
파우스트 님이 질문을 하나 던졌다.
"화기를 도입할 때 가장 유효한 진형은 뭐라고 생각하지? 마르티나."

"음."

몇 가지는 떠오른다.

나도 지식이 부족하다.

생각에 잠기기도 애매하여 단도직입적으로 대답했다.

"화기 발달 정도에 따라서 달라질 테니 일괄적으로 말할 수는 없지만—— 애초에 가장 중요한 건 머스킷 총을 든 총병일까요?"

반대로 되물었다.

진형은 확실히 중요하지만, 파우스트 님의 논점은 현실에서 조금 떨어진 느낌이 들었다.

미래의 전장 예상이라고 했으니 더 혁신적으로 바꿀 수 있는 존재가 있다는 거다.

파우스트 님은 모의전에 시선을 준 채로 의아하다는 듯 눈썹을 찡그렸다.

"그 말은?"

"순서가 바뀐 것 같습니다. 전장의 상황을 일변시킬 수 있는 건 화기라고 해도 머스킷 총이 아니라 더 커다란 것. 으음, 뭐라고 하면 될까요."

"화포?"

그래.

그렇게 불러야겠지.

"마침 파우스트 님이 어제 저녁 식사 자리에서 말씀하셨던, 일방적인 살육을 위해서라면 머스킷 총이 아니라 화포가 가장 적절하다고 봅니다. 현재 신성 구스텐 제국의 최강 전술이 무엇인지 생각해 보면 역시 중장갑 기병의 돌격이겠지만요. 여기에 화포의 일격을 더한다면 적은 몸이 터져나가 죽지 않겠습니까?"

퀼른파의 화력 지상주의 같은 머리 나쁜 결론이자 너무 큰 스케일이라 달갑지 않지만, 이게 기본이 될 것이다.

9살 어린아이인 내가 떠올렸을 정도이니 퀼른파도 생각하고 있을 것이다.

"퀼른파의 화기 개발 상황을 알고 싶습니다."

"그건 내가 알 수 없지. 나는 퀼른파 신도이자 영주 기사이지만, 그뿐이다. 안할트에서 알 수 있는 사람은 리젠로테 여왕 폐하, 아나스타시아 제1왕녀, 아스타테 공작, 대교회의 사제 정도일 테지. 나로서는 물어보는 것조차 황공하고."

그렇겠죠.

그런 군사 정보는 완전히 기밀 사항이다.

따라서 이 9살 어린아이의 지능을 총동원해서 몇 가지를 상상했다.

"전장에 화포를 도입할 때 무엇을 날릴지가 중요하다고 봅니다."

"철구 아닌가?"

"아뇨, 머스킷 총의 탄환을 무언가 용기에 대량으로 채워 넣어서 공중에서 흩뿌리면 전장을 광역으로 제압할 수 있을 것 같습니다. 물론 사정거리가 짧아지는 등의 문제는 생길 테지만요."

파우스트 님이 고개를 끄덕였다.

머리가 나쁜 사람은 아니니 한마디만 하면 이해할 수 있을 것이다.

애초에 파우스트 님이 전장에서 추구하는 이상적 광경이다.

대인용 포탄 개발로 인해 일방적인 대량 학살이 가능해진다.

"하고 싶은 말은 알겠어. 그 말을 들으니까 기억났── 아니, 떠올랐지. 그런데 미안하지만 애초에 가능하다고 생각하지 않았거든."

"개발 상황을 모르니 저도 단언할 수는 없습니다. 하지만 적어도 쾰른파라면 이미 떠올리고 개발에 전념하고 있지 않을까요."

적을 죽일수록 아군이 산다고 생각하는 그 화약광들이 떠올리지 못할 리가 없다.

반드시 개발하고 있을 것이다.

"화포 출현이야말로 전장을 단숨에 바꿔놓을 것입니다. 대포 운용을 전문으로 하는 병과인 포병이 출현하겠죠."

"네 말이 다 맞다. 마르티나, 나는 더 할 말이 없구나."

그렇게 말한 뒤 파우스트 님은 입을 다물었다.

그 시선은 계속 모의전을 바라보고 있다.

아니, 왜 조용해지는 건데.

혼자 대화를 완결 내지 말라고.

"저는 파우스트 님의 이야기를 듣고 싶습니다."

"내가 생각했던 건 포병이라는 병과의 등장이 아니었다. 솔직히 마르티나의 지혜와 비교하면 창피해서 말하고 싶지 않아."

"아뇨, 혼자 끝내지 말고 제대로 이야기해주세요."

왜 이 사람은 9살 아이를 상대로 진심으로 부끄러워하는 걸까.

얼굴이 살짝 붉어진 파우스트 님을 재촉했다.

"나는 화기인 머스킷 총의 진화, 총병의 강화만 생각했다."

"그 말씀은?"

"전열보병이라고 해야 할까, 화기 발달로 인해── 전에 말했던 것처럼 테르시오에서 진보, 아니, 진보는 아니고. 뭐라고 하지."

파우스트 님은 관자놀이를 문지르던 검지를 빙글 회전시켰다.

"예를 들어 총병을 3열 횡대로 세워서 지속적으로 탄환을 퍼붓는 거지. 나도 솔직히 그렇게 잘 이해하고 있는 건 아니다. 탁상공론에 불과하지만, 맨 앞줄의 총병이 발포한 뒤에 바로 맨 뒷줄로 가서 탄환을 재장전하는──."

"비유하자면 일제 사격이라고 해야 하는 겁니까?"

파우스트 님의 애매모호한 건지 구체적인 건지 알쏭달쏭한 설명을 한마디로 정리했다.

"마르티나는 정말 똑똑하구나."

칭찬받았다.

그리고 파우스트 님은 다시 조용해졌다.

역시 얼굴이 빨개졌다.

"아니, 말씀을 하세요!"

"나는 필요 없잖아?"

"왜 토라지신 겁니까! 그러지 마세요!!"

딱히 이번 발언에서 파우스트 님은 틀린 게 하나도 없지 않나.

그러니까 조용해지지 않았으면 좋겠다.

──조금 싫었다.

내 질문에 항상 난처한 표정을 짓던 어머니 카롤리느를 떠올린다.

그 사람도 항상 내 질문에 대답하기 어려워하면서, 종사들이나 성직자에게 상담해 어떻게든 답을 찾아낸 다음 대답해주었다.

기사로서 필요한 것.

예법, 교양, 심리 장악 기술 같은 종류에서는 괜찮았지만.

군사학, 역사.

다양한 지식.

1천 명이 조금 못 되는 영지민을 둔 봉건 영주의 손녀가 배워야 하는 것보다 더 많은 것을 요구해버렸다.

그래서 어머니는 항상 난처해했다.

보셀 령을 이어받을 권리조차 없는 스페어에 불과했던 어머니 카롤리느는 항상 난처한 얼굴이었다.

나는 그 시절 어머니의 마음 같은 건 아무것도 고려하지 않고 어리석은 짓을 했다.

"……왜 그러지? 마르티나."

"아무것도 아닙니다. 대화를 계속하죠."

입속에 쓴맛이 감돌았다. 그 표정을 파우스트 님에게 들킨 것이 부끄러웠다.

이제는 어떻게 할 수 없는 일이다.

"아무튼, 그런 생각을 했다. 잘 생각해 보면 밀집 상태는 포병의 먹이가 되겠지. 전열보병은 강하다고 생각했는데── 아니, 애초에 폴리도로령에서는 실현할 수 없으니까 역시 의미가 없고."

"머스킷 총 운용은 자비네 님과도 이야기하셨죠?"

"음? 그래, 잘 생각해 보니 자비네가 화기 운용에 대해 상당한 질문을 퍼부었던 것 같군. 빌렌도르프로 향할 때였던가. 흠, 확실히 그런 이야기를 했다."

그 제2왕녀 친위대 대장, 미치광이 자비네는 파우스트 님의 아이디어를 유용하다고 판단했다.

실제로 유용하다.

딱히 틀린 말은 하지 않았다.

군사훈련과 진형으로 총병의 재장전과 행동을 한층 치밀하게 계산해서 효율화하면 일제 사격은 강력하다.

화력을 끊임없이 퍼붓는 횡진 대형의 완성이다.

"파우스트 님, 이 일은 편지로 정리해 아스타테 공작님에게 말씀드려도 괜찮을까요?"

"무슨 의미가 있다고?"

"아스타테 공작님처럼 강력한 상비군과 재산을 지닌 영주에게는 유효하다고 생각합니다."

확실히 파우스트 님이 이끄는 군대에는 아무런 도움도 되지 않지만, 그렇다고 다른 사람에게도 도움이 되지 않는 건 아니다.

아무튼 보고만은 해두어야 했다.

아나스타시아 제1왕녀나 아스타테 공작이라면 이미 고안하고 있을지도 모르지만.

일단은 스파이로서 스파이다운 일을 해야만 한다.

"그건 상관없다. 어쨌거나 이래저래 생각해봤는데, 결국 나는 잘 모르겠더군. 그건 마르티나가 조금 전에 말했던, 쾰른파의 화기 개발 상황을 내가 알 수 없다는 부분에 있고."

"알면 어떻게 되죠?"

"다소 아이디어는 낼 수 있을지도 모르지. 역시 화기 병과를 도입할 돈이 없는 폴리도로 령에는 아무 관계도 없는 이야기이기는 하지만."

잠시 생각했다.

아스타테 공작은 파우스트 님이 무엇을 하는지 알고 싶어 하는 변태라서 나를 스파이로 보냈다고 생각했다.

사실은 조금 다른 건가?

공작이 직접 물어보는 게 아니라 나라는 쿠션을 끼워서 파우스트 님의 아이디어를 뽑아내려는 건가?

그런 의문이 들었다.

미치광이 자비네가 물어본 것처럼 직접 물어보면 되지 않나 싶지만――.

파우스트 님의 모든 것을 알고 싶다는 변태적 욕구, 때때로 지성이 반짝이는 아이디어를 빌리고 싶은 마음.

둘 다 진심일지도 모른다.

"아무튼, 밑져야 본전으로 아스타테 공작님에게 여쭤볼까요. 저희 쪽에서도 아이디어를 제공할 수 있다고 보고하면 그쪽에서도 정보를 밝혀줄지도 모릅니다."

"그래, 그쪽은 마르티나가 원하는 대로 해봐라."

파우스트 님에게서 영 의욕이 느껴지지 않는다.

그 반응에 한숨을 쉬며 물었다.

"파우스트 님, 일단은 전우이니까 안할트의 군비증강에 공헌하겠다는 생각은 안 하십니까?"

"생각은 하지. 유목 기마민족 국가가 7년 내로 쳐들어온다고 발언한 사람이 나다. 그걸 대비하기 위한 유익한 수단을 구축할 수 있다면 협력도 해야지. 하지만."

파우스트 님은 관자놀이에 세운 검지를 떼고 팔을 축 늘어트렸다.

모의전이 끝나가고 있다.

관심을 잃어버린 듯 그 시선이 내 얼굴로 향했다.

"나는 결국 일개 무인에 불과해. 전략이라면 아나스타시아 제1왕녀, 전술이라면 아스타테 공작. 그렇게 불릴 만한 능력도 지위도 없지. 내가 떠올릴 수 있는 건 그 두 사람도 생각하고 있다. 마르티나, 네가 내 발언을 듣고 거기서 끝나지 않고 다른 시점을 제시했던 것처럼."

나를 그 두 명의 초인과 동급으로 생각하는 건가?

나는 아직 9살인데.

"나는 신성 구스텐 제국에 언젠가 찾아올 위협을 경고했지. 하지만 거기까지다. 뒷일은 두 사람에게 맡겨야 해. 나는 두 사람보다 부족하다는 걸 안다. 다소 지혜가 있다고 해도 소영주로서 내 한계도 알지. 내가 할 수 있는 건 안할트 왕성에서 필사적으로 처신하며 금기인 게슈를 맹세하는 것까지다."

"……아나스타시아 제1왕녀님과 아스타테 공작님을 믿으시는 거군요."

"전우니까."

파우스트 님의 입이 생글거리며 풀어졌다.

"그야 아나스타시아 제1왕녀 전하는 평소 인육을 먹는다는 의혹이 나올 정도로 무섭게 생긴 공주님이고, 아스타테 공작님은 내 엉덩이를 주무르는 걸 아주 좋아하는 변태지만. 둘 다 좋은 사람이다."

"지금 아주 막말을 하셨는데요. 아무튼 파우스트 님의 교우관계를 부정하지는 않습니다."

그 두 사람의 비호가 있으니 파우스트 님은 어떻게든 귀족 사회를 헤쳐나갈 수 있을 것 같다는 이야기이기도 하다.

마찬가지로 나도 최종적으로는 그 두 사람의 마음에 들지 못한다면 왕도에서 일하는 관료는 되지 못할 것이다.

"아무튼 내 지혜가 다소 도움이 될지도 모른다면 보고해두어야겠지. 문장으로 좀 정리해보마. 잡다한 내용이 되겠지만 마르티나가 보충해서 아스타테 공작님에게 편지를 보내주지 않겠니?"

"알겠습니다."

내 스파이 임무도 수행할 수 있고 파우스트 님의 허락도 받았다.

나쁘지 않은 업무라고 할 수 있다.

그나저나 퀼른파의 화기 개발 상황이 궁금하다.

"키이이이이이이이이이이이익."

저 괴성을 지르는 위험인물을 구성원으로 둔 집단에는 지금 무엇이 보이는 건지 꼭 물어보고 싶다.

하지만 저 부제가 알고 있을 리도 없고, 퀼른파 역시 입을 열지 않는다.

황제 폐하나 교황 예하를 직접 만나서 군사기밀을 듣게 되는 기회가 없다면 최신 정보는 얻을 수 없다.

파우스트 님이나 내가 그런 기회를 얻는 일은 뭘 어떻게 해 봤자 평생 오지 않을 테지.

결국은 우리는 작은 영지의 영주와 9살 견습 기사에 불과하다고 생각하니 웃음이 나왔다.

제95화 폴리도로 가문과 영지민의 출신

모의전이 끝나 영지민이 각자 귀가하고 우리도 영주관으로 돌아가는 길.

문득 옆에 있는 밭을 바라보았다.

콩과 식물을 재배하고 있다.

농경에 적합한 땅으로 만들기 위해서는 땅에 묻혀있던 돌을 파내고 농기구로 경작하는 것만으로는 부족하다.

휴경도 당연히 필요하지만, 보리나 콩, 채소를 돌려가며 경작해 토양을 개선해야만 한다.

비료도 필요하다.

수 세기에 걸쳐 식량 생산성은 확 향상되었다.

단위 면적당 수확량이 착실히 증가했다.

내 시선을 알아차린 건지 파우스트 님이 그 거대한 몸을 굽혀서 쪼그려 앉아 밭의 흙을 움켜쥐고 들어 올렸다.

흙은 순식간에 부스러졌다.

파우스트 님의 손에서 떨어져 내린다.

"흙이 좋지?"

장원제도, 농민과 영주의 관계를 규정하는 그 시스템은 영지의 크기에 따라 달라진다.

영지의 크기에 맡겨 그곳에서 들어오는 막대한 지대로 놀고먹기만 하는 귀족도 있고.

반대로 소영주인 파우스트 님처럼 밭의 흙을 직접 쥐어보고 확인하는 귀족도 있다.

하지만 보셀 령을 잃어버린 옛 영주 기사의 적장녀.

이 마르티나에게 농업은 필요하지 않은 지식이다.

지대를 받는 게 아니라 왕가에서 급료를 받아 일하는 기사에 불과하다.

그건 파우스트 님도 잘 알고 있을 것이다.

파우스트 님은 굽혔던 몸을 펴고 다시 중얼거렸다.

“우리 폴리도로가와 영지민이 수 세기에 걸쳐 경작한 땅이다.”

교회에서 한 이야기를 떠올렸다.

초대 폴리도로 경은 개척자였다고 들었다.

농사를 지을 수 있는 땅이 아니었던 거겠지.

숲도 있고, 산도 있고, 물도 있다.

하지만 바닥부터 시작이다.

계율이나 성서의 구절조차 두루뭉술하게 아는 소녀가 한 명 있을 뿐, 신의 비호조차 없는 개척단의 시작.

과연 그럴 수 있을까.

파우스트 님은 마을 안에 펼쳐진 밭을 바라보며 문득 뱉었다.

“떳떳하지 않은 이야기를 조금 하마. 우리 폴리도로가의 이야기다. 가능하면 비밀로 해주면 좋겠어. 이걸 알려주는 건 마르티나도 한동안 이 폴리도로령에 사는 이상 언젠가는 눈치챌지도 모르기 때문이다.”

내 눈에는 광활한 밭 앞에 서 있는 파우스트 님의 모습이 비쳤다.

“설령 눈치챈다고 해도 그걸 입에 담아서 영지민에게 상처 주지 않았으면 좋겠거든. 똑똑한 마르티나라면 그런 짓은 하지 않으리라는 건 알지만.”

그렇게 서두를 떼는 건, 조금이지만 나도 상상했던 내용을 이야기하기 때문이었다.

안할트 왕가조차 모르는 일을 이야기하기 때문이었다.

아마도 폴리도로 가문과 영지민의 출신에 대하여.

“아무에게도 말하지 않겠습니다.”

이미 눈치채고 있다는 것을 파우스트 님에게 알렸다.

안할트 왕국은, 빌렌도르프는 국토의 경계가 되는 땅을 쟁탈하며 소규모 전쟁을 치렀다.

하지만 그 일이 일어날 때까지 폴리도로 가문과 그 가문을 따르는 사람이 이 땅에 살고 있다는 건 양측 다 몰랐던 게 아닐까.

아무도 모르는, 즉 연방에서 아무런 원조도 없는, 그런 집단.

그 처우가 어떤지는 뻔했다.

“우리는 추방자다.”

연방에서 추방당한 사람들이다.

도시에서, 시골에서, 부족에서, 그 어딘가에서.

아마도 성채도시에 들어가지 못해 그 도시 주변에 자재를 이어붙여 엉성한 집을 세우고 하루 벌어 하루 먹고 사는 사람들.

그리고 언젠가는 일하지 못하게 되면서 병이나 굶주림으로 죽어가는 사람들.

“잘못을 저질러서 추방당했을지도 모르지. 입을 줄이기 위해 추방당했을지도 모르고. 그 외에 다른 이유일지도 모른다. 하지만 무언가의 이유로 모인 추방자 무리였지."

파우스트 님은 말수가 적은 편이다.

하지만 이따금 열정적인 말을 뱉는다.

지금은 명확하게 열을 띠고 있었다.

"처음에는 30명이었다더군. 남자는 한 명도 없었지만. 즉 앞날을 전혀 생각하지 않았다는 거다. 밝은 미래 같은 건 아무것도 보이지 않는 추방자 집단이었지. 당연히 그 안에는 신모조차 없었다."

"주워들은 구절 정도는 기억하는 사람이 있었다고 했었죠."

"그래. 추방자이니 다들 배움이 얕지. 글도 읽지 못했다. 그 초대 폴리도로 경 시대에서 성서 구절을 주워들었다는 사람은 나중에라도 정말 성직자가 되었지만."

퀼른파의 교회가 그 어설픈 구절밖에 모르는 여성을 선교사로 인정해주었다.

파우스트 님이 살짝 웃고는, 당시 들었던 것으로 보이는 퀼른파의 대답을 낭송했다.

"우리는 그대에게서 찾아낸 진실한 존엄함을 아무것도 부정하지 않는다. 그 정신적 진선미로서 그대가 그 목숨과 함께 퀼른파와 영원히 함께하기를 바란다. 그대가 우리에게 와 주었음을 인정하였는데, 우리가 그대에게 평화와 환희를 줄 수 없다면 우리는 스스로를 벌하리라. 그리고 혼란과 전란이 그대들 공동체를 위협한다면 방어하기 위한 수단을 주겠다. 그것이야말로 퀼른파의 정신 그 자체이다. 이로써 그대를 선교사로 인정한다. 아마도 그대가 지금까지 걸어온 모든 고난은 그대가 성직자로서 인정받기 위해 존재함이라."

자손 대대로 전해지고 있는 모양이다.

순간 좋은 말을 했다는 생각이 들었다.

재판받을 권리조차 정지당하고 신이나 법의 수호를 받지 못하는 사람들.

평민이나 농노조차 아닌 사람들.

영지 개척과 빌렌도르프와의 전쟁으로 안할트 선제후에 지위를 인정받은 초대 폴리도로 경 휘하에 소속되어있다고 하나, 글조차 제대로 읽지 못하는 추방자의 일원에 불과했던 사람을 성직자로 인정했다.

그것은 몹시 관대하며, 그녀들이 믿는 신 앞에 떳떳한 대답이라고 할 수 있다.

하지만 퀼른파가 준 것은 메이스고, 체인 메일이고, 크로스보우고, 지금은 머스킷 총이다.

나처럼 파문당한 사람에게도 신의 비호를 내려주는 한편, 그 공동체를 위협하는 사람에게 맞서는 수단은 몹시 직접적이다.

머리가 불쌍하단 말밖에 안 나왔다.

"키이이이이이이이이이이이익."

원숭이 같은 괴성과 나무를 메이스로 때리는 타격음이 들린다.

영주관으로 돌아오자마자 파우스트 님보다 앞서 또 대낮부터 훈련하기 시작했다.

솔직히 죽었으면 좋겠다.

인간의 행동을 관장한다는 뇌의 어딘가가 병에 잡아먹혔다는 생각만 든다.

"물론 나 개인으로서는 그녀들을 머리가 좀 이상한 사람들이라고 생각한다. 영지민도 저 녀석들 좀 머리가 이상한 거 아니냐고 하지. 물론 그녀들 앞에서 그런 말을 하지는 않지만."

슬쩍 본인과 영지민의 의견을 알려주는 파우스트 님.

그렇군요.

"하지만 그건 그것, 이건 이것인데. 아무튼 쾰른파는 신도에게 성직자로서 오만하게 구는 것이 아니라 정말 이웃이 된 양 무척 정이 깊고 포용하는 성질을 지녔지. 그 계율은 들을수록 처참하긴 하지만. 예로부터 메이스를 휘두르는 건 신께 바치는 기도와 동등하다고 생각한다."

"어? 파우스트 님에게 호소하는 것만이 아니라 기도이기도 했던 겁니까?"

뭘 어떻게 하면 그렇게 되는 거지.

아마 경위는 쾰른파조차 기억하지 못할 것이다.

기록에 남아있다고 해도 딱히 알고 싶지 않았다.

아니, 애초에 무슨 이야기를 하고 있었더라.

"미안하다, 논점이 많이 어긋났군. 마차가 전복해서 비료에 파묻혀버릴 정도로 어긋났어."

"쾰른파가 문제인 걸로 칩시다."

애초에 무슨 일이든 기본적으로 쾰른파가 문제다.

"본론으로 돌아가자. 아무튼, 우리 선조는 추방자였다. 다양한 이유에서 추방당해 안할트 왕도에 있는 평민 길드에서 하루하루 일감을 받아 그날 벌레가 꼬인 빵이라도 먹을 수 있다면 행복한 수준이었다더군."

묵묵히 이야기를 들었다.

"그런 하루하루를 생활하던 도중 어떤 사람이 말했지. 우리는 이미 인간으로서 가치가 없다. 다들 우리를 우롱하고, 모욕하고, 침을 뱉지. 우리의 성지는 이 세상 어디에도 없다. 우리의 고향은 어디에도 없다. 천국과 지옥조차 없으리라. 다만, 적어도 우리들의 마을을 갖고 싶다. 우리의 나라를 세우자. 이곳에 있어도 미래는 없다. 어디에 가도 미래는 없다. 그렇다면 적어도 좋아하는 일을 하며 죽자. 매장될 무덤조차 없다면 배고픈 개가 우리의 시체를 먹어 치운다 한들 아무런 차이도 없을 것이다."

"초대 폴리도로입니까?"

"그래. 귀족 가문명은커녕 소속 마을의 이름조차 댈 수 없는 여자. 폴리도로라는 이름의 한 여자가 그곳에 있었지."

파우스트 님은 이쪽을 돌아보지 않았다.

그저 광활한 밭을 바라보고 있다.

"처음에는 아무도 따르지 않았다. 누구 한 명 따르지 않았지. 하지만 어차피 죽는 거잖아. 우리의 선조는 공적으로는 존재조차 하지 않았다. 조금 전에 말했듯이 그날 먹을 빵이 있기만 해도 감지덕지한 상황이었다. 초대 폴리도로는── 아주 매력적인 인물이었던 걸까. 이윽고 여러 명이 폴리도로를 따르게 되었지. 서른

명이 갇혀지자 신천지를 찾아 나섰다.”

“그렇게 이 영지에 도착한 것이군요.”

이 시점에서 여러 가지 좋지 않은 것을 떠올렸다.

“물론 평범한 방법으로는 도착하지도 못했을 거다. 아마 떳떳하지 못한 짓을 했을 테지.”

몇몇 범죄.

일용직 일을 하던 도중 가끔 강도를 저지르는 정도로는 부족할 것이다.

식량을 얻기 위해 더 무거운 죄를 저질렀나.

이곳은 왕도에서 거리가 먼 변경 땅이다.

여행 도중에도 많은 죄를 저질렀을 것이다.

“우리 폴리도로령의 뿌리는 범죄자의 후손인 거다.”

“파우스트 님. 그 부근은 신경 쓰실 필요 없다고 봅니다. 귀족은 사실 그 지방에서 가장 강했던 산적의 후손에 불과하니까요.”

파우스트 님을 위로하려고 일부러 웃어넘기듯이 말했다.

“뭐, 그렇지. 폭력은 모든 것을 긍정한다. 나 역시 그 뿌리를 끌고 와서 우리가 죄인의 후손이라고 비하할 일도 없고, 선조의 죄를 짊어지겠다는 생각도 전혀 없어. 그런 건 완전히 헛수고니까.”

파우스트 님도 마찬가지로 아무렇지도 않게 대답했다.

“하지만 영지민은 다들 알아. 30명의 추방자 중 몇 명이나 도중에 쓰러지고 그 시체를 못 본 척하면서 이 영지까지 걸어왔다는 것을. 이 영지를 개척할 때 서글플 정도로 아무것도 없었지. 도구가 없었고, 지식이 없었고, 기술이 없었고, 초인도 없었다.

폴리도로라는 이름의 한 지도자가 있고, 퀼른파의 계율과 구절을 어설프게 아는 소녀가 한 명. 그게 전부였다."

"폴리도로 영지민이 폴리도로가에 충성을 맹세하는 건."

"우리가 추방자였다는 걸 알기 때문이다. 우리는 영주나 마을의 지원은커녕 신의 비호조차 없는 개척단이었지. 개척하기 위한 도구 같은 건 훔쳐 온 몇 가지가 전부였고, 철기가 없으니 석기를 사용했다. 농기구가 없으니 작대기와 손으로 흙을 팠다. 지식도 기술도 없으니 수많은 농작물을 말려 죽였다. 초인이 없으니 짐승에게서 제 몸을 지킬 방법이 없어, 초대 폴리도로 경이 전공을 세워 영주로서 인정받게 되었을 때는 최초의 영지민 30명이 10명까지 줄어들었다고 해."

폴리도로 영지민이 폴리도로 가문에 바치는, 지나칠 정도의 충성심.

그것은 그 뿌리에 있었다.

그야말로 지옥 밑바닥에서 기어 올라와 귀족으로 인정받은 폴리도로가를 따름으로써 인간이 되는 것을 인정받은 게 폴리도로 영지민의 선조였다.

"즉 폴리도로 영지민의 모든 뿌리는 여기에 있다. 이곳이 태어난 장소이자 이곳이 죽을 장소이지. 우리와 그 선조가 살아왔다는 증거는 여기에밖에 없다. 그건 영지민도 그렇고, 폴리도로가도 그래. 동시에── 솔직히 말하자면, 질색이거든. 엮이고 싶지 않다."

살짝 애매모호한 말.

싫다는 대상을 알 수 없어서 추측으로 중얼거렸다.

"다른 영지를 말씀하시는 겁니까? 다른 귀족이나 그 영지민 말씀입니까?"

"그래. 영지민이 죽어도 괜찮다며 충성을 맹세한 대상은 폴리도로가지 왕가가 아니다. 세간의 시선을 다소 의식하고는 있지만, 솔직히 다른 곳의 귀족에게는 눈곱만큼의 경의도 없지. 원망하는 것도 아니고, 그럴 이유도 없다. 철기구가 필요하고, 기술이 필요하고, 재배할 농작물이 필요하고, 왕도에서 보내는 퀼른파의 신모가 필요해. 피가 너무 진해지면 미래가 끊어지지. 남자를 다른 마을로 보내고 대신 남자를 받아들이는── 요컨대 교환혼 같은 것도 마지못해서 한다. 체면을 위해서는 내가 다른 귀족에게 인정받기 위해 블루 블러드 여성과 혼인할 필요도 있겠지. 그런 건 어쩔 수 없다고 인정하지만, 그 이상은 싫다."

터무니없이 어둡고, 무겁다.

파우스트 님이 나에게 모든 것을 상세히 밝힌 건 실수 아닐까.

확실히 언젠가는 눈치챘을지도 모르지만, 그리 듣고 싶지 않은 이야기였다.

이렇게 열렬한 영지민들을 눈앞에 두고 이전 파우스트 님의 엉덩이를 주물러서 폴리도로라는 영지를 대표하는 존엄의 전부를 모욕한 아스타테 공작은 용케 살아남았다 싶다.

그 자리의 기세로 때려죽여도 딱히 이상하지 않았을 것 같은데.

아스타테 공작을 죽이면 폴리도로령이 멸망했을 테니 마지막 자제심이 발동한 걸까.

아니, 그보다 배상금을 얼마나 뜯어냈을까.

은화 30닢 정도?

성인을 팔아 새 밭을 살 정도의 돈은 뜯어냈을 것이다.

그런 생각을 하다가 조금 궁금한 점이 생겼다.

"저는요?"

나는 영지민에게서 싸늘한 시선을 받은 적이 없다.

쾰른파는 조금 머리가 이상하다고 생각하지만, 영지민에게서는 악의를 느낀 적도 없고 다들 자상했다.

"그건── 내가 견습 기사로 받아들였다는 게 크겠지만, 애초에 우리 영지의 영지민은 파문당하고 의지할 곳이 없어진 9살 소녀에게 비웃음을 던질 정도로 우둔하지는 않아. 적어도 나는 그렇게 믿는다."

"아마도 폴리도로 영지민의 선조도 한때는 모든 이들이 등졌던 사람들이었기 때문이라는 이유도 있을까요?"

"있겠지. 어쨌든 폴리도로령에는 그런 사정이 있다는 걸 마르티나가 알아주었으면 했다. 이 일은 비밀로 해주렴."

파우스트 님이 살짝 슬픈 표정을 지었다.

영지민의 다정함을 믿고 싶을 테지만, 솔직히 말해 내 처지에 다소 공감한다는 부분도 있을 것이다.

아무튼, 잘 알았다.

영지민들은 이 작은 변경 영지에서 앞으로도 소소하게 살아가고 싶은 것이다.

폴리도로 가문 이외의 지도자는 싫고, 하루하루 생활이 좋아지기를 바라나 그 생활을 외부인에게 방해받고 싶지 않다.

농업 생산성이 올라가도 농노든 뭐든 이주를 인정하지 않으니까 이 영지는 300명 정도밖에 살지 않는 것이다.

아마 이 생활을 방해하는 자는 어떤 흉악한 수단을 써서라도 배제할 것이다.

아스타테 공작은 파우스트 님을 정부로 삼으면 이민과 재산을 가득 쏟아부어서 폴리도로령을 발전시킨다고 했었지만.

이래서야 불가능하다.

편지로 설득해야 하지만 이 내용은 파우스트 님의 비밀이다.

어떻게든 무언가 이유를 가져다 대서 막기로 하자.

나는 모든 사람이 행복해지는 방법을 두고 조금 골머리를 썩이며 고민하기로 했다.

제96화 안식일에 예배를

전에도 생각했지만, 폴리도로령의 교회는 검소하게 생겼다.

석조가 아니라 목조 교회이고, 300명의 영지민은커녕 30명이 들어가면 꽉 차버릴 정도로 비좁았다.

따라서 안식일 예배는 교회 밖에서 드린다.

"그러면 예배를 시작합니다."

신모님에게 시선을 주었다.

신모 옆에는 머리가 이상한 부제, 그리고 몇 명의 교회 봉사자가 있었다.

교회 봉사자로 칭한 이유는 수녀라고 부르기에는 조금 달랐기 때문이다.

폴리도로 영지민 중 십수 명이 교회에 소속되어 쾰른파의 교회 소속 경작지를 경작한다.

폴리도로령에서 역대 신모가 손수 농부로서 경작한 밭을 폴리도로가가 교회 소속 경작지로 인정하고 일절 세금을 받지 않고 있다.

대신 교회 쪽에서는 각 가정의 삼녀 이후의 영지민 일부를 받아들여 교회 소속 농부로 삼았다.

밭을 경작하는 대신 수확물과 돈을 나눠 받는 것이다.

요컨대 폴리도로 가도 쾰른파도 어떻게든 모든 영지민에게 먹고 살길을 마련해주어야 한다고 애쓴 결과다.

"신도들이여, 입을 벌리십시오. 제병을 드리겠습니다."

그리고 그게 이 예배 의식에 영향을 주는 건지도 모른다.

본래 예배라고 하면 다양한 순서가 있다.

악기를 연주하고 기도를 바치는데—— 퀼른파의 소박한 교회에는 악기가 없다.

있는 것이라고는 머스킷 총뿐이다.

소리와 연기가 나기는 하지만 아무리 퀼른파라고 해도 그걸 '피리의 일종입니다'라고 주장할 담력은 없는 모양이었다.

노래를 부르지도 않는다.

성서를 읽지도 않는다.

대신 이 제병 의식이 있다.

일주일에 한 번, 이 제병을 신모가 손수 신도의 입에 넣어주는 의식을 치른다.

음악보다 음식이다.

"신도 파우스트 폰 폴리도로, 먼저 오시죠."

2m가 넘는 거구의 파우스트 님이 상체를 숙였다.

허리를 반으로 접다시피 해서 겨우 손이 닿는 높이가 되자, 신모가 그 입에 제병을 넣었다.

파우스트 님의 얼굴이 뭐라 말할 수 없는 표정으로 바뀌었다.

그렇다. 이 제병은 짜다.

이유는 지난번에 들은 대로, 전투식량이 기원이기 때문에 어쩔 수 없다면 어쩔 수 없다는 생각이 순간 들었지만 역시 좀 다르다.

와인은 성인의 피, 빵은 성인의 몸.

너희 쾰른파의 신학적 견해로는 성인의 몸이 짜다고 판단하는 거냐.

"신도 마르티나, 입을 벌리십시오."

마지못해 입을 벌렸다.

제병이 입 안으로 들어왔다.

아주 짜다.

소금은 유통기한이 없다지만, 쾰른파의 교회는 반드시 방 하나를 소금 저장고로 쓴다고 들었다.

아주 풍족하게 소금을 넣은 것이다.

쾰른파의 주교구로 쾰른파의 통치 하에 있는 공방 도시는 강변에 있다고 들은 적이 있는데, 그것만이 아니라 바다와도 가깝겠지.

혹은 암염을 많이 채취할 수 있는 산을 보유하고 있거나.

별 중요하지 않은 생각을 하고 있었더니 신모가 나를 지적했다.

"성체를 감사히 음미하세요."

짜다고 했잖아.

침을 가득 내서 맛을 희석시켰다.

내 옆에는 어떻게든 뺨을 우물우물 움직이며 뭐라 말할 수 없는 표정으로 제병을 먹는 파우스트 님의 모습이 있었다.

"짜지 않으세요?"

나는 물었다.

파우스트 님이 대답했다.

"맛을 희석시키자."

열심히 먹는 모습을 바라보고 있었더니 허리에 매단 수통을 꺼냈다.
안에는 와인이 들어있을 것이다.
나도 따라서 끓인 물을 담은 수통을 꺼냈다.
파우스트 님이 없는 동안 이 예배를 몇 번이나 경험했으니 익숙했다.
아니, 영지민들 모두 그렇게 하고 있다.
누구 한 명이라도 소금을 줄여달라고 요청하면 될 텐데.
그 모습을 무시하듯 신모는 웃으며 영지민 전원의 입에 제병을 넣었다.
이윽고 모두에게 나눠주는 의식이 끝났다.
"제병 의식은 끝났습니다. 이어서 설교에 들어갑니다."
본래 다른 종파에서는 성서를 낭독한다—— 물론 글을 읽지 못하는 농민이 성서를 읽을 수 있을 리가 없고, 애초에 책 자체가 귀중품이다.
활판인쇄 기술 덕분에 성서를 비롯한 인쇄물을 대량으로 만들 수 있게 되고, 수차를 사용한 제지공장도 있다고 들었다.
하지만 폴리도로 령 같은 변경 영지에서 모든 사람에게 성서를 나눠줄 수 있을 정도는 아니었다.
기본적으로는 성직자가 성서를 낭독하고 문맹인 사람들은 그 낭독을 듣기만 한다.
잠깐 다른 곳으로 샜다.
쾰른파에서는 그 성서 낭독을 하는 대신 설교 시간이 많다.
"신의 말씀과 메시지에 대해 이야기하겠습니다."

물론 그 내용은 성서에서 인용하는 게 기본이기는 하지만.

"성 게오르기우스의── 어디까지 이야기했었죠?"

어째서인지 퀼른파에는 분명히 성인이기는 하지만 좀 다른 이야기가 많다.

왜 거기서 성 게오르기우스 이야기가 나오는 거지?

그걸 잘 알 수 없다.

폴리도로 영지민은 아마도 그것이 성서의 기본적인 내용이라고 오해하지 않을까.

"그래요, 순교 장면. 국서까지 게오르기우스의 신념에 감명받아 퀼른파로 개종하려고 했기 때문에 자존심이 상한 여왕이 분노에 사로잡힌 장면이었죠."

큰 소리로 그게 아니라고 말하고 싶다.

게다가 게오르기우스는 퀼른파도 아니다.

나는 어린 시절부터 어머니 카롤리느와 함께 수도원의 도서실에서 매일 책을 읽었는데.

그런 이야기는 한 번도 본 적이 없다.

애초에 성 게오르기우스는 성서에 나오지 않잖아. 상식적으로.

"신모님, 말씀드리고 싶은 게 있습니다."

파우스트 님이 내 생각을 대변하듯이 입을 열었지만.

아쉽게도 내가 하고 싶은 말과는 다른 말이라는 건 알고 있었다.

"제가 자리를 비운 사이에 이야기가 많이 진전되었습니다. 성 게오르기우스가 '다들 퀼른파 교도가 된다고 약속하세요. 그렇게 하면 이 용을 죽여드리겠습니다'라면서 사람들 앞으로 가축처럼 목줄을 맨 용을 끌고 온 장면이 제 마지막 기억입니다."

파우스트 님이 지적하는 건 성 게오르기우스가 나온 것에 대한 의문이 아니라 영지를 비운 동안 스토리가 많이 진전된 것에 대한 불만이었다.

아아, 그래.

파우스트 님도 완전히 속아버렸다.

"흠, 확실히 그렇군요."

싱긋 미소 짓는 신모.

파우스트 님을 포함한 폴리도로 영지민은 다들 속고 있다.

잘 생각해 보라고. 그야 쾰른파의 역사는 오래되었다.

하지만 저명한 성 게오르기우스가 극소수파인 쾰른파일 리가 없잖아.

눈치채란 말이야.

그렇게 외치고 싶었지만 차마 성직자 앞에서 거짓말하지 말라고 대들기는 어려웠다.

무엇보다 파우스트 님까지 완전히 속아 넘어갔다는 점이 고통스러웠다.

그렇게 머리가 나쁜 사람이 아닐 텐데.

아무래도 성서를 제대로 읽지 않은 모양이다.

"설교 도중에 묻는 것은 실례일지도 모르지만, 여쭙고 싶습니다. 왜 성 게오르기우스는 민중 앞에 일부러 용을 데리고 온 것입니까? 용을 죽인 명성이나 명예를 받아야 한다는 건 이해합니다. 하지만 목을 베어서 들고 오면 되지 않을까요."

파우스트 님은 살짝 어려워하면서 물었다.

뭐든 복잡하게 생각해버리는 파우스트 님 다운 질문이라고 할 수 있었다.

그 묘하게 발달한 지능으로 쾰른파가 이상한 소리를 하고 있다는 걸 조금 눈치챘으면 좋겠는데.

"확실히 그렇게 생각하실지도 모르겠군요."

신모는 당당히 대답했다.

영지민에게 새빨간 거짓말을 가르치고 있다는 죄책감은 조금도 보이지 않았다.

"죽인 뒤에 들고 오면 된다. 확실히 그렇게 생각하실 테죠. 성 게오르기우스가 민중을 위협해서 개종을 강요했다는 식으로 해석할 수 있을지도 모릅니다."

아니, 실제로 강요 맞잖아.

내 감상으로는 그랬다.

"쾰른파의 해석에서는 다릅니다. 성 게오르기우스가 용을 죽이고 그 목을 들고 돌아오는 건 쉽죠. 냉정하게 생각하면 가축처럼 용에게 목줄을 달고 끌고 오는 것보다 훨씬 간단합니다. 하지만 성 게오르기우스는 일부러 그리하지 않았습니다."

어째서인지 자랑스러워하는 표정인 신모.

이쯤 오면 그 독특한 감수성으로 미친 소리를 하리라는 건 눈치챘다.

내 마음은 그 발언을 받아들일 준비에 들어갔다.

신모는 두 손을 들어 올리고 영지민 전원에게 들리도록 커다란 목소리를 냈다.

"생각해 보십시오. 용이 한 번 왔습니다. 두 번 올지도 모릅니다. 세 번 올지도 모릅니다. 위협이 한 번만이라고 누가 보장할 수 있을까요. 그러한 약속을 누가 해줄 수 있을까요."

가장 악질적인 건 퀼른파가 은근히 앞뒤가 맞는 말을 한다는 점이다.

"두 번째가 일어난다면 성 게오르기우스는 구할 수 있겠습니까? 아쉽게도 그렇지 않습니다. 성 게오르기우스는 그저 지나가던 사람입니다. 그곳에 계속 머물러있을 수는 없습니다."

신모의 설교는 점점 뜨거워지고 목소리 톤도 올라갔다.

거기까지는 괜찮다.

확실히 앞뒤가 맞는다.

"그렇다면 어떻게 해야 하는가. 딱 하나, 답이 있습니다. 그곳에 있는 모두가 퀼른파를 받아들이고 무장하면 해결됩니다!"

왜 그렇게 가는 거냐고.

그걸 모르겠다.

"민중이, 그녀들이 두 번째 위협에 맞서 싸우는 겁니다. 지나가던 의인에게만 의지하는 건 어리석은 짓. 위협으로부터 지키기 위해서는 스스로 강해지는 것 말고 다른 구제법이 이 세상 어디에 있겠습니까? 퀼른파의 성인인 성 게오르기우스는 그것을 알고 있었던 겁니다."

신모의 설교는 최고조에 달했다.

"민중이 퀼른파로 전향하고 모두가 무장한 뒤에야 문제는 비로

소 해결됩니다. 두 번째 용과 맞서 싸울 수 있습니다. 성 게오르기우스는 그렇게 생각하고 일부러 민중을 위협하는 듯한 행위를 하면서까지, 사람에 따라서는 모멸마저 느낄 법한 짓을 해서라도 사람들을 퀼른파로 전향시킨 것입니다."

거듭 말하지만, 성 게오르기우스가 퀼른파였다는 사실은 없다.

약간 믿음이 갈 것 같은 게 악질이지만.

"신도 파우스트 폰 폴리도로. 이것으로 대답이 되었습니까?"

파우스트 님, 확실히 뭔가 앞뒤가 맞는 것처럼 들리지만 잘 생각해 보면 여러모로 틀렸거든요.

그 사실을 깨달아주세요.

옆에서 사념파를 보내며 파우스트 님의 얼굴을 봤지만.

"……제가 잘못 생각했던 모양입니다. 확실히 그 말씀이 맞습니다."

응, 이 사람도 틀렸구나.

처음에도 말했지만, 완전히 속아버렸다.

성서를 제대로 읽지 않은 파우스트 님은 반론할 수 없다.

"알아주셔서 기쁩니다."

신모가 웃으며 대답했다.

아무튼 앞뒤가 맞는 이상, 신도 파우스트 님에게 그걸 부정할 마음은 없는 모양이었다.

그래, 확실히 성직자가 지식이 없는 사람을 문답으로 이기는 건 흔한 일이다.

그렇다고 해도 너무하다.

이것도 몇 번이나 말했지만, 성 게오르기우스는 성서에 나오지 않는다.

쾰른파의 성서에는 실려있는 건지도 모르지만.

"파우스트 님. 죄송하지만 영주라고 해도 파우스트 님만 특별대우할 수는 없습니다. 설교는 순교 장면부터 재개합니다. 국서까지 게오르기우스의 신념에 감명받아 쾰른파로 개종하려고 했기 때문에 자존심이 상한 여왕이 분노에 사로잡힌 장면부터."

신모는 만족스러워하며 낭랑하게 이야기를 이어갔다.

"펄펄 끓는 납에 빠트리려고 해도 게오르기우스는 신념을 굽히지 않았습니다. 이교도의 신전에서 신앙을 버릴 것을 강요받아도 게오르기우스는 신념을 굽히지 않았습니다. 그것을 본 국서는 결국 감동하여 쾰른파로 개종했습니다. 하지만 여왕은 그를 용서할 수 없어 국서를 죽이려고 했습니다. 국서는 죽음을 각오하고 마지막에 게오르기우스에게 물었습니다. '저는 세례를 받지 않았습니다'라고."

어쩐지 다 귀찮아졌다.

쾰른파가 개조한 성인 이야기에 귀를 기울이자.

"게오르기우스는 대답했습니다. '형제님, 싸우세요. 여왕을 당신의 손으로 죽이는 겁니다. 당신이 지금 흘리는 적의 피가 세례입니다'라고."

성 게오르기우스는 절대 그런 말을 하지 않았다.

"그리고 국서는 게오르기우스가 던져준 성스러운 메이스로 여왕을 때려죽였습니다. 그를 지켜본 게오르기우스는 그동안의 전투로 다친 몸을 바닥에 눕히고 만족스럽게 숨을 거두었다고 합니다. 퀼른파는 이것을 순교라고 부릅니다."

성 게오르기우스는 절대 그런 마지막을 맞지 않았다.

"지금은 에인헤랴르로서 환영받아 비그리드 들판에서 적 거인들을 상대로 활약하고 있을 테죠."

맞는 건 마지막 묘사뿐이다.

지금도 성 게오르기우스는 죽은 전사들, 에인헤랴르 전사단의 선두에 서서 비그리드 들판을 달리고 있을 것이다.

그것만큼은 틀림없었다.

"성 게오르기우스가 마지막에 남긴 말에서 우리 퀼른파의 신도는 무엇을 읽어낼 수 있을까요. 이것은 조금 전 신도 파우스트의 질문에 대답한 내용과 똑같은 신념입니다. 신도들이여, 타인에게 도움을 바라기만 하면 안 됩니다. 손수 메이스를 들고 일어나 적을 쳐라. 이것이야말로 퀼른파의 정신입니다. 모든 신도가 이 정신을 잊지 않는 한 신께서 축복해주실 것입니다."

퀼른파의 주장은 일관적이다.

그대들을 지키기 위해, 그대들이 소속된 공동체를 위협하는 것으로부터 방어하기 위해 모든 힘을 빌려주겠다.

하지만 그대들도 자신을 구하기 위해 자신의 힘으로 싸워야 한다.

그리하면 신은 비로소 축복해준다.

"……."

나 마르티나 폰 보셀에게는 쓰라린 사실이었다.

나는 이미 파우스트 님의 견습 기사로서 보호받은 몸이고, 그 대우를 달게 받아들일 수밖에 없다.

설령── 내가 스스로 싸우려고 한다면 무엇을 할 수 있을까.

신에게 물어보고 싶었지만, 아마도 신조차 대답해주지 않을 것이다.

그 사실만을 곱씹었다.

꿈을 꾸려고 했다.

예배를 마치고 방에 틀어박혀 내 침대 위에서 몸을 말고 있는 고양이 마리안느를 쓰다듬으면서.

깃털을 채워 넣은 이불을 덮고 꿈결에 잠겼다.

현실과 꿈의 경계가 모호해지며 과거를 추억한다.

내 어머니, 카롤리느가 살아있을 때.

아아.

지금 떠올려도 내 어머니는 빈말로도 똑똑한 사람이라고 할 수 없었다.

결말이 그랬으니까.

영지도 영지민도 전부 다 끌어들여서, 끝까지 충성해주었던 종사와 병사도 모두 잃어버리고 반역자라는 오명 밑에서 파멸했다.

그 결말에 칭찬할 만한 점은 하나도 없었다.

그리고 살아있을 때도 비슷했다.

그리 똑똑한 사람은 아니었다.

"어머니, 이것에 대해 자세히 알고 싶습니다."

영지 안에 있는 수도원 도서실.

나는 어머니가 성직자에게 부탁해 열람 허락을 받은 그 장소에 틀어박히는 일이 많았다.

항상 더 많은 지식을 갈망했다.

다양한 정보가 집약된 책이며 사전을 펼치고 페이지를 가리키며 물어본다.

그 답이 올바르게 돌아오는 일은 일단 없다.

"미안하구나, 마르티나. 며칠 내로 사제님에게 물어보고 오마."

어머니는 배움이 얕았다.

물론 문서를 읽고 쓰지도 못할 정도는 아니었다.

1천 명의 영지민을 거느린 보셀 령, 그 봉건 영주의 차녀, 스페어로서 교육은 받았다.

동시에 스페어는 스페어에 불과하다는 것 또한 사실이었다.

딱히 어머니가 열등한 건 아니다.

그러나 우수하지도 않았다.

냉정하게 봐서, 무예라는 분야에 재능이 편중되어 있었다.

따라서 내가 알고 싶은 다양한 지식에 대답해주지 못했다.

다음으로 미루는 대신인지 어머니가 미안해하며 내 머리를 쓰다듬었다.

항상 그랬다.

나는 나대로 조금 미안해하며 그 손길을 받아들였다.

애초에, 사실 어머니를 경유해서 물어볼 필요는 없었기 때문이다.

사제님은 수도원에 있으니까 도서실의 책 내용을 전부 기억하고 있으며, 직접 책을 쓰기도 한다는 똑똑한 그녀에게 물어보면 된다.

내가 알고 싶은 정보는 그렇게 하면 손에 넣을 수 있다.

하지만 나는 어머니의 대답을 알고 싶었다.

그 시절의 나를 어떻게 표현해야 할까.

멍청이? 유치?

나는 아마도 어머니에게 너무 많은 것을 바랐다.

어리석기 짝이 없었지만, 내 어머니라면 물음에 당연히 대답해 줘야 한다고 생각했다.

즉 나는 어머니에게 어리광을 부렸다.

같이 책을 읽고, 그 내용을 두고 이야기하고, 가능하다면 지식을 공유하고 싶었다.

나는 항상 나와 대화할 수 있는 사람을 바랐다.

"마르티나, 역시 다른 아이들과는 놀 마음이 들지 않는 거니?"

"대화가 안 돼요."

젖자매라고 불러야 하는 건지도 모르는, 다른 아이들.

어머니가 군역에 나가 있거나 해서 바쁜 시기에는 종사의 가족이 나에게 젖을 물려주었다고 한다.

내 자의식이 아직 명확하지 않던 시기에 확실히 그런 아이들이 있었다.

하지만 안 된다.

"그 아이들과는 대화가 너무 맞지 않습니다."

"그렇, 구나."

어머니가 조금 슬픈 표정으로 고개를 끄덕였다.

나는 아마도 현저하게 머리가 좋은 것이다.

자각은 있었다.

조금 자만하자면, 세간에서 말하는 초인으로 분류되는 인간일지도 모른다.

옛날에는 그런 생각까지 했었다.

어릴 때부터 성직자나 학자가 사용하는 고어, 소위 문학 언어와 학술 언어라고도 불리는 말.

신성 구스텐 제국이 아니어도 통해서 고등공통어로 사용되는 그 말을 이해할 수 있었다.

도서실의 일부 책도 고어로 적혀있다.

어머니는 그것을 읽지 못했다.

장녀인 이모와는 다르게 해당 교육을 받지 않았기 때문이다.

자신이 읽지도 못하는, 가까스로 단어를 알아보는 정도인 책을 가리키고 내용을 물어보는 자신의 딸.

어머니가 본 그 광경은 너무나도 불편했을 것이다.

그 시절의 나를 만날 수 있다면 한번 물어보고 싶다.

너는 아주 어리석고 유치하다고.

어머니가 난처해하고 슬퍼하는 걸 이해하지 못 했냐고.

어린 시절의 나는 너무도 잔인했다.

아아, 그래.

그 시절의 에피소드를 하나 떠올렸다.

"어머니, 뭐 하십니까?"

졸린 눈.

화장실에 가려고 했을 때, 밀랍이 아닌 수지 양초 냄새를 맡고 어머니의 방으로 향했다.

어머니는 글쓰기 연습을 하고 있었다.

"……."

대답을 망설이며 시선을 배회하는 어머니.

나는 어렸지만, 그 쓰다 만 종이가 책상 위에 흩어져있는 것을 보고 무엇을 하고 있었는지 이해했다.

어머니는 고어, 고등공통어 연습을 하고 있었다.

끝까지 숨길 수 없다고 이해한 어머니가 변명하듯이 부드럽게 말을 뱉었다.

"나도…… 마르티나가 무엇을 물어보고 싶은지 이해하고 싶었다."

어머니는 나에게 정직했다.

성실했다.

적어도 무엇을 할 수 있을지 고민하고, 모든 것을 다 털어놓으려고 했다.

능력이 부족한 것도, 나에게 아무것도 해주지 못한다는 것도 알면서.

구역질이 났다.

"딱히 필요하지 않습니다. 어머니가 그런 일을 하실 필요가 어디에 있죠?"

당시 내가 한 말에 구역질이 났다.

무슨 생각을 했던 거지?

당시의 나는 무슨 생각이었지?

끔찍할 정도로 구역질이 난다.

9살도 되지 못한 나는 무슨 생각으로 열심히 나에게 맞춰주려고 한 어머니에게 그런 말을 던졌을까.

"그래, 미안하구나."

면목이 없다는 듯, 슬프게 중얼거린 어머니의 얼굴이 지금도 뇌리에 새겨져 있다.

그 손은 부끄러운 듯 쓰다 만 종이를 숨기고 있었다.

죽여버리고 싶다.

나는 무슨 생각으로 그렇게 심한 말을 할 수 있었던 거지.

사실은 내 마음을 헤아려준 것 같아서 기뻤던 주제에, 나는 그때 부끄러운 짓을 하지 말았으면 하는 모순된 마음으로── 그만하자.

내 어머니는 그리 똑똑하지 않았다.

잘 쳐야 평범했다.

나는 그 이상으로 어리석기 그지없었다.

그런 추억.

어머니의 성격.

그러한 에피소드 하나를 떠올리기만 해도 그 성격을 두고 감상을 늘어놓을 수 있다.

누구에게나 다정했고, 마찬가지로 몹시 겁이 많은 사람이었다.

스페어로서 살아온 인생이었기에 그늘이 져 있었으며, 비굴함을 숨기지 못하는 사람이었다.

친딸인 나에게도 자꾸 자신감 없이 중얼거리곤 했다.

계속 중얼거렸다.

"미안하구나, 마르티나."

그렇게.

아마 자기 자신을 아주 싫어했을 것이다.

카롤리느 폰 보셀이라는 자신의 존재를 아주 애매모호하다고 생각했던 것 같다.

병약한 언니의 스페어로 태어나서 영지민 사이에 섞여 통치했지만, 그렇다고 영지 내정의 결정권까지는 없었는데, 또 모든 군역에 혹사당했다.

보셀 가에서는 좋을 대로 부려 먹히면서도 그에 정면으로 반발할 용기는 없다.

패기가 별로 느껴지지 않는 사람이었다.

설령 내가 할머니—— 후계자를 정하지 못하고 급사해버리는 어리석은 귀족이었다고 해도 어머니를 후계자로 삼는 건 불안했을 것이다.

단순히 군인으로서, 병사나 지휘관으로서는 유능했을지도 모른다.

실제로 안할트 최강의 초인인 파우스트 님은 어머니를 뛰어난 무인이었다고 평가했다.

하지만 역시 봉건 영주로서는.

영주 기사로서는 어땠을까.

파우스트 님에 비하면 약하다.

그 기묘한 가치관을 지닌, 자기 완결적 폭주 습관까지 있는 행동력 덩어리와 비교하면 너무나도 나약했다.

9살도 되지 못한 친딸에게조차 몹시 미안해하는 표정을 보이는 어머니였다.

만약 할머니 앞에서 어머니가 자신이야말로 보셀령을 이어받기에 걸맞다며 탄원하는 행동력을 보였다면 바로 후계자로 인정받을 수 있지 않았을까.

하지만 그런 선택지는 없었다.

"의미 없는 생각이지."

이런 생각을 해봐도 의미는 없다.

결말은 아무것도 달라지지 않았다.

하지만 추억을 멈출 수 없다.

알고 싶은 것이 딱 하나 있다.

왜 어머니가 그런 행동을 했는지.

세상 모든 것에 주눅이 들어있는 것 같았던 겁 많은 어머니가 갑자기 주변을 둘러싼 세상 모든 것에 반역한 건지.

나는 처음 수도원에서 어머니가 가주 찬탈을 위해 병사를 일으켰다는 이야기를 들었을 때, 사제님에게 단호히 부정했다.

그런 거창한 짓을 저지를 수 있는 사람이 아니라고.

사제님은 몹시 난처한 얼굴로 중얼거렸다.

모든 일이 정리될 때까지 이 수도원에서 나가면 안 된다고.

사제님은 모든 일이 끝날 때까지 나를 숨겨주었다.

모든 상황을 알게 되었을 때, 어머니는 이미 파우스트 님의 칼에 목이 날아간 뒤였다.

"……."

울면 안 된다.

나에게 그런 권리는 없으니까.

그때 파우스트 님이 리젠로테 여왕 폐하에게 구명을 탄원하고, 그게 받아들여져 목숨이 붙어있는 나에게는 그런 권리가 없다.

눈물이 용서된다면 그것은 오로지 어머니의 뒤를 따라 죽음을 받아들였을 때뿐이다.

나는 그때 울 권리를 놓아버렸다.

"어째서."

왜.

왜. 거듭 말하지만, 담력이 없는 사람이었다.

겁쟁이였다.

무인으로서는 그럭저럭 재능이 있었지만, 아주 예민하고 주변의 목소리를 의식하는 것 같았다.

자기가 할머니에게 어떤 평가를 받고 있는지.

병약한 이모를 진심으로 싫어하면서도 영지에서 부려 먹히는 상황을 받아들이고.

최소한의 위로라는 듯 군역을 함께 수행한 가까운 종사와 영지민에게 마음을 주고.

무언가 보상심리인 것처럼 나에게 필요한 교육을 해줄 수 있도록 성직자에게 매달렸다.

그 결과는?

할머니에게 후계자로 지명받지 못하고.

언니는 이미 가주를 양보할 생각이었지만 증오로 인한 관계 단절 때문에 그 사실을 알지 못하고.

군역을 함께 수행한 가까운 종사와 영지민 모두 지옥으로 이끌고.

성직자에게서는 파문당해 평생을 부정당했다.

모든 것이 허무했다.

아무것도 하지 않으면 좋았을 텐데.

그동안 그랬듯이, 카롤리느 폰 보셀이라는 인간이 살아온 대로 아무것도 하지 않았다면 전부 손에 넣을 수 있었다.

어머니는 아직 살아있었을 것이다.

그런 가정을 알아버렸기에 허무했다.

"왜 가주 자리를 빼앗으려고── 그런 어리석은 짓을."

승산은 희박했다.

어머니는 결국 스페어일 뿐, 장녀가 아니다.

다수파가 아니라 소수파에 불과했다.

다소 무력은 있으나 파우스트 님처럼 극단적인 초인이 아니면 숫자의 힘에 이길 수 없다.

어머니와 군역을 함께 수행한 사람들은 마지막까지 충성을 바쳤다고 들었다.

실제로 전장에서 싸운 파우스트 님이며 폴리도로 영지민이 그 마지막을 칭송했다.

어머니 카롤리느와 그녀를 따른 병사 중에 겁쟁이는 아무도 없었다고.

내가 아는 어머니와 다른 모습을 이야기한다.

다들 모른다.

확실히 그녀는 나쁜 짓을 했을지도 모르지만, 너마저 부끄러워해서는 안 된다며 슬퍼 보이는 얼굴로 이야기하던 파우스트 님은 아무것도 모른다.

틀렸다.

진짜 어머니는 어떻게 해볼 수 없을 만큼 겁쟁이였다.

어리석고── 아니, 나는 이런 말은 하고 싶지 않다.

어리석다는 말은, 사실은 한 번도 하고 싶지 않다.

그저, 그저, 하염없이 약하고 다정한 사람이었다.

사실은 아무것도 가진 게 없으면서 하염없이 견디는 슬픈 사람이었다.

그게 내가 아는 모습이었다.

지금까지 살아온 평생이 이모에게서 가주 자리를 양보받으면서 보답받을 예정이었다.

현실은 아니었다.

어머니는 목이 날아갔고, 그 목은 안할트 거리에 내걸려서 사정을 아는 민중들에게 손가락질과 비웃음을 받았다.

그렇게 살점이 썩으면 바위로 쌓은 성문 밖에 버려져 굶주린 들개에게 잡아먹혔을 테지.

그건 어쩔 수 없다.

하지만.

내가 아는 어머니는 그런 죄인이 아니었다.

언니를 끌어내리고 가주와 영지를 찬탈하려는 결심을 할 수 있는 사람이 절대 아니었다.

나 마르티나는 무언가를 잊고 있다.

혹은 무언가를 눈치채지 못했다.

어머니 카롤리느는 왜 그런, 가주 찬탈이라는 폭거를 저지르게 된 것인지.

왜 그렇게 겁이 많은 어머니가 반역을 생각한 것인지.

물거품 같은 꿈을 꾸려고 한 건지.

계속 그것만이 마음에 걸렸다.

"야옹."

머리를 쓰다듬는 촉감. 마리안느가 몸을 머리로 들이밀었다.

나는 어머니가 쓰다듬어주던 감촉을 떠올리며 그대로 잠들기로 했다.

언젠가 나는 이해할 수 있을 것이다.

어머니가 무슨 생각이었던 건지, 어째서 그런 짓을 한 건지.

나는 딸로서 반드시 알아내야만 한다.

나만은 알아두고 싶다.

그리하면, 잊지 않는 사람이 있다면 지옥에 떨어진 어머니에게 조금은 위로가 될지도 모르니까.

생각은 잠 속으로 녹아들었다.

제98화 계율과 고해

퀼른파의 목조 교회.

청소만은 매일 꼼꼼하게 하는 건지 교회 안에는 먼지 한 톨 없었다.

시선 끝에는 몇 세대를 쓴 건지도 알 수 없을 만큼 오래되어 보이는 여성의 조각상── 신의 딸이 책형당한, 등신대의 속죄주가 걸려있었다.

물론 장소는 교회의 중앙.

그 속죄주의 손에는 퀼른파의 상징인 머스킷 총이 걸려있다.

──여러모로 하고 싶은 말이 많지만, 그건 가까스로 참았다.

못 박힌 속죄주의 손에 왜 머스킷 총을 쥐어놓은 건지.

자꾸만 입 밖으로 튀어나오려는 지적을 꾹 참았다.

어차피 머스킷 총 전에는 메이스 같은 무기였겠지.

그런 말도 참았다.

내 인내심은 참으로 대단한 모양이다.

창문으로 들어오는 아름다운 채광은 의자에 앉은 신모를 비춰주고 있다.

"신도 마르티나에게 퀼른파의 계율에 대해 이야기하겠습니다."

"네……."

파우스트 님은 여기에 없다.

지금쯤 검을 휘두르고 계시겠지.

신도로서 한번 쾰른파의 계율을 배워야 한다며 나를 교회로 보냈다.

나는 쾰른파의 계율 같은 건 알고 싶지 않은데.

애초에 제법 무관심한 파우스트 님과는 다르게 나는 성서를 잘 읽어보았다.

"이 세상에는 많은 종파가 있습니다. 화폐를 축적하는 것을 악덕으로 부르거나, 인간의 사회적 상승을 악덕으로 간주하거나, 사회적 영달을 위해 책을 읽고 때로는 성서를 가지는 것조차 허락되지 않는다며 불에 태워버린 성인도 있습니다. 물론 그녀들의 종파에는 그녀들 나름의 주장이 있기에 그렇게 하는 겁니다."

하지만 파우스트 님의 지시를 거스를 수도 없다.

거듭 말하지만, 나를 파문 상태에서 해방해준 부분만큼은 정말로 쾰른파에 고마워하고 있다.

그러니까 이야기 자체는 얌전히 듣기로 하자.

"쾰른파는 그 종파를 부정할 마음이 없습니다. 청빈에는 청빈함의 의미가 있습니다. 사욕을 버리고 올바른 일을 하기 위해 사는 것. 신의 섭리 아래에서 사는 것. 그것을 어찌 비난할 수 있을까요."

말은 그렇게 하지만 쾰른파는 사실 빈곤하지 않다.

이 폴리도로령에서는 검소한 생활을 보내고 있을지도 모르지만, 주교구에는 거대한 공방 도시가 있고 신성 구스텐 제국 전역에 무기를 수출한다.

막대한 수익을 벌어들이고 있다.

물론 퀼른파는 그 수익을 전부 새 무기 개발에 쏟아붓는다.

"이익 추구와 재산 축적, 그 자체는 얼핏 악덕으로 보일 테죠. 하지만 인간은 빵만 먹고 살 수 없습니다. 우리 성직자 역시 서열이 있습니다. 과거 어떤 성인은 이렇게 생각했습니다. 누군가가 화폐를 축적하면 누군가가 가난해져야만 한다고. 그렇다면 내가 가난해지겠다고. 그 정신 자체는 훌륭한 생각이지만, 동시에 틀리기도 합니다. 안할트 왕국으로 비유한다면, 화폐 주조권을 지닌 리젠로테 선제후가 아스타테 공작령에서 채취하는 은을 가공하기 시작하자 은화 화폐 수 같은 총량은 최근 급격하게 증가했습니다. 물론 사람들이 먹는 빵의 양도 증산되고 있죠. 부와 빵의 공급은 그녀의 선정 덕분에 많은 사람에게 미치게 되었습니다."

신모님의 말을 적당히 흘려들으면서 그 지식에 대해 생각했다.

아무래도 어머니 카롤리느 같은 사람에게서는 야만족 집단이란 말을 듣곤 했지만, 퀼른파 성직자의 식견은 뛰어나다.

이전 우리 보셀령에 있던 사제님과 눈앞에 있는 신모의 지적 수준은 거의 비슷해 보였다.

"제가 하는 말 따위는 억지 논리에 불과하다고 생각하실지도 모르지만요. 사실상 현재 종교는 금융이나 상인 계층과 화합의 길로 나아가고 있습니다. 다수의 행복을 위해 다양한 수단을 모색하는 것이 진정 최선의 길이라고 부를 수 있지 않을까요. 신이 말씀이 아닌, 신모로서 그렇게 생각합니다."

"신모님의 개인적인 의견이라는 뜻입니까?"

설명 사이에 끼어들었다.

나는 이곳에 쾰른파의 계율에 대해 들으러 온 건데.

"그렇죠. 신도 마르티나. 저는 선대 영주 마리안느 님과 함께 이 폴리도로령에서 영지 발전에 헌신해왔습니다. 외부에서 들어오는 지식이라 할 수 있는 어용상인 잉그리드 님과도 대화하고, 때로는 마리안느 님 옆에서 가격 교섭을 논의한 적도 있죠."

"그건……."

성직자가 할 일이 아니라고 보는데.

세상에는 기사의 영혼인 검이나 갑옷을 담보로 받는 황당한 교회도 있기는 하다지만.

즉 사실상 금융업을 경영하는 교회도 분명히 존재한다.

"젊을 때는 농작물 종류를 지정하기도 했습니다. 올리브를 가져와라. 폴리도로령은 기후가 온화하니 가능할 거다. 더불어 가격은 저렴하게. 참으로 막무가내였죠."

"성직자로서 그게 올바른 행위라고 생각하십니까?"

질문했다.

성직자로서, 봉건 영주의 상담역이라는 지위로서도 좀 지나쳤다.

"그렇다면 틀린 행위라고 보십니까?"

"……아뇨."

신모가 부드럽게 웃었다.

딱히 틀렸단 생각은 하지 않는다.

추방자가 만든 이 마을의 뿌리를 생각하면, 지식이 풍부해 최신 영토 개선책을 지적할 수 있는 인간은 금화보다 귀중하다.

그게 눈앞의 인물이었다.

민중과 가까운 위치에서 나란히 걸으며, 하는 행위를 완전히 부정하기 어려운 쾰른파라는 종파를 믿게 된 것은 폴리도로가에는 무엇보다 큰 행복이었겠지.

"신도 마르티나. 저는 마리안느 님과 무척 가까운 관계였고, 이 폴리도로령의 뿌리도 알고 있습니다. 먼저 지레짐작하고 운을 띄운 건 저였지만요. 당신은 어떻습니까?"

"어차피 눈치챌 거라면서 파우스트 님이 먼저 알려주셨습니다."

나는 계율을 들으러 온 건데.

어느새 둘 다 폴리도로가의 이야기를 하고 있다.

조금 수상하다.

나는 현재 상황에 의심을 품었다.

"부럽군요. 저는 전부 알기까지 3년이 걸렸습니다."

"하지만 신모님은 더 많은 것을 알고 계시죠. 파우스트 님이나 선대 마리안느 님에 대해서 저는 잘 모릅니다."

"그럴까요."

조금 경계해야만 한다.

눈앞의 그녀는 머리가 대단히 좋다. 쾰른파의 야만적인 신모라면서 무시해도 되는 존재가 아니다.

이 여자는 공통 화제로 내 마음을 파고들려고 한다.

"저는 영주인 마리안느 님을 미치광이라고 오해하는 영지민의 마음을 개선하려고 하지도 않았던 성직자입니다. 그 죄는 무겁죠."

본인의 약점을 보여서 경계심을 푸는 건 화술의 상투 수단이다.

대화가 처음 주제에서 벗어났다면 더욱 그렇다.

"이전 파우스트 님께 들었습니다. 그로써 추측을 거듭했습니다. 마리안느 님이 파우스트 님 말고 다른 아이를 낳으려고 하지 않으셨던 건, 장녀가 태어나면 파우스트 님의 미래가 망가지기 때문이었겠죠."

상대가 하려는 말을 먼저 입에 올렸다.

이런 종류의 사람에게는 항상 선수를 치는 게 통하기 쉽다.

"저는 마리안느의 고해를 들었습니다. 나는 지금부터 지옥에 떨어질 생각이다. 그래도 괜찮다고 생각한다. 신의 딸이 짊어진 속죄는 필요 없다. 나는 내 악덕을 다하리라. 천부적인 재능을 지닌 파우스트라는 자식이 귀여워서 이 아이에게 영지도 재산도 기술도, 내 모든 것을 전수하고 싶다. 따라서 다른 아이는 만들지 않겠다. 나는 영지민의 기대도 블루 블러드의 의무도 저버릴지도 모른다. 그래도 나는 악덕을 다하겠다."

침묵.

내 수는 화제 전환으로 인해 순식간에 무너졌다.

아니, 그런 건 중요하지 않다.

이 여자 지금 남의 고해를 떠벌렸잖아?!

눈을 부릅뜨고 눈앞의 신모를 노려보았다.

"저는 지금 고해 비밀을 저버렸습니다. 그것은 쾰른파에서도 파문과 추방을 받아야 하는 죄입니다."

신모는 내 시선에 태연히 대답했다.

상황을 완전히 지배하고 있었다.

"이것으로 두 번째입니다. 전에도 한 번 말했었죠."

무슨 생각이지?

분노를 넘어선 당황을 느끼며 퀼른파라는 이단적 존재를 바라보았다.

"얼마 전 파우스트 님이 울며 매달리셨습니다. 간청하셨습니다. 어머니가 무슨 생각을 했던 건지 전부 가르쳐달라고. 지금의 자신에게는 그것이 필요하다고. 거듭 머리를 조아리며, 피가 흐를 정도로 바닥에 이마를 찧어가며 눈물로 부탁하셨습니다. 저는 파문조차 두려워하지 않고 고해 비밀을 저버리고 전부 고백했습니다."

판단하기 힘들었다.

지금 눈앞의 성직자가 어긴 금기와 대화 내용이 엉망진창으로 뒤얽힌다.

목적이 뭐지?

무슨 생각으로 그런 일을 일개 견습 기사에게 말하는 거지?

왜 파우스트 님은 이제 와서 어머니의 고해를 캐내려고 했지?

"저는 나쁜 짓을 했다고는 생각하나, 그로써 파문당해도 지옥에 떨어져도 상관없습니다. 그렇게 하지 않았다면 신도 파우스트는 죽을 때까지 구원받지 못하겠지요. 어릴 때부터 알고 지낸 그 아이의 인생을 망가트릴 바에야 제가 지옥에 떨어지는 게 낫습니다. 그 사실을 절친한 마리안느와 저는 공유합니다. 신도 마르티나도 이 행위를 종교조직이나 신도를 배신하는 짓이라고 생각한다면 안할트 왕도의 대교회에 편지를 보내세요. 저는 그 판결을 얌전히 따르겠습니다."

왜.

머릿속이 의문으로 뒤덮인다.

솔직히 말해 너무 갑작스럽다.

이 성직자는 무슨 말을 하고 싶은 거지.

“신도 마르티나. 저는 고민했습니다. 이 사실을 말해도 괜찮은지 몹시 고민했습니다. 당신을 소중히 여기는, 당신을 지킨 모든 사람이 입을 모아 그것만큼은 하지 말라고 울부짖을 법한 행위니까요. 하지만 아마 파우스트 님이 계속 당신을 걱정하시는 것처럼 당신은 언젠가 눈치채겠죠. 그러니 그 마음속의 화약을 터트리는 시기는 같은 고통을 아는 파우스트 님이 곁에 있는 지금이어야 합니다.”

쓰라림.

턱이 뭉툭해지고 입안 가득 흘러넘치는 피를 삼키는 듯한 표정이었다.

눈앞에 있는 신모와 나눈 대화를 정리해라, 마르티나.

나라면 할 수 있다.

“파우스트 님은 퀼른파라는 종파의 계율을 이야기해달라고 부탁하셨습니다. 하지만 그건 지금이 아닙니다. 먼저 당신의 문제를 해결해야 한다고 생각했습니다. 신도 마르티나, 생각하세요. 이 문제는, 이 문제만큼은 당신을 지킨 모든 사람을 위해 스스로 깨달아야만 합니다.”

신모는 지금까지 한 말에 모든 의미를 담았다.

구체화한다면 세 가지.

그녀는 계율 이야기를 취소하고, 고해 비밀을 깨고, 마지막에 파문을 저지르면서까지 우선할 수밖에 없는 이유가 있다고 했다.

똑똑한 당신이라면 전부 다 눈치챌 것이라는 의미를 담아.

"신도 마르티나. 영주관으로 돌아가세요. 그 무렵이면 당신은 모든 것을 알게 될 겁니다. 당신이라는 존재에 뒤흔들리는, 당신을 이 세상으로부터 지키려고 한 모든 사람의 마음을. 슬픈 사람들의 외침을."

등을 떠민다.

모든 문제를 던져놓고, 이제 자신의 역할은 끝났다는 양 교회에서 내보낸다.

교회 문이 부드럽게 닫혔다.

만약 조용히 문을 노크한다면 다시 열릴 것 같았다.

하지만 망설여졌다.

"신모는 스스로 깨달아야 한다고 했어."

그렇다면 직접 생각하자.

파우스트 님이 기다리는 영주관으로 걸음을 뗐다.

생각은 멈추지 않는다.

신모가 던진 말들.

아마도 이건 신모가 나에게 주는 시험이다.

하나, 악덕.

안타깝게도 인간은 때로 악덕을 저질러야만 무언가를 얻을 수 있다.

하나, 부와 빵.

나눠줄 수 있는 양은 늘어났으나 아직 전원에게 미치진 않았다.
하나, 개선하기 위한 다양한 모색.
성직자조차 필요로 하며 그 손을 뻗게 되는 것.
하나, 폴리도로 가문의 뿌리.
더 자세히 말하자면, 아는 것과 모르는 것의 차이.
하나, 고해.
신모이기에 알 수 있었던 일.
성직자이기에 알 수 있었던 사정.
하나, 고해 비밀을 어기는 것.
이 세상에는 지옥에 떨어져도, 파문당해도 눈앞의 무언가를 우선하기도 한다.
하나, 사실은 아무도 바라지 않는 것.
나라는 9살 아이가 언젠가 눈치채게 될 그 순간이 찾아왔다.
하나, 교회의 문.
빗장을 걸어놓은 건 아니다.
몇 번이든 문을 열 수 있다.
생각하자.
이건 수수께끼이자, 신모의 말에 따르면 내 인생에서 피해 갈 수 없는 일이다.
그렇다면 풀어야지.
무엇보다.
아마 내가 지금 생각하는 것과, 신모가 말한 것은.
사실 같은 이야기인 것 같은 느낌이 들었으니까.

제99화 수수께끼를 푸는 법

포장된 길을 걷는다.

파우스트 님이 기다리고 있을 영주관으로 돌아가는 길.

그 옆에서는 밭일을 마치고 집으로 돌아가는 폴리도로 영지민이 보였다.

집에 돌아가면 남편이나 아이가 기다리고 있을 것이다.

"하나. 악덕."

신모가 낸 수수께끼.

평온한 풍경과는 거리가 먼 그것에 대하여 생각한다.

내 어머니는 악덕 그 자체였다.

아무런 죄도 없는 사람들을 많이 죽였다.

산적과 다를 바 없는, 아니, 그 이하였다.

하지만.

"내 어머니 카롤리느는 본래 악덕과 거리가 먼 사람이었어."

이 세상 모든 것에 움찔움찔 겁을 집어먹은 듯한.

그러면서도 하다못해 자신을 따라주는 사람들에게는 다정히 대하고 싶다며.

군역을 명령받은 평민 종사와 병대── 어머니에게 몹시 매정했던 할머니는 어머니에게 가신 기사 한 명조차 붙여주지 않고 평민으로만 이뤄진 병대를 편성시켰다.

그것도 스페어.

평민들도 집을 물려받는 장녀가 아니라, 죽어도 상관없어 보이는 삼녀 이하의 집단으로.

그것이 과거 보셀령에서 군역에 동원된 민병들이었다.

하지만 가문을 지킨다는 도의적 목적을 딱히 저버리는 행위가 아니었다.

"어머니 카롤리느와 그 병대가 등을 돌린 건 자신들이 가주 자리를 찬탈하기 위해?"

안전한 장소에 있으면서 자신들을 위험한 군역으로 내모는 가주 상속자를 향한 증오를 다들 느끼고는 있었을 것이다.

그건 악덕이었을 것이다.

하지만―― 다들 나에게는 자상했다.

마르티나라는 귀족 계급에게 친절한 것이 아니라, 어린아이에게 공통으로 보이는 다정함이었다.

병사들이 몹시 투박한 손으로 머리를 거칠게 쓰다듬어준 적이 있다.

어머니 카롤리느는 쓴웃음을 지으며 우리를 지켜보았다.

그녀들은 보셀령에 반역하고 안할트 왕국 직할령 약탈이라는 지독한 악덕을 저질렀다.

"하나. 부와 빵."

폴리도로령에서도 폴리도로 가문과 그 외 가문은 명확하게 갈라져 있다.

귀족 계급인 기사와 노동자인 평민의 차이.

하지만 그 구별은 가정에도 있다.

오월제(五月祭).

풍요의 남신을 숭상하는 그 의식에서는 1년에 몇 번밖에 만나지 않는 영주 일족, 보셀 가라고 해도 한자리에 모였다.

할머니, 이모 헤르마, 어머니 카롤리느, 그리고 나 마르티나.

아아, 그래. 한 명 더 있었다.

이모가 낳았지만 금방 죽어버렸다는 소녀.

할머니와 이모는 그 사실을 숨겼으며, 어머니는 아이가 살아있다고 믿었다.

그 딸은 오월제에 나타나지 않았고, 대신 그 딸 몫의 식사만 놓였다.

당연히 차녀인 스페어의 딸에 불과한 내가 받는 빵과 수프의 양은 그 딸의 몫보다 적었다.

어린 시절의 기억을 더듬어가면 어머니는 그때 증오의 눈으로 그 빈자리를 바라보고 있었을까.

"나는 의심했지."

사실 이모에게 아이는 없는 게 아닐까?

이미 죽어버린 게 아닐까?

한번 어머니에게 몰래 물어보기도 했다.

어머니 카롤리느는 그것을 나쁘게 해석했다.

"어머니나 언니는 내가 언니의 딸을 죽이지 않을지 의심하고 있을 테지."

그것은 어머니 카롤리느가 암살을 저지를 우려가 있으니 숨기는 것이라는 대답이었다.

믿어주지 않는 것이라고.

쓸쓸하다는 듯 중얼거렸다.

이건 추측이지만, 이모 헤르마와 어머니 카롤리느는 명확하게 구별되어 자란 게 아닐까.

장녀가 가문을 이어받고 다음 세대에게 넘겨주기 위한 씨앗이 된다.

그 외엔 여유가 있다면 분가를 내려주고, 그렇지 않다면 비료로서 흙으로 돌아간다.

그조차 하지 못한다면 가문을 나가 길거리에서 죽는다.

그런 대우였다.

다른 환경이 있다면 어지간히 힘이 강하거나, 반대로 가족 전원이 힘을 합쳐야만 할 정도로 가난하거나.

공작으로서 분가한 아스타테 공작가는 전자.

폴리도로 영지민처럼 가족 모두가 죽기 살기로 살아남은 쪽이 후자.

귀족이라는 존재에 제3의 길이 있다면, 왕도로 출사하여 실력을 인정받아 법복 귀족이 되는 것 정도일까.

과거에는 국서 로베르트 님이 그 창구가 되어주었다고 들었지만, 지금은 이미 존재하지 않는 방법이다.

그건 괜찮다.

중요한 건――.

"어머니 카롤리느는 그에 대해 마지막까지 원망 한 번 뱉지 않았어."

자신의 처우를 한탄하기는 했지만, 원망하는 말을 쏟아내지는 않았다.

집을 증오하기는 했지만 그걸 나에게 말하는 사람이 아니었다.

아마 나에게 미움받고 싶지 않았던 거겠지.

자식에게조차 부정적인 측면을 보여주지 못할 정도로 어느 의미 약한 사람이었다.

부와 빵은 모든 사람에게 동등하게 돌아가는 게 아니다.

그 우울함은 어머니의 마음속에 계속 묻혀있었다.

아아.

마음이 무척 무거워진다.

하지만 해야 한다.

그 쾰른파의 신모는 이 일을 이해하는 순간이 왔다고 했다.

내가 어머니 카롤리느를 사랑한다면 끝까지 해야만 하는 일이었다.

"하나, 개선하기 위한 다양한 모색."

어머니는 배움이 모자랐다.

그렇기에 자식인 나에게는 괜히 더 많은 교양을 익히길 바랐던 것 같다.

신의 문을 두드리고 수도원에서 사제들과 인연을 맺었다.

나는 사제님의 호의를 받았다.

어린 나이에 지식을 원하며 고등공통어인 고어를 쉽게 이해하는 나를 보고 환히 웃었다.

"신도 카롤리느! 당신의 자녀는 진짜다, 진짜배기 초인이다!!

신께서 재능을 내려주신 아이야. 이 아이는 내 목숨을 걸고서라도 진짜로 키워내겠다! 보셀가가 무슨 말을 하든 나는 당신의 탄원을 지키리라!!"

사제님은 귀족 사이에서 흔히 오가는 칭찬이 아니라, 진짜 초인이라면서 나를 칭찬했다.

어째서인지 사제님은 내 머리를 쓰다듬었다.

왜 다들, 병사도 사제도 내 머리를 자꾸 쓰다듬고 싶어 하는 건지.

어머니는 무척 난처한 듯, 그러면서도 기쁘다는 듯 내 얼굴을 바라보았다.

――그런 옛날 일을 떠올렸다.

어머니는 내 재능을 두고 본인의 힘으로 어떻게든 할 수 있는 모든 것을 해주려고 했다.

아마도 파우스트 님처럼 이마를 바닥에 찧을 기세로 사제님에게 탄원하면서.

아아.

어머니는 내 일이라면 무슨 일이든 하려고 했다.

심장이 빼근하다.

아직도 퀼른파 신모가 무슨 말을 하고 싶었던 건지 알아내지 못했다.

생각을 계속 이어간다.

"하나, 폴리도로 가문의 뿌리."

어두운 것.

폴리도로 가문과 그 영지민이 쉽게 드러내지 않지만, 동시에 깊은 자부심을 느끼는 것.

그것을 무시하는 자가 있다면 다음 날에는 시체가 되고, 행방불명될 것이다.

그렇게 느낌을 받을 정도의 모든 일체감.

그것은 추방자라는 뿌리가 있기 때문이다.

조금 전 장녀와 그 외의 대우, 부와 빵에 대하여 늘어놓았는데.

이 폴리도로령에서는 폴리도로가와 영지민이 먹는 식사의 차이는 양 정도밖에 없었고.

그 양조차 폴리도로가의 초대를 받아 집으로 가지고 돌아간 채소와 과일이라는 형태로 가족에게 평등하게 나눠준다고 한다.

폴리도로 가문과 그 영지민은 하나의 신성한 공동체로서 지금까지 살아왔다.

어머니는 자신을 진심으로 따르는 병대── 스페어인 그녀들과 함께 공동체로서 어떤 지점에서 마음을 모았던 걸까.

장녀인 나는 그녀들의 마음을 알 수 없다.

아니, 거짓말을 했다.

그녀들은 귀족과 평민이라는 차이는 있으나 스페어에 불과하다는 점에서는 일치했다.

생각을 이어간다.

"하나, 고해."

어머니도 사제님에게 고해했을 것이다.

사제님은 과거 우리 보셀령에서 최고의 지능과 학식을 자랑하는 존재로, 고어를 조금도 읽지 못하는 어머니는 그녀와 친한 사이였다.

할머니와 이모는 성직자에게 배려가 조금 부족했던 것이 아닐까.

어머니는 자신에게 들어온, 그 얼마 되지 않는 돈을 전부 성직자에게── 아니, 그래도 부족하다.

할머니와 이모가 기부하는 돈이 더 많았을 것이다.

그래도 사제님은 어머니를 가까이 여겼다.

수도원 도서실에 틀어박힌 나에게 시간만 있으면 말을 걸고, 내 질문에 대답했다.

도서실이 어둡다고 소리치고는, 내가 책을 읽는 장소에 스테인드글라스를 설치했다.

신이 스테인드글라스를 들여다보고 나를 지켜주신다는 말도 했었다.

사제님을 싫어하지 않는다.

거짓말은 하나도 없다.

그런 거짓말은 모든 손톱이 벗겨지고 이빨을 모조리 뽑힌다고 해도 말할 수 없다.

그녀는 나 때문에 죽어버렸으니까.

수도원에 숨겨놓은 나를 지키기 위해 마지막 순간까지 저항한 사제님은 나를 지킨 끝에 살해당했다.

보셀령의 가신 기사들 손에.

나는 도서실에 갇혀서 그 문을 지키면서 죽어버린 사제님의 탄식을 기억한다.

평생 잊을 수 없다.

"이 문을 연 자는 내 영혼을 걸고 저주해 죽여버리겠다. 죽일 수 있다면 죽여보아라."

사제님은 그렇게 세상 모든 것을 향한 증오를 담아 소리쳤다.

끌려가서 교수당하기 직전, 이모인 헤르마가 나를 구해주었다.

아아.

어머니는 사제님에게 무슨 고해를 했을까.

딸에게조차 말할 수 없는 많은 악덕과 분노를 사제님에게 이야기했을 것이다.

알고 싶다.

"아아."

목소리가 새어 나간다.

나는 무언가를 눈치채려 하고 있었다.

그것을 여실히 예상할 수 있다.

하지만 계속해야 한다.

이것이 성직자인 사제님을 끌어들이고 죽게 만든 나에게 쾰른파가 낸 시험이라면.

이어가야만 했다.

계속 걸어간다.

파우스트 님이 기다리는 영주관으로 가는 길을, 고뇌하며 계속 걸어간다.

"하나. 고해 비밀을 어기는 것."

고통이 밀려온다.

나는 눈치채가고 있다.

물론 사제님이 나에게 고해 비밀을 어기지는 않았다.

하지만 그 내용에 짐작이 갔다.

딸에게조차 이야기한 적 없는 악덕.

자신을 군역에서 좋을 대로 이용하는 사람들을 향한 분노, 그리고── 가주 찬탈을 위한 반란에 대해서까지.

그토록 친한 사이였던 어머니와 사제님은 이야기를 나누지 않았을까.

나를 숨겨주었으니까.

사제님은 수도원 도서실이 가장 안전한 장소라며 받아들인 것이 아닐까.

어머니의 가주 찬탈에, 그야말로 쾰른파처럼 메이스를 들고 협력하지는 않아도 소극적으로 찬성했던 게 아닐까.

왜나하면.

왜냐하면, 사제님도 장녀가 아니니까.

그토록 뛰어난 두뇌를 지녔음에도 장녀가 아니라는 현실에서 벗어나지 못하고 가문을 이어받을 수 없었다.

그렇기에 성직자의 길을 택했다.

출세의 수단으로서 자식을 낳는 것을 포기하고 성직자의 길을 택했다.

사제님은 나를 몹시 귀여워했다.

내 어머니와 사제님은 절친한 벗이고, 사제님에게 나는 어머니와 공유하는 자식이었다.

이따금 사제님이 말했다.

아아.

나는 이해해가고 있다.

그 신모는 아마도 어떠한 경위를 통해 과거 보셀령에서 무슨 일이 있었는지 알게 된 것이다.

이것은 우의(寓意)다.

그 사제님과 내 어머니 카롤리느가 절친한 사이고, 그 자식을 제 자식처럼 생각했던 것과 마찬가지로.

저 신모님과 파우스트 님의 어머니 마리안느가 절친한 사이고, 그 자식을 제 자식처럼 생각했던 것이다.

나는 이해해가고 있다.

다들 자상했다.

자신은 지옥에 떨어져도 괜찮으니까 제 자식만은 구하고 싶었다.

울면서 얼굴을 덮었다.

길은 포장되어 있다.

걷는 길 정도는 선택할 수 있다는 게 불쾌했다.

"하나, 사실은 아무도 바라지 않는 것."

하나.

그리고 마지막.

나는 눈물을 흘리고 있다.

이해하고 말았다.

이해하고야 말았다.
나는 터무니없는 쓰레기였다.
무엇 하나, 지금까지 무엇 하나 이해하지 못했다.
내 주변의 모든 사람이 나를 지켜주었다는 것을.
나는 무엇 하나 이해하지 못했다.
"어머니는 그래도 괜찮았어."
어머니는 스페어로서의 인생을 감수했을지도 모른다.
"병대는 그래도 괜찮았어."
어머니를 따르는 종사와 영지민은 스페어로서의 인생을 감수했을지도 모른다.
"사제님도, 그래도 괜찮았던 거야."
사제님은 성직자로서 책을 읽고 글을 쓸 수 있는 그 인생을 감수했을지도 모른다.
"한 명, 거기에 섞이지 않은 이물질이 있었어."
나다!
마르티나 폰 보셀이라는, 차녀의 딸이자 장녀인 나는 무엇인가.
어머니에게, 병대에게, 사제님에게 사랑받으며 그 존재를 인정받은 나는 무엇인가.
묻는다.
나는 깨달아가고 있다.
나라는 이물질이 무엇을 불러왔는지를!
그녀들은 참을 수 있었을지도 모른다.
달게 받아들였을지도 모른다.

그런 그녀들에게 나는 질문을 던졌다.

너는 그래도 괜찮을지도 모르지만.

그런 질문이다.

감정이, 심장 박동에 이변을 불러왔다.

허벅지에 힘이 들어가지 않아 비틀비틀 걸었다.

내 다리는 그저 영주관을 향하고 있다.

아무것도 모르고, 동시에 나에게 무슨 일이 있었는지 전부 알아버렸을 파우스트 님에게 가기 위해.

하지만 이미 물어볼 필요는 없지 않은가.

나는 눈치채고 말았다!

그녀들은 내 존재에 질문을 받았다.

악덕으로 유혹당했다.

이젠 내가 자의식이 지나친 것이며, 이건 내 자만에 불과하다고 치부할 수 없었다.

어머니도, 어머니를 따르는 영지민도, 사제님도, 이런 유혹을 받았다.

"너는 그래도 괜찮을지도 모르지만. 그 아이는 어떻게 되는 거지?"

마르티나 폰 보셀이라는 존재는 어떻게 되는 거냐.

스페어의 자식은 결국 스페어에 불과한가?

너는 그래도 괜찮을지도 모르지만, 이 아이는 어떻게 되는 거지?

네가 낳은 아이는, 머리를 쓰다듬은 아이는 죽을 때까지 사람들 앞에 나설 수 없다.

스페어의 자식이니까.

평생 보답받지 못할 것이다.

스페어의 자식은 스페어에 불과하다.

그런 차별적인 논리.

"아아."

다들 착각했다.

이모 헤르마의 딸이 죽은 이상 나 마르티나를 보셀가의 후계자로 삼을 수밖에 없다.

다들 그 사실을 모르고 착각했다.

스페어의 자식은 스페어일 뿐, 가주를 이어받을 수 없다는 현실을 눈앞에 두고 미쳐버렸다.

자신은 그래도 괜찮지만, 자식이 차별받았다!

그런 미래는 어디에도 없다.

구역질 나는 증오만이 눈앞에 굴러다녔다.

"아아."

나는 손바닥으로 얼굴을 덮었는데도 가리지 못하는 눈물을 손가락 사이로 흘려보냈다.

나는 알았다.

다들 자기 자신은 어찌 되든 괜찮았지만, 제 자식이, 눈앞의 아이가 처한 상황에는 분노했다.

마르티나 폰 보셀은 영지를 이어받지 못한다.

어머니 카롤리느와 마찬가지로 병약한 이모 헤르마의 딸에게, 그 병약한 딸에게 보셀가의 노예로서 복종할 수밖에 없다.

그런 허구에 불과한 미래에 겁을 먹었다.
아무리 능력이 좋다고 해도 스페어의 자식은 스페어일 뿐, 노예가 된다.
다들 나를 앞에 두고 이해했다.
내가 그녀들을 죽였다.
그 사실이 눈앞에 놓여있었다.
나 같은 건.
나 같은 건 태어나지 말았어야 했다.
다들 스페어인 자신에게 한계를 느끼면서도 참아야 하는 사실은 미뤄놓더라도, 평온한 여생을 보낼 수는 있었다.
그 사실을 옆으로 치우고, 가주 찬탈을 저질러서, 악덕을 저질러서 행복한 미래를 바라다니.
그 악덕의 이유인 마르티나 폰 보셀이라는 인간은.
나는 태어나지 말았어야 했다.
울면서 파우스트 님이 있는 곳으로 걸어갔다.
그때 아무것도 모른 채 심판을 바랐던, 참수를 바랐던 나는.
다시 진심으로 그것을 바라고 있다.

아아.

아아, 드디어 이해했다.

전부 내 잘못이다.

그 어찌할 수 없을 만큼 겁이 많은 어머니는 분명히 어떠한 결의를 했다.

흘러가는 대로 살던 스페어의 운명에 난생처음으로 반역을 결심했다.

하나뿐인 딸을 위해.

그렇게 모든 것을 잃었다.

전부 내 잘못이다.

나 같은 건 태어나지 말았어야 했다.

어머니의 딸이 내가 아니라 다른 누군가였더라면 전부 순탄했을 텐데.

사람들이 기대할 만한 재능이 없는 평범한 아이였다면.

분명 전부 순탄했을 것이다.

"내가 어머니를 죽였어."

단순한 사실을 입에 담았다.

저녁놀이 진다.

태양이 저물고 있었다.

쾰른파의 교회 문은 아직도 빗장을 걸지 않았을 것이다.

하지만 되돌아가서 그 문을 두드릴 수는 없다.

내 참회를 들어줄 사람은 이 세상 어디에도 없다.

이 죄를 용서해줄 사람이 어디에 있다는 말인가.

"……."

허벅지에 힘이 들어가지 않는다.

떨리는 게 아니라, 단순히 근육에 힘이 들어가지 않는다.

하지만 다리만큼은 움직인다.

비틀, 비틀, 휘청거린다.

그래도 어딘가에는 가야만 했다.

멈춰 선다고 해도 이곳은 적절하지 않다.

길 한복판에서 죽으면 영지민에게 폐가 된다.

지금 내가 갈 수 있는 장소는 오직 하나뿐이었다.

견습 기사로서 모시고 있는, 그 영주 기사의 거처.

"파우스트 님."

이름을 불렀다.

그 사람도 한때는 모든 것이 절망적으로 보였을 것이다.

빌렌도르프로 향할 때 그 사람의 등을 떠올렸다.

견습 기사로서.

종사로서 곁을 지키며 카타리나 여왕 폐하에게 하는 말을 들었다.

어머니의 사랑을 전혀 눈치채지 못하고, 아무것도 돌려주지 못했다.

죽은 그 순간에야 겨우 모든 것을 이해하고, 이젠 아무것도 할 수 없다는 사실에 절망했다는 말을.

하지만 동시에.

내 눈앞에서 눈물을 흘리며 카타리나 여왕 폐하에게 고백한 것처럼.

상대가 죽은 뒤에도 여전히 그리워함으로써 망자에게 전해지는 사랑이 있을지도 모른다는 말도 들었다.

아아.

다르다.

파우스트 님과 나는 명확하게 다르다.

생전부터 그 신뢰 관계가, 유대가 깊이 이어져 있던 파우스트 님이나 카타리나 여왕 폐하와 나는 다르다.

"당신들은 그래도 괜찮겠지."

파우스트 님과 명확하게 다른 점이 있다.

나에게는 그런 신뢰가 없었다.

어머니 카롤리느가 뻗은 손을, 그 걸음을 매정하게 뿌리치고 거절한 적도 있다.

어머니가 그 손으로 부끄럽다는 듯이 숨겼던, 쓰다 만 고어 종이들.

아아.

더는 눈물조차 나오지 않는다.

모든 것이 다 싫었다.

왜 나는 그 배려를 부끄럽다고 생각한 건지.

나 자신이 구역질 나는 사악의 화신으로 느껴졌다.

"나 같은 건 태어나지 말았어야 했어."

그것만이 결론이었다.

파우스트 님은 마리안느 님에게 모든 것을 했다고 들었다.

돌아가신 어머니를 업는다는 마음으로 산에서 비석을 골라 짊어지고 하루 밤낮에 걸쳐 묘지로 가져와 무덤을 만들었다.

어머니의 미련이었을 영지를 위해 영주가 되어 통치하고 있다.

망가졌던 귀족 간의 관계를 재구축하고, 아나스타시아 님과 아스타테 공작 같은 왕족과 친분을 맺고, 제2왕녀 발리에르 님의 상담역이라는 지위도 손에 넣었다.

마리안느 님이 살아있다면 눈물을 흘리며 기뻐할 것이다.

내 인생에 후회는 없다면서.

지옥에 떨어져도 상관없다고 했던── 내 악덕에 의미는 있었다면서.

무덤 앞에서 애도하는 파우스트 님을 저승에서 다정히 지켜봐주고 있을 것이나.

나와는 전혀 다르다.

"내 어머니는 무덤조차 없어."

아무것도 남지 않았다.

마음도, 소원도, 전부 재가 되었다.

뼈조차 남지 않았다.

내 어머니 카롤리느의 목은 파우스트 님의 검에 베여, 본보기로 내걸리고, 숲에 버려져, 이제는 찾을 수도 없다.

시신은──.

영지민의 시신만큼은 파우스트 님과 폴리도로 영지민이 잘 애도해주었다고 들었다.

영혼이 나가버린 육신에 죄가 있겠냐면서, 그 시신을 모욕하며 비웃는 것만큼 악질적인 것도 없다면서.

퀼른파의 가르침에 따라 전투 후 모든 시신을 애도했다.

어머니의 목을 제외하고.

"아아."

그것만이 최소한의 위로였다.

어머니를 따르던 영지민들의 시신은 애도 받았고.

성직자이자 마지막까지 성당에서 어린아이를 보호했기에 사제님의 명예도 지켜졌다.

그저, 그저.

어머니만은 아니었다.

용서받지 못했다.

그녀를 따르던 영지민과 가까운 사람에게는 원망받고, 착한 성직자를 끌어들였다며 교회에 파문당하고, 선량한 사람들을 학살한.

그런 인간이 용서받을 수 있을 리가 없다.

하지만.

딱 한 명, 용서받아도 괜찮다고 말한 사람이 있었다.

파우스트 님이다.

오직 한 명, 어머니의 무덤을 만들자고 해준 사람이 있었다.

"파우스트 님은 말씀하셨잖아. 제대로 말씀하셨잖아."

나에게 저주를 토했다.
그때.
빌렌도르프로 향할 때.
파우스트 님의 등에 매달려있던 내 얼굴을 들여다보지 않은 채 이렇게 말해주었다.
"어머니를 욕하는 거 아니다. 내 영지라도 괜찮다면 무덤도……."
그렇게 말해주었다.
그때 파우스트 님은 절대 빈말이 아니었다.
내가 머리를 조아리며 부탁했다면 정말로 만들어 주었을 게 틀림없다.
하지만 나는 매몰차게 거절하지 않았는가.
그런 어리석은 자의 무덤은 필요 없다고.
내 어머니 카롤리느의 무덤은 필요 없다고.
구역질이 나는 말을 뱉고 말았다.
그야.
어쩔 수 없지 않은가.
어머니가 용서받아도 될 리가 없다.
지옥으로 끌고 간 사람들을 제치고 누가 어머니를 용서한다는 말인가.
"……."
입술을 깨물었다.
울면 안 된다.
그런 자격조차 없었다.

전부 내 잘못이다.

그저, 그저.

내 모든 어리석음이 한탄스러웠다.

마침내 영주관에 도착하고 말았다.

아주 낡아서 세월의 흔적이 보이는, 폴리도로 영지민의 자부심. 파우스트 님의 집이다.

아직 저녁놀이 드리워있다.

파우스트 님은 정원에서 거대한 그레이트 소드를 휘두르고 있다.

하지만 그 예민한 감각으로 내가 가까이 다가왔다는 걸 눈치챘을 것이다.

이쪽을 천천히 돌아보았다가, 조금 의아한 얼굴로 중얼거렸다.

"왜 그래? 마르티나. 나는 쾰른파의 계율을 듣고 오라고 했을 텐데."

남의 심리에는 둔하다.

하지만 이때만큼은 내 상태가 평소와 다르다는 걸 눈치챈 모양이었다.

나의.

나의 품에는 작은 단검이 있다.

지금은 왕령이 된 보셀령에서 가지고 나온, 마르티나 폰 보셀이라는 소녀의 몇 없는 재산 중 하나.

여차할 때는 자결을 위해 몰래 가지고 있던 단검이다.

차라리 죽어버리고 싶다는 생각이 들었다.

태어나지 말았어야 했던 존재가 죽는다.

당연한 결론이 아닌가.

전부 다 나 때문이라면, 그때 파우스트 님이 머리를 바닥에 조아리며 리젠로테 여왕 폐하에게 구명을 탄원하든 내 참수를 거절하든, 그때 목을 찔러야 했던 것 아니었나.

이 목숨에는 참수를 청할 가치조차 없으니.

사실은 그렇게 해야 했던 것이 아닌가.

그랬다면.

그렇게 했다면, 지금처럼 극심한 고통을 맛보지 않을 수 있었다.

심장이 피를 터트려 당장에라도 목을 타고 넘어올 것 같은 통증을 느끼지 않을 수 있었다.

하지만 마르티나.

마르티나 폰 보셀.

퀼른파의 신모가 낸 수수께끼는 아직 끝나지 않았다.

그 수수께끼를 풀지 못하면, 초인으로서 타고난 탐욕적인 지식욕은 사그라들 것 같지 않았다.

마지막으로 묻고 싶었다.

"파우스트 님께 여쭙고 싶은 것이 있습니다."

"뭐지?"

걱정하는 얼굴.

파우스트 님은 정말 징그러울 정도로 한없이 다정하다.

나는 몹시 울 것 같은 얼굴일 것이다.

그 얼굴로 물었다.

"조금 전 신모님께 들었습니다. 파우스트 님은 이전 어떤 것을 물었다고. 선대 마리안느 님의 고해 내용을 물었다고. 그 고해를 밝힌 신모님은 아마도 지옥에 떨어진다고 생각하시겠죠. 파우스트 님이 그것을 모르지 않으실 겁니다."

내가 알고 싶은 단 한 가지, 풀이가 끝나지 않은 수수께끼.

"그런데도 왜. 파우스트 님은 그런 너무한 질문을 하신 겁니까. 그 비밀을 억지로 파헤치신 겁니까. 듣고 싶습니다."

그뿐이다.

왜 파우스트 님은 그것을 물었는지.

그것만은 알 수 없었다.

"——."

침묵.

어리둥절한, 내가 무슨 말을 하는 건지 이해하지 못하는 반응이 아니다.

언젠가 오게 될 순간을 깨달은 반응도 아니다.

무언가를 말하려다—— 그래도 무슨 말을 하고 싶은 건지.

아마 파우스트 님도 잘 알지 못할 것이다.

"미안하다, 마르티나."

그저 사과한다.

전부 다 미안하다는 듯이 사과한다.

"네게 사과해야만 하는 게 있다. 나는 아무것도 이해하지 못했고, 아마 지금부터 하는 모든 일도 제대로 이해하고 있지 못할 테지."

팔을 반듯하게 몸 측면에 붙이고 머리를 꾸벅 숙여서 '죄송합니다'라고 말하기라도 하듯이.

놀리는 건지, 아니면 진심인 건지.

그 동작의 의미조차 이해할 수 없었지만.

어쨌거나 파우스트 님은 정말로 미안하다는 듯이 사과했다.

"화를 내도 어쩔 수 없다고 생각한다. 그러니 화내도 돼."

그것이 '무엇'인지 모르겠다.

나는 절망도 아니고, 타나토스를 갈망하는 것도 아니고, 당혹스러움을 느꼈다.

"너는 나에게 자기완결형 인간이라고 했었지. 그 말이 맞아. 나는 전부 다 자세히 설명하려고 하지 않고, 그래도 괜찮다고 생각한다. 아주 제멋대로인 인간이지. 이전 리젠로테 여왕 폐하도 네 처분을 두고 이야기하셨듯이 아무것도 이해하지 못했다."

머리를 벅벅 긁적인다.

검은색의 짧은 머리카락, 2m가 넘는 장신, 130kg이 넘는 체중, 근육질의 몸뚱이.

미안하다는 듯이 그 몸을 웅크리고, 미안하다는 듯이 나에게 거듭 머리를 숙인다.

"그러니까, 그러니까 말이다. 마르티나. 끝까지 잘 들어줘. 나는 먼저 너를 데려갈 거다. 내가 해버린 짓을 전부 설명하마. 그러니까 부디 끝까지 들어다오, 마르티나."

아아.

이해했으니까 그만.

그 동작만은 멈춰줘.

모든 일에 미안하다는 듯 사과하던 어머니 카롤리느의 모습이 떠오른다.

미안하구나, 마르티나. 그렇게 말하던.

"나는 그저 너를 슬프게 하고 싶지 않아. 그것만은 진심이다."

슬픔이 감도는 목소리.

너무 난처해서 궁지에 몰린 듯한 목소리.

나는 그 목소리에 무언가가 가슴을 관통한 것 같은 느낌을 받으며 말을 뱉었다.

"지금 파우스트 님은, 데려간다고 말씀하셨죠."

어떻게 해야 할지 알 수 없어서 자꾸만 사과하는 파우스트 님을 가로막고.

그저 어머니를 회상하는 걸 멈추기 위해.

나는 파우스트 님이 한 말로 방향을 돌렸다.

"묘지에 가자."

파우스트 님은 슬픔이 감도는 얼굴로 대답했다.

나는 그 한마디에 모든 것을 깨닫고.

그런 지적 능력을 갖춘 초인인 내가 그저 슬펐다.

아아.

"……."

파우스트 님은 몸을 돌려 걷기 시작했다.

묘지로 따라와라.

그 뜻은 이해할 수 있다.

나는 품속의 단검을 움켜쥐었다.

모든 것을 이해해버렸으니 이만 죽어도 괜찮지 않을까.

이 이상 폐를 끼칠 수는 없지 않을까.

그렇게 생각했다.

하지만 이미 늦었다.

파우스트 님은 전부 다 앞질러버렸다.

무덤만 없었다면!

무덤만 없었다면 나는 이곳에서, 모든 것을 이해한 나는 내 목숨을 끊었다!

하지만 이제는 그럴 수 없다.

"이리 오렴, 마르티나."

이쪽을 돌아보지도 않고.

파우스트 님은 조용히 중얼거렸다.

나는 그 뒤를 묵묵히 따라간다.

안할트의 미적 감각과는 한참 떨어진, 근육으로 꽉 짜인 투박한 등을, 미안해하는 그 등을 따라간다.

결말은 알고 있다.

"네 어머니, 카롤리느 폰 보셀의 무덤으로 데려가마."

파우스트 님이 말씀하지 않아도!

무슨 의도인지, 묘지로 가자는 그 한마디만으로 전부 다 알아버렸다!

파우스트 님이 저지른 그 믿어지지 않는 현실을!

어머니 카롤리느의 악덕에 걸맞지 않은 결말을!

"아아."

이 세상은 더없이 잔인하다.

마르티나라는 9살 소녀가, 내가 불러온 지옥은 끝없이 이어지고 있다.

"마르티나. 내가 내 마음대로 무슨 짓을 했는지 전부 말해주마."

파우스트 폰 폴리도로라는, 그 지옥에 휘말리고 만 남자가 저지른 악덕을.

목전에 두고 있었다.

제101화 속죄주는 어디에?

묘지까지 그리 멀지는 않았다.

파우스트 님과 나는 영지민이 판판하게 포장한 길을 함께 걸었다.

저녁놀은 아직 저물지 않았다.

이윽고 묘지가 가까워졌다.

십자가와 원을 결합한 문양이 입구 주변에 놓인 커다란 바위에 새겨져 있다.

폴리도로 가문의 문장(紋章)이 아니다.

쾰른파의 신도들이 사용을 허락받은 문양이다.

즉 이 묘지에 잠든 모든 사람은 쾰른파의 신도라고.

그런 주장을 위해서였다.

"……."

묘비는 소박했다.

대부분 석회석으로 만들어졌고, 폴리도로령 근처 산에서 파내어 그대로 사용한 듯한.

하다못해 조금은 형태를 다듬어주고 싶어서 약간 손을 댄 정도.

장식적인 꾸밈에는 그리 관심이 없는 느낌.

대부분 그런 무덤들이었지만, 딱 하나 커다란 바위가 있었다.

여러 명이 통나무로 굴려도 힘들어 보이는 거대한 바위를 묘비로 세워놓았다.

파우스트 님의 어머니인 마리안느 님의 무덤이다.
아무리 파우스트 님이 힘이 강하다고 하지만 믿어지지 않는 크기의 묘비였다.
"파우스트 님."
목소리가 들렸다.
내 목소리가 아니다.
마리안느 님의 무덤 옆에 그 부제가 기다리고 있었다.
"기다리고 있었습니다."
"……어째서 부제가."
"신모님께서 아마도 묘지에 가실 것이라고 말씀하셨으니까요."
파우스트 님은 조금 앓는 얼굴이 되었다.
말도 없이 마음대로.
그렇게 생각했을 것이다.
하지만 그런 푸념을 꺼내는 사람도 아니다.
"알겠다. 같이 가자."
한숨을 쉬며 체념과 함께 상황을 받아들인다.
파우스트 님이 다시 천천히 걷기 시작했다.
나는 그 뒤를 따라갈 수밖에 없다.
"마르티나 폰 보셀."
그 부제가 내 옆에 나란히 섰다.
걸음은 멈추지 않는다.
"당신은 이제 모든 것을 이해하고 있을 거다. 신모님 말씀으로는, 모든 것을 신도 파우스트에게 맡긴다고 하셨지. 그것이 본래

올바른 길이라고."

나란히 걷는다.

"하지만 지금 신도 파우스트의 경험으로는 모든 것을 말하기에는 부족할 테니, 부제인 내가 본 것을 그대로 마르티나에게 이야기하라고 하셨다."

파우스트 님이 조금 난처한 듯한 얼굴로 이쪽을 돌아보았다.

"미안하지만 마르티나와는 내가 제대로 이야기하겠다. 조금 전 마르티나에게 전부 설명하겠다고 약속했으니까."

"객관적인 시점이 필요하다고 봅니다. 파우스트 님의 모든 마음을 이야기하실 생각이라면 더욱."

이해할 수 없다고.

파우스트 님의 얼굴에 그렇게 적혀있었지만, 나는 이해할 수 있었다.

전부 이야기한다는 말은 진심이고, 정말로 파우스트 님은 전부 이야기하려고 할 것이다.

하지만 그런다고 파우스트 님이 본인이 하고 싶은 말을 전부 나에게 전할 수 있냐고 한다면 또 사정이 다르다.

파우스트 님의 성격과, 잘 이해하기 힘든 구석이 있는 신기한 감수성을 고려하면 정말 모두 이야기할 수 있을지 불안해진다.

객관적인 의견은 필요했다.

"듣겠습니다."

망설이는 파우스트 님을 가로막듯이 옆에서 끼어들었다.

"그렇다면 실례."

부제는 크흠 헛기침을 한 번 한 다음 조용히 입을 열었다.

"——신모님 말씀에 따르면, 신도 마르티나는 이미 이 시점에서 거의 전부 이해하고 있을 것이라고 했다. 다만 파우스트 님의 행동과 말씀을 알려야 한다고 하셨지."

다소 사견이 섞여버릴지도 모르지만.

그렇게 서두를 놓고 이야기가 이어졌다.

"이전 파우스트 님이 안할트 여왕 폐하의 고집에 맞춰드리다 간신히 영지로 돌아오셨을 때의 일입니다."

부제는 가슴 앞에서 손을 모아 손가락을 포갰다.

"파우스트 님은 늦은 밤, 신도 마르티나에게만은 들키지 않도록 몰래 영주관을 나서 작은 자루를 소중히 껴안고 교회에 나타났습니다. 그리고 더듬거리면서 이야기하기 시작했습니다. 늦게 시각에 미안하지만, 신모님에게 묻고 싶은 것이 있다고."

무언가를 기도하는 듯한 모습으로 부제가 말했다.

"나는 지금부터 간곡히 부탁하는 게 있다. 이전 나는 신모님에게 내 어머니의 고해 내용을 알려달라고 요청했다. 그때 내가 하던 고민 정도는 신모님 눈에 훤히 보였을 것이다. 전부 마르티나를 거둔 일에서부터 시작한다."

내가 알고 싶었던 수수께끼의 마지막 조각에 대하여.

"많은 이유로, 세상의 이해득실로, 섭리로, 마르티나가 리젠로테 여왕 폐하의 어전에서 그 죽음을 청했을 때 나는 거부했다. 그것은 나에게 너무도 받아들일 수 없는 결말이었기 때문이다. 그 일은 후회하지 않지만, 동시에 마르티나를 거두어 키우는 사이에 생각했다."

그 수수께끼만 풀 수 있다면.

내 마음은 조금쯤 평온해질 것 같았다.

"이 아이의 어머니 카롤리느는 아이가 너무 사랑스러워 견딜 수 없었던 것이 아닐까."

하지만 부제가 전달하는 파우스트 님의 말은 조금 의외였다.

"마르티나를 견습 기사로 거두어 키우는 사이에 깨달았다. 나에게는 어린 시절, 신기한 추억이 있다. 식사할 때 어머니가 식사하는 내 얼굴을 가만히 바라보던 순간이 있었다. 나도 비슷한 경험을 겪었다. 어느새 마르티나가 숟가락으로 수프를 반듯하게 떠서 예의 바르게 먹는, 그런 사소한 동작을 바라보는 순간이 있다."

무슨 이야기를 하는 거지?

너무 갑작스러운 화제라 조금 이해하기 어려웠다.

"어릴 때는 자주 생각했지. 어머니는 왜 내가 숟가락으로 수프를 휘휘 저어대는 버릇 없는 행동을 해도 작게 웃으며 가만히 바라보았는지. 계속 신기했다. 그런 별것 아닌, 사소한 행동에 왜 웃는 건지."

내가 지적했던 습관.

파우스트 님의 어머니인 마리안느 님은 그 습관조차 웃으며 바라보았다.

"마르티나가 이따금 내 시선을 알아차리고는 의아한 얼굴로 나를 마주 바라볼 때마다 어머니를 떠올렸지. 그렇게 이해했다. 나는 아마도 어머니로부터 더없이 사랑받았고, 마르티나도 그랬을 것이라고."

조금, 이해하기 어렵다.

"나는 어머니의 애정을 전부 알고 싶다고, 속죄와도 같은 마음을 품었다. 그것은 살면서 차분히 생각하며 답을 찾아가야 하는 일이지. 하지만 동시에 지금 나에게 부족한 것을 알고 말았다. 나는 리젠로테 여왕 폐하에게 억지로 구명을 탄원하고, 그 결과로써 마르티나를 거둔 주제에 그녀를 키우는 법에 대해서는 아무것도 모른다. 부모를 아무것도 모른다."

이해할 수 없다.

"나는 마르티나에 대해 최대한 조사했다. 아스타테 공작에게 간청하여 조사했다. 마르티나를 둘러싼 환경에 대하여, 카롤리느나 그 주변이 어째서 반역을 저질렀는지에 대하여, 언젠가는 모든 것을 다 알게 되리라고 생각했다. 그 착한 소녀는, 마르티나는, 그 현실에 상처받으리라는 것을 이해하고 말았다."

내 어머니 카롤리느나 파우스트 님의 어머니인 마리안느 님의 애정을 이해하지 못하는 게 아니다.

그게 아니다.

모든 의문이 밝혀졌다고 생각했던 지금의 나는 그 애정을 뼈저리게 이해할 수 있었다.

이해하지 못하는 건 오직 하나.

왜 파우스트 님이 그렇게까지 할 필요가 있는가.

"그래서 신모님에게 부탁했다. 시간이 없다고."

나를 그렇게까지 염려할 필요는 없지 않나.

"그 고해를 밝혀달라고 청했다. 내 어머니가 나를 보며 무슨 생각을 했는지. 이미 아이를 키운다는 책임을 짊어진 나에게는 그것을 차분히 생각할 시간이 없다. 목숨을 구한 이상, 그 인생을 거둔 이상 나는 마르티나에게 모든 것을 다 해주어야만 한다."

고작 견습 기사 한 명을 위해 그렇게까지 할 필요가 어디에 있는가.

반역자의 딸이 죄를 인정하더니 파우스트 님의 자비를 받아들이지 못하고 죽었다.

세간의 평가는 그 정도로 끝이다.

파우스트 님이 머리를 바닥에 찧어가며 살려달라고 청한 일화만이 알려질 뿐, 입방아에 오르지도 않을 것이다.

하지만.

"나는 마르티나의 모든 것을 지켜주고 싶다."

파우스트 님은 제멋대로다.

다들.

"나는 어머니 마리안느의 심정을 알았다. 마르티나의 어머니 카롤리느가 왜 그런 짓을 저질렀는지 알았다. 그러니 나는 악덕을 저지르겠다. 나는 간청한다. 파우스트 님은 그렇게 말씀하시고는 품에 안고 있던 자루에서 악덕의 덩어리를 꺼냈다."

다들 제멋대로다.

내 심정은 알지도 못하고.

"신도 마르티나라면 알아차렸겠지. 뼈다. 파우스트 님은 당신의 어머니 카롤리느의 두개골을 보여주고 이렇게 말씀하셨다.

그녀를 애도하고 싶다고.”

어리석은 짓을 한다.

바보 같은 짓을 한다.

목에서 절규가 터진다.

“왜 그런 짓을 하신 겁니까!”

파우스트 님은 어리석다.

무슨 수단을 썼는지는 알 수 없지만, 파우스트 님은 왕도에서 효수된 목을, 반역자의 수급을 손에 넣어 퀼른파의 교회로 가져갔다.

“파우스트 님이 어떤 심정으로 네 어머니를 용서해달라고 간청했는지는 마저 듣도록.”

파우스트 님은 내 목소리에 슬퍼하듯이 눈썹을 찡그리고 있었다.

부제는 그 시선을 무시하듯 냉정하게, 흡사 싸늘하게 느껴질 만큼 차가운 목소리로 대답했다.

“카롤리느는 반역자다. 죄를 지은 자다. 매장하여 ‘신의 기도’를 내려줄 수 없다. 묘지에 묻힐 수 있는 자가 아니다. 나 역시 그때는 거절해야 한다고 생각했다.”

부제의 목소리는 차갑다.

“하지만 파우스트 님은 그 해골을 안고 물으셨다.”

그러나 어째서인지 눅눅한 열기를 머금은 것처럼 들리기도 했다.

“속죄주는 어디에 있느냐고.”

아마 그것은 지금부터 이야기하는 내용에서 기인했을 것이다.

어쩔 수 없이 얌전히 들었다.

"우리가 죽인 카롤리느의 종사와 영지민은 매장했다. 단출한 장례이기는 했지만 죽음은 모든 이에게 평등하게 찾아온다. 우리는 산적에게도 그렇게 해 왔다. 쾰른파의 가르침에 따라 살아왔다. 하지만 딱 한 명 예외가 있다. 마르티나의 어머니, 카롤리느다."

어쩔 수 없다.

"마르티나는 울 테지. 자신을 사랑해준 어머니가 공동묘지에조차 묻히지 못한다는 사실에 울 것이다. 그래, 확실히 이 해골은 죄인이다. 사랑스러운 사람들을, 아무런 관계도 없는 사람들을 제 이기주의를 위해 길동무로 삼았다. 지옥에 떨어질 것이다. 하지만 이 세상에서 이야기하는 대로, 정말 부모의 죄를 자식이 감당하는 것은 옳은 일인가? 자식은 그 죄와 고뇌를 평생 짊어지고 살아간다는 벌을 받아야 하는가?"

그것이 당연한 결말이다.

어머니는 악덕을 저질렀다.

그 딸이 연좌로 벌을 받아 죄를 갚아야 마땅하다.

그렇게 생각했다.

하지만.

"나는 불안이 하나 있다. 마르티나를 키우는 사이에 눈치채고 말았다. 마르티나는 언젠가 어머니가 자신을 위해 악행을 저지르고 말았다는 걸 이해하겠지. 그때 누군가가 그녀 본인에게는 아무런 죄도 없다고 말해주어야 한다. 하지만 그녀의 어머니를 구하지 못하면 그건 기만에 불과하지 않은가. 그런 생각이 들었다."

파우스트 님은 그렇게 생각하지 않는다.

리젠로테 여왕 폐하의 눈앞에서 바닥에 머리를 찧어가며 살려 달라고 청했다.

"그 순간 나는 카롤리느의 목을 찾기 시작했다. 이미 시간이 흘러 구경거리 겸 본보기로서 역할을 마친 마르티나 어머니의 목을. 온갖 수단을 써서 숲에 버려져 있던 그 목을 어떻게든 손에 넣었다."

나를 살렸다.

그러니 그것으로 충분하지 않은가.

"이제 이 해골은 죄를 뉘우칠 수도 없다. 신께 용서를 청할 수도 없다. 그것도 어쩔 수 없다는 건 인정하겠다. 지옥에 떨어진 그녀 역시 당연하다고 받아들일 것이다."

이제 그만.

"망자를, 죽은 후에도 비난하는 것은 당연하다. 그녀는 죄를 저질렀다. 그 목이 효수되어 돌을 맞고 살이 썩어 끝내 버려졌지만. 그녀에게 죽은 죄 없는 사람들을 생각하면 어쩔 수 없는 일이다."

내 어머니의 죄를 변명하지 마.

"망자를 모독해서는 안 된다는 근시안적인 말은 하지 않겠다. 전부 다 어쩔 수 없다는 걸 안다. 그 결과가 이 해골이다. 나는 알고 있다. 그래도, 그래도 나는 신께 탄원한다."

아무도 그런 변명은 들어주지 않는다.

그러니까 그만.

당신들은 제대로 이해하지 못했다.

"정말로 그녀의 죄는 영원히 용서받을 수 없는가? 이 해골의 딸은 울고 있다. 그러니—— 그렇기에, 한 번 더 묻겠다. 속죄주는 어디에 있지? 나는 그녀의 속죄를 청하겠다. 이유는 하나. 그 딸이 이 이상 무거운 짐을 짊어지지 않도록. 신의 자비를 청한다. 카롤리느 폰 보셀의 매장을, 저 묘지에 묻는 것을 허락해달라고. 신의 용서를 청한다."

궤변에 불과하다.

그렇게 웃어넘기려고 했다.

제 감정을 무시하고 이론으로 전부 다 덮어버리려고 했다.

고개를 바닥으로 푹 숙여서 더는 아무것도 보고 싶지 않았다.

나 때문에 다들 무리하는 불행한 현실은.

하지만 멱살을 잡는 사람이 있었다.

부제다.

부제가 분노를 드러내며, 성직자라는 태가 조금도 나지 않는 그 야만적인 목소리로 외쳤다.

"우리의 눈앞에서 무릎을 꿇고 청했다! 이해했는가! 파우스트님이 얼마나 고뇌하신 끝에 우리 성직자에게 네 어머니 카롤리느의 속죄를 청했는지! 그것을 이해했느냐고 물었다! 앞을 봐라!"

머리로 피가 쏠렸다.

이해했냐고?

너 역시 내 무엇을 이해했단 말인가.

"부탁한 적 없어! 나는 한 번도 부탁한 적 없어, 나는!"

감정을 멈출 수 없다.

해서는 안 되는 말을 한다.

"나를! 그때 리젠로테 여왕 폐하 앞에서 나를 죽여주었다면 그것으로 족했다고!!"

눈물이 멈추지 않는다.

바닥을 보았을 때 물방울이 흐른 시점에서 눈치는 챘다.

더는 눈물을 멈출 수 있을 것 같지가 않다.

"다들 제멋대로야! 다들 제멋대로 지옥에 떨어지려고 해! 다들 그런 짓까지 해가면서 나를 구해달라고 바란 적 없어!"

파우스트 님이 내 외침을 듣고 몹시 비통한 표정을 지었다.

아무도 나쁘지 않다.

나는── 이미.

"나를 죽여주는 게 더 나아!"

이미 나라는 존재에 지독한 혐오를 느낀다.

파우스트 님은 그 말에 크게 상처받은 것 같았다.

그것이 무엇보다 큰 고통이었던 건지도 모른다.

하지만 부제가 그에 분노하며 소리쳤다.

"9살 주제에 모든 죄를 짊어졌다는 얼굴로 속죄주인 양 나대지 마라! 너는 끝까지 전부 다 듣고 이 세상의 모든 사랑을 이해해야만 해. 네 죽음을 진심으로 바라는 사람이 아무도 없다는 것을 이해해야만 해. 그래도 죽고 싶다면 그게 네 천수다! 마음대로 해!"

부제는 멱살을 잡고 놓지 않았다.

"마저 들어라. 신모님은 쾰른파의 성직자로서 이렇게 대답했다."

더는 듣고 싶지도 않은 모두의 악덕을, 그 죄를 전부 이야기하려고 한다.

"이 해골이 저지른 죄를 용서하겠다. 그 죽음을 연민하고 그 딸이 울지 않도록 매장을 허락하겠다. 인간이 용서하지 않는 죄라면—— 속죄주가, 신의 딸이 갚을 것이다. 그 죽음에 자비를 청하는 자가 한 명이라도 있다면 속죄주가 대신 신에게 용서를 청하리라. 신도 카롤리느는 신도 파우스트의 참수로써 뉘우쳤다고 보겠다."

쾰른파라는, 미치광이 종파의 대답을.

"신도 카롤리느 폰 보셀의 매장을 허가한다. 한 번 입 밖에 내어놓은 이 말은 성직자로서 뒤집는 일이 없으리라."

파문당했던 내 어머니가 쾰른파의 신도로서 이 묘지에 매장되어있다는 사실을.

"이것이 쾰른파의 대답이다. 나는 다 전했다. 이제는 무덤을 찾아가서 파우스트 님의 이야기를 듣도록."

멱살을 잡고 있던 손이 갑자기 떨어지자 전신에서 힘이 빠졌고.

지금의 나로서는 서 있을 수도 없게 되었다.

등에 업혔다.

아기처럼.

정말 어린 시절, 자의식도 흐릿했던 어린 시절처럼.

나는 파우스트 님의 등에 업혀 있었다.

파우스트 님의 등은 단단한 근육으로 울퉁불퉁했고, 심장 박동과 체온이 내 몸으로 전해졌다.

"파우스트 님, 여쭙고 싶은 것이 있습니다."

"뭔데?"

아직도 저녁놀은 끝나지 않았다.

밤의 어둠은 아직 멀어 보였다.

여전히 두 다리에 힘이 들어가지 않아 파우스트 님이 나를 업었고, 그대로 실려 가고 있었다.

"저를."

저를.

저를 뭐.

말이 이어지지 않는다.

지금까지 이런 적은 한 번도 없었는데.

저는, 저는.

말이 나오지 않는다.

"반역자의 무덤을 만들었다니, 리젠로테 여왕 폐하께는 어떻게 말씀드릴 생각이십니까."

다른 이야기를 꺼냈다.

"설명하자면. 애초에 이 파우스트가 네 어머니의 두개골을 찾기 위해서는 리젠로테 여왕 폐하의 힘을 빌려야만 했다."

솔직히 9살의 지능으로도 어느 정도는 예상할 수 있었던 것.

안할트 왕국 내의 처분에 대하여 물었다.

대답은 명료했다.

"반역자 카롤리느는 정정당당한 일대일 대결 끝에 기사 파우스트가 쓰러트렸다. 반역자의 결말로서 본보기로 내걸려 많은 시민이 그 목에 돌을 던졌다. 그로서 끝이지. 그 후 두개골이 어떻게 되는지 누가 관심을 주겠어."

"여왕 폐하는 못 본 척하겠다고 하신 거군요."

"그래. 일대일 대결로 싸운 파우스트가 모든 벌을 마친 후의 시체를 어떻게 매장하든. 그 망자의 대우를 특별히 조치한다고 해도. 후에 그 사실이 드러난다고 해도 아무 문제도 없을 것이라는 말씀까지 해주셨지."

그 이성적인 리젠로테 여왕 폐하마저 내 판단을 허락해주셨으니까.

아무 걱정도 하지 않아도 된다.

파우스트 님은 그렇게 말씀하셨다.

확실히 어머니 카롤리느는 파우스트 님과 일대일 대결 끝에 목이 날아갔다고 들었다.

그 모든 결말에 한마디 할 권리가 있었다.

"그래서 나는 리젠로테 여왕 폐하께 말씀드렸지. 나한테 카롤리느 폰 보셀의 목을 달라고. 그 목은 우리 영지에 매장하겠다고."

"저를."

저를.

다시 무언가를 말하려고 했지만, 나오지 않았다.

그래서 다시 화제를 돌렸다.

"제 어머니의 목은 숲에 버려져 있었다고 하셨죠."

"물어보지 마."

파우스트 님은 거부했다.

하지만 파우스트 님은 분명 전부 다 말하겠다고 했다.

"들려주세요."

"나는 전부 말하겠다고 했지만, 네게는 들려주고 싶지 않은 일도 있어."

아직 무엇을 듣고 싶은 건지 나도 이해하지 못했다.

그래서 이미 상상하는 바를 일부러 물었다.

"들려주세요."

파우스트 님은 포기한 듯 입술을 떨었다.

"네 어머니, 카롤리느의 목은 확실히 숲에 버려져 있었다. 찾을 때 상당히 고생했다더군. 살은 동물과 벌레가 파먹었고, 육식동물이 뒤진 건지 두개골에 구멍이 뚫려 뇌가 사라졌지. 완전한 백골 상태였다."

파우스트 님은 머뭇거리며 말했다.

나는 조용히 눈을 감았다.

상상했던 결말이었다.

"리젠로테 여왕 폐하가 뼈를 회수하러 보낸 귀족은 실력이 뛰어난 사람으로, 부서진 뼈의 조각까지 모두 모아주었다. 나는 그것을 받아 이 영지로 돌아왔지."

조금 다른 점은, 리젠로테 여왕 폐하가 파우스트 님의 요청을 친절하게 들어주었다는 점이다.

파우스트 님에게 친절한 것뿐인지.

아니, 그렇게 정에 무른 분이 아니었다.

본래대로라면 파우스트 님의 행위부터 엄하게 타일렀을 것이다.

"저를."

한 번 더, 무언가를 말하려고 했다.

역시 말이 나오지 않았다.

그래서 역시 화제를 돌렸다.

"제 어머니를 매장하는 걸 여왕 폐하가 용서해도, 시민이 용서해도, 피해를 본 사람들이 용서하리라고 생각하십니까? 어머니는 왕령의 작은 마을에서 학살을 저질렀습니다. 그 행위를 어떻게 생각하시죠?"

"망자를 모독할 정도로 독하지는 않으니 됐다고 말하는 사람도 있을 테지. 동시에 카롤리느의 모든 것이 잿더미처럼 무너지길 바란다고, 매장이라니 말도 안 된다고 말하는 사람도 있을 거다."

파우스트 님의 대답은 조금 전과는 다르게 막힘없었다.

몇 번이나 계속 생각한 끝에 내린 결론인 것 같았다.

"마르티나. 나는 네 어머니를, 카롤리느를 매장한 것을 선행이라고 생각하지 않는다. 하지만 동시에 각오도 했지."

파우스트 님은 한가지 결단처럼 대답했다.

"그것을 악이라고 부르는 사람이 있다면. 나는 그냥 악이라고 불러도 상관없다고."

파우스트 님의 걸음이 뚝 멈췄다.

"나는 솔직히 선량함과는 거리가 먼 사람일 거다. 내 영지의 신모님처럼 신에게 목숨을 맡긴 것도 아니지. 예를 들어 과거 카롤리느가 죽인 선량한 사람들이 네 어머니를 매장했다고 격노했다고 치자."

가정.

파우스트 님은 어머니 카롤리느가 죽인 선량한 사람들이 달려들 때를 가정해서 말했다.

현실에서는 초인이자 기사인 파우스트 님에게 대들 수 없다.

하지만 파우스트 님은 내가 물어본 '선악'에 대하여 진지하게 대답했다.

"머리에 메이스를 휘둘렀을 때, 신모는 피하지 않을지도 모르지. 쾰른파의 신모로서 그 사상에 따라 온 힘을 다해 반격할지도 모르지. 그건 알 수 없다. 하지만 아무튼 나는 도망칠 거야. 내 등으로 온갖 비난이 쏟아져도 신경 쓰지 않기로 했다."

메이스로 머리를 얻어맞아봤자 초인인 나는 아프기만 할 뿐, 딱히 죽지는 않으니까.

아무튼 전력으로 상대를 피할 거다.

파우스트 님은 그렇게 말했다.

"나는 그러다 지옥으로 떨어져도 괜찮다."

"그건."

저를.

겨우, 망설이고 또 망설이던 말이 입 밖으로 나올 것 같았다.

"저를 위해서입니까."

그건 이해하고 있다.

이미 모든 게 다 싫었다.

하지만 들어야 한다.

"마르티나. 나는 조금 전에 부제가 말한 것처럼, 확실히 너를 지키고 싶었다. 그건 거짓말이 아니고, 그를 위해 무슨 일이든 하려고 했지. 하지만 하나 추가해야 하는 부분이 있어."

파우스트 님은 무언가 머뭇거리듯이.

입술을 움찔거리다가 천천히 입을 벌렸다.

"나는 전에 마르티나의 목숨을 살려달라고 탄원했지. 그건 내가 부모의 죄를 자식이 이어받아서 죽음을 청하는 걸 도저히 이해할 수 없었고, 일어나선 안 되는 일이라고 생각했기 때문이다. 그것과 마찬가지야."

그건 고백과도 같았고, 동시에 한탄이었다.

"이만 충분하잖아. 이 이상은 됐잖아. 나는 도저히, 이 이상은 견딜 수 없었어."

파우스트 님의 지극히 개인적인 의견이었다.

"쾰른파의 계율에는 설령 적이라고 해도 죽으면 영혼이 없는 시체에 불과하며, 그 시체에는 선도 악도 없으니 시체를 애도해주라는 말이 있지. 나는 단순히 그것을 따르려고 한 것뿐이고——뭐라고 해야 하지. 나는 조금 전 부제의 말속에서 뭔가 비장하게 행동한 것처럼 묘사되긴 했는데. 조금 오해가 있어."

부제는 파우스트 님의 말이 계율을 저버렸는지.

화를 내는 것이 아니라, 조금 두려워하면서 그 부분을 신경 썼다.

신모도, 부제도.

"뭐라고 해야 할까. 미안하다, 마르티나. 솔직하게 전부 말하겠다고 한 이상 전부 솔직하게 말하마. 사실 나조차 왜 이런 생각을 하는지 논리적으로 설명하지 못한다. 몇 가지 이유는 있지만, 전부 기만에 불과한 느낌이지."

파우스트라는, 어딘가 우직하면서도 동시에 불안정한 인물을 한없이 염려하고 있는 거겠지.

"이제 된 거 아닌가? 카롤리느를 생각하면 그런 생각을 한다. 그녀에게 동정할만한 부분은 없었나? 처음 계기는 그녀가 아무리 발버둥 쳐봤자 그녀의 시점에서는 어떻게 할 수 없는 환경이었겠지. 이기적인 결말이라고 하나 정말 동정할만한 점이 없었나?"

나는 눈을 감고 있다.

계속 감고 있다.

"가주 찬탈에 실패한 뒤에는 자살이라도 해야 했나? 다들 그렇게 생각하겠지. 하지만 카롤리느에게는 아직 부하가 있고, 그 병대는 다들 충성을 맹세했다. 함께 지옥으로 떨어져달라고는 할 수 있었어도 그저 무의미하게 함께 자살해달라고는 할 수 없었겠지."

어렴풋하게 알고 있었다.

파우스트 님은 본인을 악이라고 비하하지만, 서글플 정도로 어딘가 선량하다.

무언가가.

“병사들이 다들 자기가 죽을 테니 대신 당신은 살아달라고 하는데. 제 운명 전부를 저주한 영지와 언니에게 복수를 꾸미지 않을 만큼 청렴하지도 못했던 거겠지. 나라를 팔아 적국 빌렌도르프의 기사가 될 생각도 들었겠지. 그 생각은 영주 기사로서, 폴리도로가의 유일한 일원으로서 이해가 가. 나는 영지민을 위해서라면 죽어도 괜찮지만, 영지민 역시 나만 살아남으면 승리라고 생각하는 경향이 있거든. 카롤리느는 귀족으로서, 그녀들의 리더로서 끝까지 저항할 필요가 있었던 거지.”

어딘가 미쳐있는 수준으로 순수하다.

“그러니까 말이다. 무슨 말을 하는 건지 횡설수설해서 미안하지만. 나는 카롤리느를 동정하고 말았다. 그러자 나에게 죽어버린 카롤리느가 불쌍해 보였지. 그러니까, 마르티나.”

어딘가 그 모습이 애틋했다.

“나는 카롤리느를 변호해주고 싶다. 용서받기를 바랐다. 망자를 모독하지 말라는 근시안적인 말을 계속 반복하고 싶지는 않아. 카롤리느는 분명 악인이었지. 하지만 이제 됐잖아. 이 이상 그 죽음을 깎아내리지 않아도 괜찮잖아?”

이 사람은 모든 것을 슬퍼했고, 어딘가 분노마저 품었다.

“그렇게 감싸는 걸 악이라고 부른다면 나는 그냥 악이어도 괜찮다.”

화풀이 같기도 했고, 실제로도 그럴 것이다.

파우스트 님 본인조차 완전히는 이해하지 못한, 그 도덕과 가치관에 얽매여있는 것 같았다.

하지만 파우스트 님이라는 인격은 그것을 받아들이고 말았다.

아무런 이득도 없으면서 내 구명 탄원을 위해 머리를 조아렸던 것처럼.

"나는 이 뒤틀린 명예와 함께 평생을 살아가겠다고 맹세했다. 그러니까 마르티나."

그것은 거짓말이 아니다.

지금까지 늘어놓은 말에 거짓말은 하나도 없었다.

딱 하나, 거짓말이 있다면.

지금부터 할 말일 것이다.

"전부 내가 멋대로 저지른 일이다. 그러니까 마르티나는 신경 쓰지 마."

그 다정한 본심에서 우러난 거짓말 하나뿐이다.

파우스트 님은 진심으로 그 거짓말을 뱉었지만, 그건 사실이 아니다.

아아, 부제가 먼저 파우스트 님의 이야기를 알려준 것은 역시 올바른 판단이었다.

역시 파우스트 님은 전부 다 혼자서 결론을 내버리기만 하고, 남에게 제대로 설명하지 못하는 사람이다.

나에게 모든 마음의 문을 열어놓고도 이런 식이다.

"파우스트 님."

흔들림.

파우스트 님은 자기가 하고 싶은 말을 전부 마쳤다고 생각한 건지 다시 걷기 시작했다.

그래서 나도 그 제멋대로인 태도에 돌려주기로 했다.

"뭐지? 마르티나."

"저는요."

서러울 정도로, 이제야 이해했다.

파우스트 님은 완전히 이 세상의 이물질이다.

머리부터 발끝까지 이 잔인한 세상에서 살아가기에 적합하지 않다.

신의 축복을 받아 무예의 초인으로 태어나, 약 300명의 영지민을 거느린 영주 기사로서는 어떻게든 해나갈 것이다.

그것 말고는 이 세상에 도무지 맞지 않았다.

신은 그를 잘못 만들어버렸다.

"저는 지금, 처음으로."

희미하게, 심장에 무언가 고동 같은 것을 느낀다.

모든 것이 다 서툰 남성에게 처음으로 무언가를 느꼈다.

말할 수 없다.

"처음으로 뭐."

"아닙니다."

9살이라는 이 몸으로는 말할 수 없다.

그 어리석다고 할 수 있는, 뒤틀린 긍지에 무언가를 느끼고 말았다는 말은.

도저히 할 수 없다.

“파우스트 님, 저는. 당신이 저를 위해, 어머니를 위해 그렇게까지 해주셨으니까, 저는.”

아직 이른 나이일까.

9살이라면 평범하다고 할 수 있을지도 모른다.

아니, 무슨 생각을 하는 거지.

나는 지금 어머니의 무덤을 찾아가는 중인데.

파우스트 님이 필사적으로, 그야말로 바닥을 기어가며 온갖 애를 써서.

어리석다고 단언할 수 있을 정도의 가치관으로 나를 위해 헌신해주었다!

그것이.

그것이 미칠 듯이 사랑스럽다.

“당신을 위해서라면 죽어도 좋아요.”

아아, 지금 선명히 이해했다.

첫사랑이다.

파우스트 폰 폴리도로는 마르티나 폰 보셀의 첫사랑이다.

그리고 파우스트 님은 뜻을 이해하지 못할 고백을 했다.

“그건 내가 가장 바라지 않는 일이다. 내가 마르티나에게 바라는 건 잘사는 거야.”

9살 견습 기사의 사랑은 22살 영주 기사를 상대로 열매를 맺지 못할지도 모른다.

나를 업은 남자는 아무 생각도 없으니까.

고백을 깨닫기는커녕, 그에게 있는 것이라고는 부모로서의 애정뿐이었다.

"내 견습 기사로서 배우고, 잘 살고, 언젠가는 독립해 왕성에서 일하는 훌륭한 기사가 되길 바라."

이만한 은혜를 입은 상대가 어떻게 느낄지 조금도 생각하지 않는다.

그 존재와 어리석은 명예가 다른 사람에게 어떤 감정을 불러일으키는지 이해하지 못한다.

파우스트라는 남자는.

"그래. 아이라도 생기면 나에게 보여줬으면 좋겠구나. 나는 그 아이의 머리를 쓰다듬고 싶다. 은혜를 갚겠다면 그걸로 충분해."

한없이 이어지는 것 같았던 저녁놀이 마침내 끝났다.

모습을 드러내기 시작한 보름달은 슬프도록 다정하고 아름다웠다.

제103화 시스터 선 브라더 문

며칠 동안 잠 못 이루는 밤이 이어지고 있다.

머릿속에 떠오르는 건 전부 파우스트 님에 대한 것들이다.

번뇌가 내 심신을 갉아먹고 있다.

그날 밤.

내가 첫사랑을 깨달은 밤의 성묘를 떠올린다.

내 어머니의 무덤은 묘지 입구에서 가장 떨어진 곳에 있었다.

작은 석회석으로 만들어졌으며, 새것이었다.

조형적인 아름다움은 아무것도 없지만 형태만큼은 반듯하게 다듬어진 묘비 앞에서 파우스트 님이 이전에 올렸던 것 같은 꽃이 놓여있었다.

"파우스트 님."

열병에 걸린 것처럼 그 단어를 뱉어냈다.

이름을 부르기만 했는데 뺨이 뜨거워진다.

열에 취해있다.

침대에 환자처럼 누워있는 내 입에서 그 이상의 말은 나오지 않았다.

그 사람은 정말, 모든 게 다 정말 제멋대로다.

"아아."

불을 붙었다.

이미 저녁놀도 다 지고 완전히 캄캄해져서, 빛이라고는 무수한

별과 보름달뿐.

그 덧없는 빛만이 비추는 하늘 아래에서.

부제가 횃불조차 들고 오지 않을 만큼 준비성이 부족한 파우스트 님과 견습 기사를 위해 불을 붙였다.

밝아진 묘비에 새겨진 이름을 손가락으로 더듬었다.

그곳에 또렷하게 적혀있었다.

'카롤리느'라고.

"——."

그때의 감정을 어떻게 표현할 수 있을까.

내 모든 것을 구해주려고 한 파우스트 님에게 무슨 감정을 밝힐 수 있을까.

도무지 말이 나오지 않았다.

아무도, 한마디도 하지 않았다.

파우스트 님은 이미 전부 밝혔다면서 아무 말도 하지 않는다.

부제조차 이 이상 말할 필요는 없다는 것처럼.

아무도 입을 열지 않은 채, 시끄러웠던 길 위와 달리 완전한 침묵으로 성묘를 끝냈다.

"——."

돌아오는 길, 역시 의미 있는 말은 한마디도 나오지 않았다.

파우스트 님은 이따금 내 등을 다정하게 쓰다듬을 뿐이었다.

침대에 누워있는 지금의 나.

그 머리 옆에서 마리안느가 자고 있다.

파우스트 님의 어머니와 같은 이름을 지닌 파우스트 님의 애묘가 자리 잡고 있다.

나는 내 방에서 이불을 덮고 웅크리고 있다.

그런 밤이 이어지고 있다.

잠이 오지 않는다.

열병 같은 이 첫사랑에 시달리고 있다.

이름만을 부른다.

"파우스트 님은——."

그때 나에게 한 말을 거듭 머릿속에서 반추한다.

『전부 내가 멋대로 저지른 일이다. 그러니까 마르티나는 신경 쓰지 마.』

그 말을 곱씹는다.

파우스트 님은 그저 자기가 싫어서 했을 뿐이라고.

전부 다, 자신의 정신적 위로를 방해한다면 뭐든 한다며.

이것은 전부 자기만족에 불과하다며.

희생이 아니라 도취 같은 것이라며.

그렇게 자신을 위해 한 제멋대로인 행동이니까 네가 신경 쓸 필요는 없다고.

진심에서 우러난 본심으로 거짓말을 했다.

나는, 그 모습에, 지독하게.

"——아아."

흥분했다.

자극당했다.

저속한 말을 조금 바꿔서 표현하자면.

여자로서 이 남자를 절실히 갖고 싶어졌다.

그런 위로의 말을 누가 할 수 있을까. 기사도 정신에서 어긋난, 종교적 도덕심과는 다른 이것이 제 마음의 전부라고 누가 고백할 수 있을까.

파우스트 님 말고 누가 나에게 해주었다는 말인가.

"누가 이해할 수 있을까."

나는 지금 시점에서 나만이 파우스트 님을 완전히 이해하고 있다는 욕망에 오염당했다.

그런 생각을 하면 자연스레 흥분해버린다.

아무도 모른다.

평범한 약혼자인 발리에르 제2왕녀 전하도.

뒤에서 인육을 먹을 것처럼 생긴 몹시 냉혹한 아나스타시아 제1왕녀 전하도.

이지적인 선제후 리젠로테 여왕 폐하도.

인간의 선악에 가치를 두지 않는 미치광이 자비네라고 해도.

그 본성을 이해하지 못했다.

파우스트 님이라는 존재 그 자체에, 저 보름달의 광채는 밤하늘에서 빛나는 별들 따위는 미치지 못한다는 것을 모른다.

아아, 그래.

아스타테 공작이 파우스트 폰 폴리도로라는 남성에게 왜 이렇게까지 매료되었는지.

나는 저 재능광 변태의 스파이로서 파우스트 님의 신변 조사라는 비열한 짓을 했기 때문에.

아스타테 공작이 무엇을 원하는지 이해한다.

이제야 모든 것을 '진정한 의미로' 깊이 이해했다.

"아스타테 공작만큼은 처음부터 파우스트 님을 다른 재능이 반짝이는 별들과 동등하게 보지 않았어."

밤하늘에서 잔인하리만치 아름답게 빛나는 보름달이라고 보고 있었다.

파우스트 님의 본성은 태양 아래에서 찬미 받는 영웅의 모습이 아닌, 밤의 어둠 속에서 조용히 등을 쓰다듬어주는 자상함에 있다.

내가 아는 한 저 아스타테 공작만큼은 나와 마찬가지로 파우스트 님의 본성을 이해하고 있을지도 모른다.

설령 따로 있다고 한다면 같은 슬픔을 공유한 빌렌도르프의 냉혈 여왕 카타리나 정도일까.

아니, 아직이다.

아스타테 공작도 카타리나 여왕도 아직 이해했다고 하기는 어려울 것이다.

언젠가 이해할지도 모르지만, 아직 완전하게 이해하지는 못했을 것이다.

파우스트 님의 이질성까지 이해하지는 못했다.

저 다정함이, 기이하다고까지 할 수 있는 가치관에 유래한 것임은 알려지지 않았다.

하지만 그건 시간문제다.

만약 알고 나면, 저 뒤틀린 다정함을 이해하면 다들 파우스트 님에게 깊이 반해버릴 것이다.

쉽게 상상할 수 있었다.

"그것이 무엇보다 무서워."

아직 완전히 이해하지도 못했으면서 기묘할 정도로 파우스트 님에게 집착하는 사람들.

특히 아스타테 공작의 열정이 무서웠다.

지금은 아스타테 공작이라는 사람이 왜 그렇게까지 머리가 이상한 건지.

파우스트 님에게 변태적인 행동을 하는 건지 이해할 수 있다는 점이 좀 싫었다.

——지금의 나에게는 파우스트 님이.

이 마음을 품은 지금은 이해하고 말았지만.

저 비관적이고, 선악이라는 구분에서는 본인의 긍지에 회의감을 안고 있으며.

상황에 따라서는 염세주의로도 보일 만큼 어딘가 호젓한, 그늘을 보이는 표정에.

그 모습에 흥분하고 말았다.

여자로서 각성한, 어딘가 추악한 욕망이 나와버린다.

이 남자의 슬퍼 보이는 얼굴은 내 것이라고.

계속 내 눈앞에서만 그 우수에 젖은 얼굴을 보여달라고.

참으로 비열한 감정을 느꼈다.

"죽어!"

나 자신에게 침을 뱉고 침대에 머리를 박았다.

통증이 제정신을 돌려주지는 않을지 기대했다.

하지만 진동과 소음 때문에 마리안느가 못마땅하게 울었다.

"애옹."

잠을 방해하고 말았다.

"미안해! 마리안느!!"

마리안느에게는 솔직하게 사과했다.

하지만 어찌할 수 없었다.

저 미치광이 퀼른파 부제 같은 짓을 해버리는 것도 어쩔 수 없다.

나는 무슨 생각을 하는 거지?

너무 지독하다.

정욕.

파우스트 님의 그 불안한 듯한, 수심에 젖은 표정에 희열을 느끼고 말았다니.

지금 떠올려보면 그 불안정한 파우스트 님만큼 아름다운 것은 이 세상에 존재하지 않는다.

그렇게나.

그렇게나 다정하고, 헌신적이고, 아름답고, 존귀하다.

이해할 수 있을까?

이 세상 누가 파우스트 님의 그, 자신은 나쁜 짓을 하고 있다며.

누군가에게 비난당할 것을 이해하면서도 제 궁지를 밀고 나가는 아름다운 모습을.

제 신념에 충실한 모습을 이해할 수 있을까.

다들 파우스트 님을 사랑할 것이다.

폴리도로 영지민도 퀼른파의 성직자도 안할트 왕국의 왕조도 그 미치광이 자비네 역시.
깊이의 차이는 있지만 이해는 하고 있다.
파우스트 폰 폴리도로라는 인물은 더없이 청렴하다는 것을.
저 사람은 타인이 자신에게 품는 욕정 같은 건 아무것도 의식하지 않고, 근육질에다 2m가 넘는 장신 남자를 향한 멸시조차 아랑곳하지 않고.
제 어머니와 폴리도로 령, 그 긍지 전부를 조롱하지 않는 한 모든 것에 다정함을 베풀어버린다는 것을.
"아아."
침대에 몸을 뉘며 두 손으로 얼굴을 덮었다.
더러움이 없다.
맑고 티가 없다.
그 사람의 처지를 생각하면 몹시 견디기 힘들다.
냉정해지자.
파우스트 폰 폴리도로는 그런 욕정을 품어도 되는 상대가 아니다.
이렇게 더러운 욕정을 보내도 되는 남자가 아니다.
그렇게 생각하지만, 자꾸 느끼고 만다.
나는 여자의 성(性)을 이해해가고 있다.
"첫사랑은 이렇게 괴로운 건가?"
아마 아닐 것이다.
통상적인 여자가 남자에게 느끼는 욕정과는 조금 다를 것이다.
남자가 1명, 여자가 9명.

아무래도 남자가 부족하니까, 자매나 가족 혹은 가문끼리 남편을 공유하는 것은 당연하다.

하지만 그런 사회적 통념이 있다고 해도 역시 싸움은 존재한다.

남자를 독점하고 싶다.

그런 생각은 다들 갖고 있을 것이다.

딱히 파우스트 님 한 명에게 집착하는 것 자체는 이상하지 않다.

"하지만."

나의 이 감정은 사회적 통념으로 비추어 보았을 때 몹시 뒤틀리고 말았다.

나는 첫사랑을 겪고 그런 여자가 되어버렸다.

아마 내 남성 취향은 파우스트 님에게 심히 편중되고 말았다.

안할트에서는 추남이라고 모욕당하는 요소.

근육이 가득한 파우스트 님의 모습에 매료되었다.

나를 업어준 커다란 등을 덮은 근육은 의외일 정도로 부드러워서, 이 침대보다도 편안했다.

내 머리나 등을 쓰다듬어주는 커다란 손은 굳은살이 가득해서 울퉁불퉁한데, 막상 나를 만질 때는 몹시 부드러웠다.

그 목소리가 '마르티나'라고 내 이름을 부를 때마다 마음속 어딘가를 어루만지는 듯한 느낌이다.

나는 사랑을 하고 있다.

이미 그 사람 말고 다른 사람은 안 된다.

질투가.

"——."

질투가 치민다.

내 첫사랑이 이뤄질 가능성.

희박하다고밖에 할 수 없었다.

파우스트 님은 안할트 왕국의 제2왕녀 발리에르 님의 약혼자다.

그리고 아나스타시아 님과 아스타테 공작의 정부 후보이기도 할 것이다.

사실 파우스트 님과 연을 맺어놓고 다른 남자에게 눈을 돌릴 수 있을지 생각하면 의심스럽다.

지금까지 만난 몇 없는 남자를 떠올려보면 다들 낭창낭창하고, 파우스트 님처럼 양보할 수 없는 무언가를 품고 있지도 않아서 무척 연약해 보인다.

파우스트 님을 알고 나면 아무래도 시시해서 가치가 느껴지지 않았다.

그러니 그 두 사람은 반드시 파우스트 님을 정부로 삼을 것이다.

자식을 만들기 위한 남자로 선택할 것이다.

그건 파우스트 님에게는 좋은 일이겠지.

폴리도로령의 영지민은 아주 싫어할 테지만, 귀족 사회의 뒷배로서는 부족함이 없는 두 사람이었다.

하지만.

나에게는 이 추한 질투의 대상에 불과하다.

첫사랑이 이뤄질 가능성이 미미한 나에게는 더없이 부러운 존재였다.

"중요한 건 파우스트 님의 마음이지."

생각한다.
초인으로서 타고난 두뇌에 필사적으로 피를 공급한다.
22살과 9살이라는, 13살의 나이 차이가 있다.
귀족 사회에서는 나이 차가 중요하지 않아도, 파우스트 님이 나를 어린아이로만 보고 있다.
성장한 뒤에도 나를 위해서 죽어줄 수는 있어도 나를 안아줄지는 몹시 의심스럽다.
그건 어떻게 할 수 없는 중요한 문제였다.
나는.
나는 파우스트 님을 원한다.
파우스트 님의 아이를 낳고 싶다.
하지만 어떻게 그 남자를 유혹하란 말인가.
나는 언젠가 견습 기사를 졸업하고 폴리도로령에서 나가야만 한다.
반역자의 딸이라는 불안한 지반에서 출세해야 한다.
그것이 죽은 어머니 카롤리느를 추모하는 길이 될 것이다.
"……출세."
그것을 생각하면 또 가슴이 아프다.
파우스트 님은 절대 매춘부가 아니다.
저런 청렴한 사람이 어떤 여자에게라도 다리를 벌리는 남자일 리가 있을까?
그렇지 않다.
하지만 파우스트 님은 나를 위해서라면 그런 더러운 일을 태연하게 해버린다는 것도 지금의 나는 이해할 수 있었다.

아스타테 공작 같은 진성 변태에게 파우스트 님이 몸을 내민다!

나 때문에!

그 사실에, 그 사실에!

"아아."

나는 무언가 좋지 않은 감정을 느낀다.

이것이 분노라면 괜찮았다.

뜻대로 되지 않는 세상에, 혹은 아스타테 공작에게 느끼는 분노였다면 괜찮았다.

나는 세상에 부끄러워할 필요가 없을 것이다.

하지만 아니다.

이 감정은 분노가 아니다.

"왜, 어째서."

한탄하는 말이 이어진다.

나는 첫사랑의 맛을 막 맛보았다.

내 사랑을 방해하는 세상 모든 것에 무언가 좋지 않은 감정을 품을 법했다.

하지만 내 본심은 다르다.

모든 부끄러운 것이 그 안에 있다.

"왜 나는 파우스트 님이 나를 위해 아스타테 공작에게 다리를 벌리는 것에 조금 흥분한 거지?"

얼굴을 덮었다.

죽고 싶었다.

마르티나 폰 보셀은 아스타테 공작의 변태성을 조금 이해하고 말았다.

그 청렴한 존재가 추한 존재에게 더럽혀지는 일에 어찌할 수 없는 흥분을 느낀다.

자신이 이미 어찌할 수 없는 존재라는 걸 인정할 수밖에 없었다.

그 죄만큼은, 그 성벽만큼은 파우스트에게 항의할 수도 없었다.

잠이 오지 않는 밤은 아직 끝나지 않았다.

제104화 입신출세 방법에 대하여

책을 쓰기로 했다.

다소 갑작스러운 발상으로 보일지도 모르지만, 그것밖에 없었다.

예전에 자랐던 장소, 수도원 도서실에서 어린 나를 지켜보며 무언가를 쓰고 있던 사제님.

그 모습이 선명하게 떠올랐다.

나에게는 파우스트 님이 가진 명마 플뤼겔이나 아나스타시아 전하가 마련해준 판금 갑옷 세트, 그리고 선조 대대로 이어져 내려온 그레이트 소드처럼 남들에게 자랑할 수 있을 법한 물건은 아무것도 없다.

재산은 품에 넣고 다니는 단검을 포함해서 개인이 가질 수 있는 약간의 소지품 말고는 전부 몰수당했다.

유일하게 자랑할 수 있는 것이 있다면 그건 어머니 카롤리느와 사제님 덕분에 배울 수 있었던 고어 관련 학식과 지능뿐이다.

그리고 내 후견인인 파우스트 님에게는 왕족과 직통으로 연락할 수 있다는 인맥, 인연을 중재할 수단이 있다.

즉 왕족에게 내가 유능하다는 걸 호소할 수는 있다.

그래서 책이다.

반역자의 딸인 내가 안할트에서 명성을 얻으려면 이것밖에 없다.

재산도 없는 9살 소녀에게는 그 방법밖에 없었고, 그게 유일한 출세 수단으로 보였다.

책을 써서 구직 활동에 보탠다.

내 능력을 홍보하려면 가장 유효한 수단임을 확신할 수 있다.

그리고 이 계획을 파우스트 님에게 숨길 이유는 없다.

나는 파우스트 님에게 전부 밝혔다.

"그래, 좋은 생각이구나."

파우스트 님은 내 모든 계획을 긍정해주었다.

"하지만 무슨 책을 쓸 거지? 나는 마르티나가 똑똑하다는 걸 안다. 책을 쓴다면 리젠로테 여왕 폐하, 또는 아나스타시아 제1왕녀 전하나 아스타테 공작님에게 헌상할 수도 있는데."

"몇 가지 생각해두기는 했습니다."

쓸 수 있는 건 많다.

안할트 왕국의 문화와 풍속.

군주국의 형태, 전력, 무력의 종류, 군비, 귀족의 가십거리.

역사의 세부 사항.

뭐든 쓸 수 있다고 자신한다.

하지만 그런 건 훗날 당시 사정을 배우고 싶은 역사가나 소설가가 고마워할지언정, 지금 리젠로테 여왕 폐하나 아나스타시아 제1왕녀 전하에게는 중요하지 않은 내용이다.

이미 배워놓았으며, 또한 실무자이자 최고책임자인 그녀들에게 그 내용을 설명해봤자 내가 터무니없는 얼간이로 비칠 게 뻔했다.

"주제는 하나로 좁혀야지. 개인적으로는 결론을 처음에 적고 내용은 나중에 채워도 된다고 보는데."

"그건 처음이 충격적일수록 좋다는 생각이십니까? 다소 거친 전개법이 되겠군요."

"이런 사고방식은 선호 받지 못할지도 모르지만…… 마르티나가 말한 대로, 그게 내 의견이다. 다소 논조가 난폭해져도 그렇게 해야지."

책의 명제는 정해져 있다.

그 내용도.

하지만 서술 방법은 아직 정하지 못했다.

구직 활동을 위한 것이니까 우선은 리젠로테 여왕 폐하에게 미사여구와 찬미를 늘어놓아야겠다.

그렇게 생각했지만, 여기서는 파우스트 님의 말대로 하는 것도 좋겠다.

"파우스트 님, 말씀하신 대로 하겠습니다. 그 김에 그럴싸하게 부풀린 찬사나 미사여구도 삭제하는 방향으로 가겠습니다."

"뭘 쓸 생각이지?"

"말씀드리겠습니다. 그 전에 조금 여쭙고 싶은 것이 있는데요."

내가 내 주장을 조금 굽혀서라도 파우스트 님의 의견을 받아들이는 건.

파우스트 님을 공저자로 올려야 하기 때문이다.

이런 사소한 일로 파우스트 님의 심기가 불편해지지 않는다는 건 알지만.

“지혜와 이름을 빌리고 싶습니다. 책에는 파우스트 님의 의견과 이름이 들어가지 않으면 안 됩니다.”

“지혜는 얼마든지 빌려주마. 다만 마르티나의 이름만으로는 약한가?”

“파우스트 님의 이름이 있어야 최고 실무자가 책을 읽어주실 것 같습니다.”

아스타테 공작이라면 이 9살 아이가 쓴 책이라고 해도 개의치 않고 읽어주실 것이다.

하지만 다른 왕족 두 사람이 읽어줄지는 조금 의심스러웠다.

아니, 그것만이 아니라 실제로 파우스트 님의 견해를 많이 집어넣을 생각이었다.

명의만 빌리는 것이 아니라 정말로 공저자가 되어주기를 바란다.

나와.

“저는 파우스트 님과 같이 책을 만들고 싶습니다.”

나는 파우스트 님의 아이를 낳지 못할지도 모른다.

내 바람을 이루기 위해 모든 노력을 할 것이다.

하지만 그렇게 해도 이뤄질 가능성은 작았다.

내 입지는 너무나도 약하다.

만약 내 소원이 이뤄지지 않아도, 우리가 같이 만든 책은.

그것은 낳지 못한 내 아이 대신이 될 수 있지 않을까.

그래서 나는 파우스트 님과 같이 책을 만들고 싶다.

“마르티나가 그렇게 하고 싶다면, 협력하마.”

파우스트 님은 역시 다정하게 대답했다.

그러나 조금 불안해하는 얼굴이 되었다.

"하지만 정말 내 지혜가 필요할까? 전에도 생각했지만, 나는 마르티나만큼 똑똑하지 않은데. 물론 도와주기는 하겠지만."

"파우스트 님. 왜 그렇게 자신감이 없는 건지 저는 모르겠지만, 그 아이디어, 발상은 다른 사람은 떠올리지 못하곤 합니다."

무력 말고는 자신감이 없다는 건 알지만 없어도 너무 없다.

이 부분만큼은 이유를 알 수 없다.

"마르티나, 너는 나를 왜 그렇게 자신이 없는 거냐고 생각하겠지. 나도 그래. 다만 만약 어리석은 술책이라고 해도 어떻게든 실행해버릴 수 있는 괴물도 있고, 반대로 아무리 현명한 술책이라고 해도 엉망으로 만들어버리는 무능한 이도 있지. 나는 둘 다 아니다. 그저 남들보다 검을 잘 휘두르는 초인일 뿐, 지능이라는 부분에서는 평범해. 나는 아나스타시아 전하와 아스타테 공작의 명령으로 검을 휘두를 때가 가장 유용한 존재지."

파우스트 님의 이런 자기 비하는 아마 평생 변하지 않을 것이다.

하지만 그래도 괜찮다.

나는 그런 파우스트 님을 좋아한다.

"마르티나. 너는 내가 자신감이 없다고 난처해하지만, 그렇다면 나도 한마디 하마. 마르티나, 너는 초인이다. 네 어머니 카롤리느에서 태어난 마르티나라는 존재를 나는 최강이라고 생각해. 너와 비교하면 나는 그저 범재에 불과하지. 아무리 멀리 나아가도 내 평생은 그저 잊히고 끝날 거다. 하지만 너는 아니야, 마르티나."

"파우스트 님."

"전에 무엇이든 솔직하게 말하겠다고 약속했지. 그러니 쑥스럽지만 솔직하게 말하마, 마르티나. 나는 네가 정말 귀엽다. 너를 친딸처럼 생각해. 지금도 아스타테 공작에게 맡기고 싶다. 그게 네 장래에 도움이 될 것 같으니까."

이 사람은 무슨 소리를 하는 거지.

만약 나를 아스타테 공작에게 맡겼다면.

나는 지금쯤 내 죄의 무게를 견디지 못하고 자살했을 것이다.

파우스트 님은 그런 생각은 하지도 못했겠지.

아아.

확실히 파우스트 님은 완벽한 존재가 아니다.

신은 이 사람에게 뒤틀린 재능을 주었다.

"하지만 그래도 나는 너를 키우고 싶다. 허락해주겠니."

"……."

그렇게 뒤틀렸기에.

나는 자꾸만 난처해진다.

몹시 외설스러운, 신 앞에 고개를 들 수 없는 저열한 망상을 품고 만다.

"허락하겠습니다. 그러니 할 수 있는 건 다 해주세요. 같이 책을 만듭시다, 책을!"

일부러 큰 소리를 내어 붉게 달아오르는 뺨을 무마했다.

파우스트 님은 화제를 바꾸고 싶어 하는 내 뜻을 따라 이야기를 되돌렸다.

“그래, 그러자. 그래서 뭘 쓰려는 거지? 의견은 내겠지만 어중간한 내용으로는 여왕 폐하나 왕족의 눈에 차지 않을 거다. 전장에서 출세한 기사는 수없이 많지만, 나는 문관으로서 출세한 관료는 들어본 적이 없어.”

“그건 파우스트 님의 편견이지 분명히 있을 겁니다. 그야 명성이라는 점에서는 차이가 나겠지만요.”

기사로서 전장에서 막대하게 공헌한 사람이 눈에 띄는 건 당연하다.

애초에 기사의 본분은 ‘싸우는 사람’이니까.

하지만 통치나 내정을 맡는 문관도 당연히 있다.

그에 따라 평가받고 있을 것이라고 말하긴 했지만.

내가 쓰고 싶은 건――.

“파우스트 님, 제가 쓰고 싶은 건 전장의 미래에 대해서입니다.”

“전장의 미래? 모의전 때 마르티나와 이야기했던 그거?”

“맞습니다. 한 번 파우스트 님과 차분하게 이야기해보고 싶었습니다.”

화기가 등장했다.

이로써 전장은 일변할 것이다.

하지만 그건 기병이나 창병 등 다른 병과가 불필요해진다는 단순한 이야기가 아니다.

기병, 창병, 궁병, 총병, 포병.

그리고 지금 신성 구스텐 제국에서는 전장의 흐름을 좌우하게 되는 용병.

란츠크네히트의 존재가 나올 수밖에 없다.
병과에는 각자 약점이 있으며, 그 약점을 메우는 형태로 발달하거나 보완하며 진화해왔다.
거듭 반복하지만.
총이 등장했다고?
그게 뭐.
총이 모든 병과를 상대로 승리한다는 단순한 이야기는 존재하지 않는다.
총이 모든 분야를 보완한다면, 승리한다면 전술 같은 건 이 세상에 존재하지 않는다.
설령 실현된다고 해도 아주 먼 미래에 이뤄질 것이다.
정말로 중요한 건 총이 아니다.
화포다.
파우스트 님의 생각하는 이상적 형태, 일방적인 대량 학살을 가능하게 하는 화력이다.
"화기는, 제가 아직 직접 본 적이 없는 화포는 분명히 전쟁의 모습을 일변시킬 결정적인 병기가 될 것입니다."
손가락을 하나 세웠다.
이 추측 자체는 틀리지 않을 것이다.
하지만.
"그것을 활용하기 위한 전략은요? 전술은? 군사 조직은? 그리고 기술상의 과제는? 단순히 화기를 도입했으니까, 총을 들고 있으니까 강하다는 황당한 현실은 없습니다. 거리만이라면 아직도

활이 더 유리하죠."

"뭐, 그렇겠지."

파우스트 님은 전에도 이 화제에 대해 다양하게 생각했던 건지 순순히 고개를 끄덕였다.

좋은 일이다.

나는 신속하게 의문을 늘어놓았다.

"애초에 가격은 어떻게 되죠? 쾰른파가 제조법을 알고 있으며 대량 생산한다지만 화약은, 초석(硝石)의 가격은요? 전부 수수께끼에 싸여있습니다. 전장에서는 사람의 목숨조차 비용 중 하나에 불과합니다."

쾰른파의 화기 개발 상황이 어떤지 참으로 궁금하다.

쾰른파!

그 미쳐있는, 그러면서도—— 나는 내 어머니 카롤리느에게 베풀어준 크나큰 자비를 잊지 않았다.

배포가 몹시 큰 그 종파는 반드시 무언가를 해낼 것이다.

아니, 무언가를 꾸미고 있다.

그야말로 교의를 따라 자신들이 속한 공동체 전부를.

내가 상상했던 것처럼 머스킷 총의 탄환을 어떠한 용기에 채워 넣고 화포 한 발에 뿌려버릴 법한.

대량 살육을 위한, 전장을 제압하기 위한 병기를 개발하고 있을 것이다.

그렇게 생각한다.

"파우스트 님. 저는 출세를 위해 책을 쓰기로 했습니다. 하지만 동시에, 꼭 알고 싶은 것이 있습니다. 제 지능은 정말로 미래를 보고 있을까요?"

그렇다.

나의 이 아무 근거도 없는, 현시점에서는 망상이라고 치부해버릴 법한 생각은 올바른가?

파우스트 님이 낸 모든 아이디어는 단순히 현실을 모르는 공허한 망상에 불과한가?

그것을 알고 싶다.

그래서 책을 쓴다.

"제가, 그리고 파우스트 님이 내놓은 모든 의문은 책으로 담아냄으로써 무언가 해답을 얻을 수 있으리라고 생각합니다. 이미 생각하고 있으며 실행하고 있는지. 아니면 저나 파우스트 님의 망상일 뿐 아직 아무도 실현하지 않은 성과인지."

비웃어도 괜찮다.

나와 파우스트 님이 같이 비웃음을 받는 것이라면 그래도 괜찮았다.

이건 아무도 이해할 수 없는 감각일지도 모른다.

나는 파우스트 님과 함께 모욕을 듣는다면, 그래도 상관없었다.

"이건 우물에 돌을 던지는 행위라고 봅니다. 바로 캉 소리가 날지, 아니면 우물 밑바닥이 끝없이 깊은지. 리젠로테 여왕 폐하가 바로 소리가 난다고 대답해주실지, 아니면 소리조차 나지 않는지. 그건 9살밖에 안 된 저로서는 알 수 없습니다."

그랬다.

아무것도 알 수 없지만.

그래도 우물에 돌을 던질 필요는 있었다.

"소리가 나지 않는다고 해서 그 우물이 말라붙었는지는 알 수 없죠."

나는 우물 자체는 마르지 않았다고 생각한다.

그렇다면, 물이 있다면.

돌이 퐁당 떨어져 일어난 파문으로 반드시 어떠한 반응이 일어난다.

그것이 작은 반응인지 큰 반응인지는 알 수 없지만.

"마르티나. 너는 실제로는 네 재능이 저 멀리까지 닿는다고 믿고 있는 것 아닌가?"

파우스트 님의 의문.

나는 순순히 대답했다.

"저는 어머니 카롤리느의 딸로 태어나 사제님에게 교육받으며 자랐습니다. 지금은 파우스트 님에게 지식을 묻고 있습니다. 그리고 그 모든 교육에 의문을 품은 적이 없습니다."

가슴을 눌렀다.

그래!

내 어머니는 학식이 부족했을 테고.

사제님은 나를 지키는 힘이 부족했을 테고.

파우스트 님은 자신감이 넘치는 분이라고 할 수 없다.

하지만 아무도 틀리지 않았다.

나에게 해준 모든 교육에, 그 어디에 허위가 섞여 있겠는가.

그 결정체 어디에 부족함이 있다는 말인가.

“저는 아직 부족할지도 모릅니다. 하지만 지금부터 쓰는 책은 제 모든 능력을 담아서 외칠 생각입니다. 이곳에 마르티나 폰 보셀이라는 한 걸물이 있다고! 세상은 어떻게 대답할 것이냐고!!”

나는 그들 덕분에 살아서 이곳에 서 있다.

이곳에서 외치는 데 무엇이 부족하다는 말인가.

“마르티나. 설령 네가 처음에 쓴 책이 부정당한다고 한들 나는 앞으로도 계속 써 줬으면 한다. 한 번의 실패는 신경 쓰지 마. 두 번째든 세 번째든 기회는 있으니까.”

파우스트 님은 자상하게 미소 지었다.

사실 진성 변태인 아스타테 공작을 위해 준비된 편지용 종이를 책상 위에 전부 펼쳐놓고.

나는 이렇게 중얼거렸다.

“그렇다면 집필을 시작하겠습니다.”

우선은 책의 제목이다.

제목은 임시로 '화약이 가져오는 심각한 결과, 전장의 미래 예상'으로 정했지만 파우스트 님이 난색을 보였다.

조금 길다는 이유였다.

더 간단히 개정해서 「총 · 포 · 기사」로 하라는 권유를 받아 수정했다.

이건 고집을 부릴 부분이 아니다.

"가능하다면 변경 영주 기사인 내가 읽을 수 있도록 고어가 아닌 쪽이 좋겠는데."

파우스트 님은 다음으로 집필 언어에 대해서도 지적했다.

이 부분은 내가 반론했다.

"파우스트 님께는 죄송합니다. 하지만 이 책에 안할트 왕족이 아닌 다른 독자는 필요하지 않습니다."

독자를 고려한 결과였다.

이유는 명확했다. 활판인쇄로 인해 많은 사람의 손에 건너가 이 지식이 널리 알려지는 건.

이 책을 바칠 예정인 안할트 왕족은 절대 원하지 않는 바일 것이다.

나는 집필을 위해 의논하고, 지식을 공유하고, 때로는 눈썹을 찡그렸다.

그래. 아스타테 공작이 정말로 알고 싶었던 지식은, 파우스트 님의 머릿속은 이런 거였구나.

약간의 낙서나 메모 정도는 주저할 필요가 없을 만큼, 그야말로 책을 집필할 수 있을 만큼 많은 양의 종이를 고작 편지지로 쓰라며 나에게 보낸 의미.

그 의미를 드디어 이해해가고 있었다.

파우스트 님의 지식은 가치가 있기는 하지만 해독하기 몹시 어렵다.

예를 든다면 과정을 너무 모른 채 잔뜩 숙성해버린 결론만 늘어놓는다.

무슨 시행착오를 겪은 건지 알 수 없고, 최신 기술서라도 읽고 알았을 뿐인 듯한 지식.

그런 인상을 준다.

아주 뒤죽박죽인 데다 난잡하다. 하지만 간결하며 결론을 서두른다.

미치광이 자비네는 직접 대화하면서 무언가 군사적인 답을 얻었다.

아스타테 공작은 본인만이 아니라 나, 마르티나라는 필터를 거쳐 더 많은 내용을 해석하려고 했다.

누가 옳다고는 할 수 없을 것이다.

둘 다 틀리지 않으니까.

그 두 사람은 지능적으로는 초인이라고 할 수 있는 존재다.

하지만 두 사람은 이해할 수 있으니까 그래도 괜찮은 것뿐.

고어조차 이해하지 못하는 계급이 파우스트 님의 이야기를 들어도 무슨 소리를 하는 건지 이해할 수 없다.

솔직히 나조차 이따금 그 결론은 어디에서 튀어나오는 거냐며 집요하게 파고들 만큼 파우스트 님은 묘한 말을 할 때가 있다.

먼저 사방팔방으로 튀어가는 파우스트 님의 결론을 놓고 내가 과정을 생각한다.

그런 식으로 고생해가며 「총 · 포 · 기사」를 쓰고 있다.

요컨대.

고어를 이해하지 못하는 인간은 처음부터 읽지 못하게 만드는 것이 여러모로 좋다.

본래 많은 사람에게 팔기 위한 책이 아니기 때문이다.

그게 내 판단이다.

"그리고 책의 내용 말인데요."

"조금 전에도 말했지만 충격적이면서 간결하게, 일방적으로 결론을 먼저 제시하자."

"그렇다면 역시 화약 이야기를 해야겠군요."

◇◇ 1 ◇◇

앞으로 화기가 무엇을 불러올 것인지 리젠로테 여왕 폐하께 예언합니다.

화약은 성, 요새, 보병기사의 방어적 성질이나 용병술을 모두 끝내버릴 것입니다.

급증한 크로스보우를 방어하기 위해 높이 올라간 성벽은 의미를 잃어버리고.

소이탄을 방어하기 위해 목조에서 석조가 된 요새도 의미를 잃어버리고.

지옥의 사자가 만들어낸 머스킷 총이라는 발명은 보병기사의 판금 갑옷조차 관통합니다.

보병·기병·궁병의 연계로 만들어왔던 전장의 모습은 완전히 다른 풍경을 보여주게 됩니다.

병사가 총을 들게 됩니다.

대구경포가 모든 것을 휩쓸게 됩니다.

기사는 그 흐름에 삼켜지는 것이 아니라, 지휘관의 역할이 더 커지게 될 것입니다.

◇◇◇◇

"파우스트 님과 제 결론을 정리하면 이렇게 됩니다."

"너무 충격적인데."

"파우스트 님이 그렇게 하라고 말씀하셨잖아요."

확실히 충격적이고, 동시에 말이 심하다.

애초에 시대의 신기술이란 낡은 기술의 대체 또는 보완을 위해 존재한다.

화약이라는 신기술은 아직 미숙했다.

같은 원거리 무기인 크로스보우는 아직 강력하며, 판금 갑옷은 꿰뚫지 못해도 체인 메일을 꿇는 위력도 사정거리도 강하다.

화포는 아마 돌로 쌓은 요새를 파괴할 테지만 운용이 쉽지 않을 것이다.

머스킷 총은 판금 갑옷마저 뚫어버리겠지만 흉갑이나 투구로 대책을 마련하고 있으며, 애초에 총 자체의 명중률이 낮아서 가까운 거리가 아니면 실전성이 없다.

지금 시점에서 총은 애초에 일개 병과에 불과하다.

총병이라는 병과가 만들어졌을 뿐이다.

하지만 그 전제는 우선 무시해버리기로 했다.

왜냐하면 이건 미래의 전장을 예상한 것이니까.

"다음으로 전제를 살짝 정정합니다."

◇◇ 2 ◇◇

이것은 아직 안할트 왕국의 현실이 아닙니다.

현명하신 리젠로테 여왕 폐하께서는 전부 해설할 필요도 없이 이해하고 계실 테죠.

하지만 도중에 던져버리지 마시고 끝까지 이 책을 읽어주십시오.

이 책은 기사라는 '싸우는 사람'이 그 무용을 강조하는 나머지 완전하지 않게 된 수많은 전술서와는 다릅니다.

순수하게 화포가 바꿔버릴 전장의 과거와 현재, 그리고 미래를 담은 책입니다.

기사가 그 미래를 어떻게 받아들여야 하는지를 담은 책입니다.

후방지원, 전력 집중점, 전열·진형 돌파법.

그러한 지식에 밝으신 전략의 천재 아나스타시아 제1왕녀 전하께도 전해지기를 바랍니다.

그 이상으로, 앞으로 전장을 지배할 화포 운용을 태만하게 여긴다면 전략조차 무너져버린다는 것을 알아주시기를 바랍니다.

◇ ◇ ◇ ◇

"그리고 파우스트 님이 공저자라는 점을 강조하겠습니다."

"그렇게까지 하지 않으면 정말로 안 읽는 건가?"

"파우스트 님께서 생각하시는 것보다 더 왕족은 더 바쁩니다. 읽지 않으실 가능성이 큽니다."

◇ ◇ 3 ◇ ◇

이 책의 공저자인 폴리도로 경의 말을 이곳에 남겨놓습니다.

「만약 어리석은 술책이라고 해도 어떻게든 실행해버릴 수 있는 괴물도 있고, 반대로 아무리 현명한 술책이라고 해도 엉망으로 만들어버리는 무능한 이도 있지. 나는 둘 다 아니다. 그저 남들보다 검을 잘 휘두르는 초인일 뿐, 지능이라는 부분에서는 평범해.」

폴리도로 경이라는 영웅 기사가, 압도적인 폭력이 빌렌도르프의 영웅 기사 레켄베르의 포위망을 일대일 대결로 뚫어버린 것은 설명할 필요도 없을 것입니다.

강력한 폭력은 때로는 모든 것을 휩쓸어버립니다.

제가 생각하는 화포는 부당한 폭력입니다. 폴리도로 경과 제가 이상적인 형태로 삼는 '원거리에서 퍼붓는 일방적인 대량 학살', 즉 전투라고 부를 수 없는 폭력에 도달하는 것입니다.

보병, 기병, 궁병이라는 병과의 틀에서 벗어나는 것.

전장의 발키리라고도 부를 수 있는 존재가 제가 생각하는 화포이자 그것을 운용하는 포병입니다.

이 책에서는 폴리도로 경과 저 마르티나가 왜 처음에 적은 결론을 내렸는지에 대해 챕터별로 나눠서 적겠습니다.

순서대로 설명하겠습니다.

부디 끝까지 읽어주시기를 바랍니다.

신성 구스텐 제국 안할트 선제후 리젠로테 여왕 폐하에게, 그리고 여왕 폐하께 무릎을 꿇을 기사인 마르티나 폰 보셀과 영주 기사 파우스트 폰 폴리도로에게 유익한 하나뿐인 바람입니다.

저는 리젠로테 여왕 폐하의 온정과 폴리도로 경의 구명 탄원 덕분에 붙여놓은 이 목숨으로 안할트에 어떻게 도움이 될 것인지 지금까지 계속 생각해왔습니다.

◇◇◇◇

"마지막 부분은 거짓말이지? 그런 생각 전혀 없었잖아."

"거짓말입니다. 리젠로테 여왕 폐하도 거짓말이라는 걸 아시겠죠. 하지만 이렇게 써야 좋은 인상을 줍니다."

꾸밈없는 글을 쓰겠다고 했지만, 이 정도는 해야겠지.

리젠로테 여왕 폐하의 인상은 물론이고 만약 후세에 책이 남기라도 했을 때 내 명예를 조금이라도 회복해놓을 필요가 있었다.

그건 어머니 카롤리느에게 위로가 되기도 할 것이다.

“계속 쓰겠습니다. 틀리면 부끄러우니까 변명도 일단 넣어두죠.”

◇◇4◇◇

그리고 지금부터 적어나갈 화포에 대하여.

머스킷 총이 있다면 더 대구경인 화포의 개발은 반드시 진행하고 있으리라고 봅니다.

그것은 주교령에서 화기를 개발하는 쾰른파를 제외하면 그 보고가 들어가고 있을 신성 구스텐 제국의 황제 폐하와 교황 예하, 그리고 선제후이신 리젠로테 여왕 폐하 정도는 되어야 알 수 있을 것입니다.

9살밖에 안 되는 저 마르티나나, 고작 300명의 영지민을 둔 영주 기사 폴리도로 경은 알 수 없습니다.

따라서 리젠로테 여왕 폐하께서 이미 알고 계시는 정보와 다소 차이가 있을지도 모릅니다.

그 부분은 우매한 두 사람의 망상이라고 웃어넘겨 주시기를 간청합니다.

◇◇◇◇

“아니, 확실하게 맞으니까 변명은 필요 없다고 보는데.”

“그것만큼은 어째서인지 자신만만하시네요.”

“내 결론은 확실히 엉뚱한 수준일지도 모르지. 하지만 마르티나가 보완해준 지식은 대부분 논리적이고 틀리지 않는다고 보는데.”

정말 파우스트 님은 자신이 넘친다.

결론에서는 확실히 그렇게 된다고 주장하고, 과정에서는 애매모호를 넘어서 아무런 생각도 없어서 내가 어떻게든 이유를 붙여놓은 내용을 보고는 아마 그게 정답이라고 아주 환하게 웃는다.

파우스트 님은 바보가 아니고, 나는 사람들이 믿어준 것처럼 지능적 분야의 초인일 것이다.

하지만 파우스트 님의 저 환한 미소를 볼 때마다 굉장한 불안에 사로잡힌다.

정말로 이게 맞을까?

아니, 틀렸다고 해도 리젠로테 여왕 폐하는 우리가 그렇게 생각할만하다고는 여겨주실 거다.

이런 근심은 글을 쓰는 손을 느리게 만든다.

깨끗하게 잊어버리고 마저 적자.

"……전술했듯이 화포에 대해 적겠습니다."

◇◇ 5 ◇◇

저는 앞서 화포를 부당한 폭력이라고 표현했습니다.

그 활용 예시로서 머스킷 총의 총탄을 용기에 채워 넣은 듯한── 임시로 캐니스터 탄이라고 부르겠습니다.

머스킷 탄 수백 발을 담은 용기를 공중에 사출해 흩뿌린 산탄이 광범위의 적을 살상하는 가상의 병기입니다.

이것은 방어적 진형이라는 밀집된 상태에 최고의 효과를 발휘하는 폭력이자, 인체라는 거죽을 찢고 뼈를 부수어 한 번의 포격으로 살육을 저지를 것입니다.

물론 사정거리라는 과제는 연구가 필요할 테지만, 지금까지 폴리도로 경 같은 초인 말고 이런 부당한 폭력이 존재했습니까?

적은 그 절망적인 위력에 두려워하고, 아무리 단련한 병사라고 한들 도주할 수밖에 없으며, 전열은 붕괴할 것입니다.

그렇다면 공격적인 측면만이 아니라 방어적인 측면에서는 어떨까요.

중장갑 기병처럼 갑옷을 입은 기병이 밀집 대형으로 돌격하는 폭력은 현재 안할트 왕국에서 가장 강력한 공격수단입니다.

돌격이 질서 있게 완수되면 필사적으로 찌르는 창살마저 쉽게 꺾어버리고, 적의 진형은 일격에 붕괴합니다.

그 후에는 유린할 뿐이죠.

하지만.

하지만 방어하는 쪽에 화포가 있다면 어떻게 되겠습니까.

그동안 중장갑 기병은 총이나 크로스보우, 롱 보우 같은 원거리 공격을 받고도 견딜 수 있었습니다.

말이 인간보다 빠른 속도로 거리를 좁히는 동안 판금 갑옷을 입은 기병이 받는 손상은 그래도 허용범위 안이었기 때문입니다.

하지만 화포, 캐니스터 탄이 주는 손상은 허용범위 밖일 것입니다.

화포의 일격은 중장갑 기병의 말을, 판금 갑옷을, 투구를 모조리 파괴하고 기사의 목숨을 빼앗을 테죠.

물론 기병의 기동성에서 오는 측면공격에 화포가 즉시 대응할 수 있는지는 고찰의 여지가 있습니다.

◇◇◇◇

"캐니스터 탄은 사정 범위 안에 있는 모든 것을 살육할 테죠. 그건 확실합니다. 하지만."

"왜 그러지? 마르티나."

"이거 초인도 죽일 수 있을까요?"

아마 마법의 갑옷을 입은 파우스트 님과 애마 플뤼겔은 캐니스터 탄의 일격을 받은 정도로는 죽지 않을 것이다.

무예의 극치를 달리는 초인이란 그 정도의 존재다.

"나는 죽지 않겠지. 아마 빌렌도르프의 영웅 레켄베르도 안 죽을 거다. 양국이 숫자를 합치면 몇 명 정도는 살아남는 초인이 있을 테고. 치명상을 피하고 돌격을 이어갈 수 있겠지. 하지만 안할트와 빌렌도르프를 합쳐서 300만이 될까 말까 하는 인구수 중에 그 정도가 고작이다. 딱히 고려할 필요는 없을걸."

"그렇군요. 그렇게까지 괴물 같은 초인으로 구성된 부대가 세상에 존재할 리 없으니까요."

그야말로 꿈속에 나올 법한, 100명이 넘는 중대의 숫자조차 갖출 수 있을 법한 부대를 편성하는 건 불가능할 것이다.

이 세상의 초인은, 파우스트 님 같은 초인은 셀 수 있을 정도로 적으니까.

완전 실력주의 국가쯤 되지 않으면, 그야말로 마법사를 세습귀족으로 등용하는 특수한 채용정책을 채택하지 않는다면 농가에서 태어난 자는 농민으로서 죽는다.

일을 잘하는 여자라는 평가를 받는 게 고작이겠지.

내가 봉건 영주의 스페어의 딸로서 그동안 겪은 일들이 무엇보다 큰 증명이 된다.

"……."

파우스트 님이 눈썹을 살짝 찡그렸다.

"왜 그러십니까?"

"아니다. 괴물 같은 초인으로 구성된 부대 말이지. 유목 기마민족 국가라면 가능할지도 모른다는 생각이 들어서."

톡, 톡, 손가락으로 책상을 두드리는 소리가 울린다.

나는 유목 기마민족 국가의 사회상이 어떻게 형성되어 있는지 모른다.

단 실력주의인 부족성을 택한 국가라면 가능성은 클 것이다.

"파우스트 님, 그런 건 생각해 봐도 어쩔 수 없습니다. 저희는 그것을 알 수 있는 상황이 아니니까요."

"그렇지."

파우스트 님이 조금 무거운 분위기를 풍기면서.

조용히 긍정하는 것을 지켜본 나는 집필을 이어가기로 했다.

관자놀이에 손가락을 대고 고민한다.

"——."

책처럼 엮은 종이를 전부 읽고, 부하에게 이것을 제본하라고 명령하려다가.

우뚝, 일어나는 걸 멈췄다.

제본에는 시간이 너무 걸린다.

그보다 다른 사람의 눈을 거치는 게 위험하다.

비밀을 지킬 수 있는 인간 말고는 보여줄 수 없다.

"어떻게 할까."

지금 나는 왕도에 있다.

본래 공작가의 가주는 공작령에 머무르면서 그곳을 통치하는 게 올바르다.

하지만 작위 계승은 마쳤어도 이 게오르기네 폰 아스타테는 아직 젊다.

아직 18살밖에 되지 않았으니 당연히 그 어머니도 젊었다.

35살도 되지 않은 어머니는 영지 경영에서 물러나 나에게 공작령의 영지민과 기사를, 그 모든 목숨을 맡기려는 기색은 전혀 보이지 않았다.

나이는 어리지만 16살의 딸에게 가주를 맡기기로 했다.

하지만 딱히 실권을 전부 넘기는 건 아니다.

일할 수 있는 한은 후견인으로서 일할 생각이다.

후계자 문제가 생기니 어느 정도 영주 교육을 받은 장녀를 가주로 삼자.

동생들이 아직 어릴 때 전부 정해놓는 편이 문제도 일어나지 않는다.

그런 어머니의 의도로 어린 나이에 공작가를 이어받았다.

신성 구스텐 제국에서, 또 안할트나 빌렌도르프 같은 선제후령에서도 일반적인 귀족의 사고방식이었다.

"으음."

그러니 나에게는 시간이 있었다.

영지 경영을 어머니에게 맡기고, 제1왕녀 상담역으로서 친척이자 친구인 아나스타시아를 위해 왕도에 머무를 시간이.

최근에는 리젠로테 여왕 폐하와 아나스타시아 제1왕녀의 싸움을 어떻게든 중재하기 위해 시간을 할애하고 있지만.

싸움이라고 해도 딱히 지위나 재산을 두고 싸우는 건 아니다.

슬슬 아나스타시아에게 왕위를 넘긴다고 약속했고, 엄밀하게 말하자면 여왕 폐하 쪽에서도 딱히 그 약속을 어길 마음은 터럭도 없었다.

딱 하나, 단서를 덧붙였다.

파우스트 폰 폴리도로라는 남성에 대하여.

리젠로테 여왕 폐하는 아나스타시아에게 파우스트를 잠시 자신에게 맡기라고 명령했다.

내용은 이랬다.

"파우스트를 내 방으로 불러 발리에르의 남편으로서, 그리고 아나스타시아와 아스타테의 정부로서 살아가기 위한 교육을 할 생각이다. 물론 그때 두 사람의 사랑의 결정, 왕궁에서 돌아다니는 어린아이가 한 명 태어날지도 모르지. 하나 당연히 누가 아버지인지도 알 수 없는 아이인 이상 왕위계승권은 갖지 못한다. 이무런 문제도 없으니 아나스타시아는 신속하게 받아들이렴."

즉 리젠로테 여왕 폐하는 여왕 자리에서 물러날 때 파우스트에게 손을 대서 임신할 꿍꿍이를 세운 것이다.

눈앞에 놓여있는 고기를 먹는 게 무엇이 나쁘단 말이냐!

제 딸의 약혼자에게 손을 대는 게 무엇이 나쁘단 말이냐!

그 결과 태어난 아기가 왕궁을 돌아다녀도 아무 문제도 없다!

아주 자연스러운 일!

아주 흔한 풍경이다!

그런 소리를 태연하게 지껄였다.

아나스타시아는 노골적으로 거부했다.

분노를 억누르고 머리를 푹 숙여서 그동안의 모든 인생에 감사를 전한 후 폭발했다.

"지금까지 키워주셔서 감사합니다. 그리고 죽어."

안할트를 이어받게 될 차대 여왕으로서 명확한 살의가 담긴 대답을 돌려주었다.

그렇게 왕도에서 남자 쟁탈전이라는 모녀 싸움이 발발했다.

너무 추하다.

작게 중얼거렸다.

"리젠로테 여왕 폐하도 업이 깊구나."

가장 큰 문제는, 거듭 말하지만 딱히 지위나 재산을 두고 싸우는 게 아니라는 점이다.

리젠로테 여왕 폐하는 다소 조언은 하겠지만 정말로 권력에서 물러날 생각이었고.

본인이 키운 실무관료와 문장관 등 모든 인재를 깔끔하게 넘겨줄 생각이었다.

아스타테 공작가와 다른 가문에게 보여주는 부분이 아니라, 후견인으로서 본인을 지킬 권력조차 모조리 사랑하는 딸에게 물려주려고 했다.

이 딸이라면, 자신이 심혈을 기울여 키워낸 딸이라면 전부 맡기고 은퇴할 수 있다면서.

실제로도 아나스타시아라면 부족함 없이 안할트 왕국을 이어받을 것이다.

그건 내 눈으로 봐도 사실이었다.

하지만 딱 하나, 불씨가 있었다.

네 정부가 될 예정인 파우스트를 내 침실로 보내라는 불씨였다.

눈물이 날 정도로 멍청한 싸움이었다.

아나스타시아는 아주 확실하게 분노했다.

제발 죽으라고 소리쳤다.

서로 이성은 있으니 애용하는 핼버드를 들고 와 살육전까지 번지지는 않았지만.

참으로 꼴사나운 매도가 왕궁에 울려 퍼졌다.

무장한 여왕 친위대와 제1왕녀 친위대를 세워놓고 쌍방으로 매도를 퍼부었다.

너무 꼴사나운 나머지 상대측을 마주 보던 친위대는 진저리를 치며 서로에게 '그쪽도 고생이 많군요……' 하는 애수마저 감돌았다.

나는 그 처참함에 무심코 옆에서 끼어들었다.

"그건 그거대로 아주 흥분되니까 좋잖아?"

파우스트 폰 폴리도로.

안할트의 가치관으로는 아름답다고 부를 수 없는, 2m가 넘는 장신에 130kg이 넘는 근육질을 갖춘 영주 기사.

하지만 심성은 무척 다정하고 안쓰러울 정도로 우직하다.

그런 파우스트가 숙모의 욕망에 더럽혀진다.

아직 죽은 남편을 마음에 품고 있는 주제에 그건 그거, 이건 이거라며 차녀의 약혼자이자 장녀의 정부가 될 남자에게 손을 댄다.

그 파우스트는 입장상 거역하지 못하고 아나스타시아보다도 먼저 리젠로테 여왕 폐하의 손에 더럽혀진다.

우리는 이를 악물고 울면서 지켜볼 수밖에 없다.

그렇게 생각하자 아주 흥분됐다.

빵이 한층 맛있어졌다.

"너는 백 번 정도 죽어서 그 성벽을 고쳐와라."

아나스타시아는 나를 크게 매도했다.

너는 왜 이따위로 태어났냐?

그런 진심에서 우러난 매도였다.

깜짝 놀랄 정도로 싸늘한 목소리였다.

"이렇게 태어났으니까 어쩔 수 없지. 원체험을 따져보면 파우스트와 마찬가지로 근육질이었던 로베르트 삼촌의 엉덩이를 어릴 때부터 계속 바라보았던 게 영향을 주었을 텐데. 이미 어쩔 수 없어."

나는 변명했다.

이 변명에는 정당성이 있다고 봤다.

"너는 옛날부터 남편 로베르트를 그런 추잡한 눈으로 보고 있었지. 네가 어릴 적 몇 번이나 목을 뜯어버릴까 고민했다."

리젠로테 여왕 폐하는 무시무시한 소리를 했다.

예전에는 진심으로 그런 생각을 했을 것이다.

아마 실행에 옮기려고 한 적도 몇 번 있을 것이다.

그런 무시무시한 고백이었다.

나는 이때 조금 망설였다.

내 어머니라면 게오르기네가 잘못했다며 포기하고는, 내 목이 뜯기는 광경을 평온한 얼굴로 바라보았지 않았을까.

다들 아스타테 공작령의 장녀이자 지금은 가주 자리에 앉기까지 한 아스타테 공작인 나에게 어딘가 매정했다.

재능 자체는 인정하지만 뭔가 잘못된 것이 태어났다고 생각하는 듯한 느낌이 든다.

"하아, 그런 치정은 됐고. 지금 내 고민거리는 마르티나와 파우스트가 보낸 책이란 말이지."

「총 · 포 · 기사」라는 짧은 제목을 사용한 자료 뭉치.

그것은 파우스트의 지식을, 폴리도로령을 조사하라고 마르티나에게 보낸 종이 다발의 결과였다.

확실히 마르티나는 그 부분을 잘 풀어내서 보고했다.

칭찬하고 보수를 줄 만한 성과다.

하지만 내용이 치명적이었다.

“먼저 총에 대하여.”

총을 다룰 때 총병의 재장전이나 행동을 한층 치밀하게 계산해서 수십 단계로 나눈 행동을 훈련한다는 계획.

또 그 구체적인 내용과 방법론을 이야기하고 있다.

명확한 군사 교육서로 변화를 이루었다.

“내가 고안하던 방법과 일부 일치해. 그러니 ‘아마 내용은 틀리지 않았어’. 조금 열 받는 건 나보다 더 구체적이라는 점이야.”

화기에 대하여.

틀린 부분도 있지만 묘하게 구체적인 부분도 있다.

왕족이자 공작인 아스타테와 다르게 두 사람은 쾰른파의 화기 개발 상황을 모르니 어쩔 수 없다.

하지만 내용이 다소 어긋난다고 해도 아스타테보다 미래를 보고 있다.

포병이 얼마나 큰 위협을 부르는지는 아스타테도 이해할 수 있다.

이 책에는 전술가의 흥미를 자극하는 다양한 운용 방법과 포병에 관한 내용이 적혀있지만.

중요한 건 그게 아니다.

초석을 언급하고 있다.

초석의 생산방법을 뚜렷하게 적어놓았다.

쾰른파는 산에서 초석을 채굴하는 것이 아니라 무언가 마법으로 만들어내고 있는 게 아니냐고 의심하는 여론이 있었는데, 이 책에서는 부정하고 있다.

썩힌 쓰레기, 혹은 동물의 분뇨에서 초석을 만들어내는 방법에 대하여 고찰해놓았다.

물론 방법은 추상적이었지만, 이건 아주 곤란하다.

고찰한 내용이 아마 정답이라는 점이 곤란하다.

왜 그 두 바보는 쾰른파의 비밀을 아무렇지도 않게 적어놓은 건지.

파우스트도, 마르티나도 아마 혼자 썼다면 문제가 될 것 같다는 생각에 생략했을 내용을 당당하게 적어놨다.

바보, 아니, 일종의 지식인이 두 명 모이자 멈추지 않게 되어서 깜빡 적어버린 걸까.

쾰른파가 초석 판매로 이익을 얻고 있는 이상 구체적이지는 않다지만 언급 자체가 위험하다.

어중간한 입지의 인간이라면 쾰른파에게 제거당해도 이상하지 않다.

쾰른파도 언젠가는 누군가에게 정보가 새어 나간다고 예상했겠지만 지금 들켜도 된다고 여기지는 않을 것이다.

처음 읽은 게 나라서 정말로 다행이었다.

지금이라면 막을 수 있다.

"태워야 하나? 아니, 잠깐."

이 책을 받을 사람은 내가 아니다.

본래 리젠로테 여왕 폐하에게 바친 것이며, 나는 중개인에 불과하다.

이 책에도 적혀있지 않은가.

기사에 관해 적은 챕터에 대놓고 적혀있다.

「화기가, 앞으로 개발될 그것이 언젠가는 기병의 종말마저 가져올지도 모릅니다. 하지만 그것은 미래일 뿐, 기사의 존재가 사라지는 것은 아닙니다. 부디 지금 신성 구스텐 제국의 황제 폐하께서 마지막 기사로 불리지 않기를 기도합니다.」

너무 직설적이다.

신성 구스텐 황제 폐하조차 언급하며 불손하단 말을 들을 법한 내용을 당당하게 적어놓은 책.

이것은 이미 선제후인 우리 안할트 왕족조차 감당할 수 없다.

확실히 안할트가 이 지식을 잘 활용할 수 있다면 선제적 이득을 얻을 수 있을 테지만.

"……유목 기마민족이 마음에 걸려. 신성 구스텐 제국의 대응도."

솔직히 반신반의했던 유목 기마민족 국가의 서방 정벌론.

파우스트가 하는 말이기에 나는 움직였다.

조금이지만 정보를 쥐고 있을 신성 구스텐 제국을 조사했다.

결과는 좋지 않았다.

신성 구스텐 제국의 수뇌진조차 반신반의하는 상황이라는 게 문제였다.

말 그대로 반은 믿는다.

그만한 정보를 쥐고 있다.

만약 유목 기마민족 국가가 서방을 정벌하러 왔을 때 신성 구스텐 제국 자체가 어떻게 되는지는 알지 못하지만, 전선에 서게 되는 안할트와 빌렌도르프는 심각한 피해를 볼 것이며 최악의 경우 영지를 잃을 가능성이 있었다.

그건 좋지 않은 미래다.

나는 자리에서 일어나 자료를 문서궤에 넣었다.

태우지 않기로 했다.

하지만 멍청하게 세간에 보여줄 수 있는 것도 아니다.

책이라고 부르지도 말아야 할지도 모른다.

이것은 무언가 흉악한 무기, 거래, 교섭 재료가 될 수 있다.

솔직히 유목 기마민족 국가의 침략을 받는 게 확정되어도 신성 구스텐 제국 전체가 힘을 모아 맞서 싸우는.

그런 미래는 나에게는 전혀 보이지 않았다.

현 황제는 능력이 뛰어나, 선거제의 형식을 취했으면서도 선제후 전원의 투표에서 만장일치로 인정받은 진정한 황제이다.

제국 자체는 강인한 황금기를 맞았다.

하지만 빌렌도르프와 안할트가 선제후끼리 전쟁을 벌였던 것처럼 봉건 영주가 모두 손을 잡고 사이좋게 지낼 수는 없다.

불안만이 커진다.

마지막 기사. 그 키워드가 계속 머리에 걸린다.

파우스트가 게슈를 맹세하면서까지 보여준 우려가 사실이라면.
화포가 아닌 침략에 의한 신성 구스텐 제국의 붕괴라는 결말도 보인다.
"……."
구질구질 이어지는 시시한 생각.
그런 어두운 생각은 나에게는 어울리지 않았고, 실제로 바로 생각을 전환했다.
앞을 보았다.
9살의 지능 초인 마르티나, 신성 구스텐 제국 전체를 뒤져도 몇 없을 무예 초인 기사 파우스트.
이런 위험물을 제출한 두 바보.
"그 두 사람, 제도에 데려갈까?"
리젠로테 여왕 폐하에서 아나스타시아 제1왕녀에게로 계승되는 안할트 선제후.
황제를 보고 인사하기 위해 아나스타시아가 직접 제도에 갈 필요가 있었다.
상담역인 나도 그때 따라갈 생각이었다.
두 사람 정도 늘려도 문제는 없다.
문제는 두 사람이 받아들이냐는 점이지만.
어떻게 설득할까?
지금부터 편지 내용을 고민했다.
그나저나.
"이 싸움은 언제쯤이면 끝이 날까."

안할트 왕궁.

한 방에서 한탄했다.

복도에서는 쌍방의 친위대가 필사적으로 서로의 주군을 막고 있다.

추한 싸움은 이제 그만해달라고.

"너 같은 걸 낳은 게 잘못이었구나!"

어머니가 해서는 안 되는 말을 하고 있잖아.

리젠로테 여왕 폐하는 여느 때의 냉정침착한 얼굴을 집어 던졌다.

저런 사람이었던가.

하긴 안할트 왕족은 나를 포함해서 멀쩡한 성격이 없긴 하다.

발리에르와 로베르트 삼촌이 예외다.

"너에게서 태어났다는 사실을 부정하겠어. 나무토막 사이에서 태어나는 게 더 나아!"

딸도 해서는 안 되는 말을 하고 있다.

앞으로 안할트 선제후가를 이어받을 인간의 말로는 들리지 않았다.

하지만 뭐. 중요하지 않다.

이러니저러니 해도 두 사람 다 현실을 볼 줄 아니까 계속 중재하기만 하면 진정하겠지.

남자를 놓고 싸우다가 진심으로 서로를 죽일 리는 없다.

"애옹."

최근 키우기 시작한 하얀 고양이가 앉아 있는 내 발치로 다가와 머리를 비볐다.

파우스트와 화제를 만들기 위해 키우기 시작했지만 나쁘지 않다.

그런 시시껄렁한 생각에 집중하며 고양이를 쓰다듬기 위해 의자에서 일어났다.

제107화 신성 구스텐 제국으로

퀼른파 교회.

그 중앙, 속죄주 동상의 손에 퀼른파의 상징인 머스킷 총이 걸려있다.

탄약이 다 떨어져 마지막에는 막대기가 되어버린 총으로 상대를 때리고, 그야말로 힘이 다할 때까지 이교도에게 저항한 속죄주는 바닥에 쓰러져 이렇게 부르짖는다.

"엘로이, 엘로이, 레마 사박타니."

속죄주는 퀼른파의 교의에 따라 온 힘을 다해 적과 맞서 싸웠음에도 패배했고, 책형에 처해졌다.

물론 3일 뒤에는 부활했다.

그런 괴상한 이야기가 오늘 안식일 예배에 들은 설교다.

물론 그건 퀼른파의 거짓말로 점철된 내용이고, 속죄주의 시대에 총은 없다.

퀼른파는 당연한 사항을 무시하고 있었다.

역시 어딘가 머릿속의 중요한 부분이 망가져 버린 것 같다.

나는 파우스트 님에게 그런 이야기를 했는데.

"인생의 밝은 부분을 보자."

그렇게 대답할 뿐 전혀 상대해주지 않았다.

나 마르티나는 확실히 퀼른파에게 빚이 있다.

하지만 괴상한 부분에서 눈을 돌리지 않고 살고 싶다.

나는 언젠가 이 미친 종파에게 은혜를 갚고, 그 광기 어린 사상을 비난하고 싶다.

물론 책을 써서.

"신도 마르티나, 신도 파우스트. 책은 무사히 다 적으신 모양이군요. 축하드립니다."

"신모님. 정말로 괜찮으신 겁니까?"

파우스트 님이 얼굴을 찌푸리며 물었다.

그것은 우리가 쓴 책에 대하여.

「총 · 포 · 기사」에 적힌 내용에 대해서였다.

"저와 마르티나는 책을 다 쓴 뒤에 눈치챘습니다. 역시 쾰른파의 화약 재료인 초석 생산방법에 대해 언급하면 안 되는 것이 아니었는지."

쓰면 안 된다.

나도 파우스트 님도 쾰른파에 빚을 졌으며, 신도이다.

쾰른파의 이익을 침해하는, 은혜를 원수로 갚는 짓은 할 수 없었다.

그래서 신모님에게 상담했다.

일단은 밝혔지만 이미 삭제할 생각이라고.

대답은 이랬다.

"괜찮습니다. 쓰시지요. 당신들이 스스로 알아냈다면, 쾰른파는 그것을 방해하고 싶지 않습니다. 게다가 어느 정도 추측했다면 이 또한 이해하실 수 있을 테죠. 지금까지 구축한 초석의 엄밀한 생성 방법, 양성장 숫자, 고품질 화약을 만들어내는 방법. 쾰른파가 만들어낸 모든 지식의 결정. 두 분은 그 내용을 알고 계십니까?"

"……즉 퀼른파의 이점은 흔들림이 없다는 겁니까?"

확실히 초석을 만들어낼 수 있게 되면 가격이 내려간다.

하지만 퀼른파를 따라 할 수 있게 될 때까지 얼마나 걸릴까?

몇 년? 몇십 년? 아니면 백 년?

그 사이 퀼른파가 다음 단계로 넘어가지 않을 리가 있나?

신모님은 이미 승패가 났다고 지적했다.

"당연한 이야기를 해드리지만. 저도 퀼른파가 초석을 생산하고 있다는 건 알아도 자세한 내용까지는 모릅니다. 그 기밀을 퀼른파에서 훔쳐내는 건 불가능하죠. 정말로 알고 싶은 중요한 부분에는 많은 시간과 막대한 비용을 들이게 됩니다. 그리고 무엇보다 퀼른파의 성직자인 저에게 보고하셨으니 두 분의 성의는 이해했습니다. 주교님은 반드시 용서하실 테죠."

그런 대답.

하지만 마음은 무거웠다.

파우스트 님 역시, 신모님은 이렇게 말해주었으나 초석은 교파의 최고 기밀이라 생각했다.

고민한 끝에 파우스트 님은 구체적인 생성 방법에 대해서는 어느 정도 생략하는 걸 선택했다.

타협안이다.

우리 두 사람의 부채감과는 달리 신모님은 아무렇지도 않다는 듯 말했다.

"그래요. 초석 제조법에 대해 밝힌다는 부분을 주교님께 보고했습니다. 아마도 그다음은 주교님이 알아서 처리하실 겁니다."

"주교님께?"

파우스트 님은 의아한 표정을 지었지만 나는 이해했다.

"……교섭용입니까?"

"앞으로는 그렇게 사용되겠죠."

즉, 쾰른파의 화약이라는 기술은 돈으로 사고팔 수 없는 수준이다.

금괴나 동전 같은 금전의 단계가 아니라 더 고도의 조건.

이후 황제에게 미치는 영향력 및 종교적 지위, 더 넓은 주교령, 혹은 쾰른파가 제국 내 화약 유통을 전부 지배한다는 허가, 그런 것들과 깊이 엮일 것 같았다.

쾰른파에게는 아마 마지막 권리를 손에 넣는 것이 가장 큰 수확일 것이다.

언젠가 독점하지 못하게 되는 기술을 지금 난세에서 황제 폐하에게 인정받고, 그 공적으로 얻게 될 보수를 확정하는 것이다.

"저희가 그 책을 한 권 쓴 것만으로 그렇게 되겠습니까?"

파우스트 님의 의문.

"확정은 아닙니다. 하지만 아스타테 공작의 움직임이 불씨가 되어 커다란 파문이 발생할 가능성은 적지 않죠. 이쪽에서 살 생각이 없냐고 접근하는 것이 아니라, 상대가 팔아달라고 부탁하게 만들고 싶습니다."

깊이 생각한다.

「총 · 포 · 기사」는 우선 아스타테 공작의 손에 전달되었다.

아스타테 공작에게는 리젠로테 여왕 폐하에게 헌상하기 전에 읽어달라고 부탁했다.

책을 읽었으니 화기의 미래를 두고 생각을 일치하거나, 상황에 따라서는 더 고도의 고찰에 도달할 것이다.

그 변태 공작은 능력이 뛰어나다.

우선 초석 생산방법이라는 쾰른파의 비밀을 적어놓은 것을 알아차릴 것이다.

안할트의 왕족으로서 리젠로테 여왕 폐하, 아나스타시아 제1왕녀와 지식을 공유한다.

그리고 다방면으로 따져본 후 아마 눈앞의 신모와 같은 생각에 도달한다.

이 책은, 지식은 신성 구스텐 제국의 황제 폐하나 다른 선제후에게 어떠한 흉악한 무기, 거래, 교섭 재료가 될 수 있다고.

……아스타테 공작에게서 무언가 정보를 얻은 사람은 쾰른파에 교섭을 개시한다.

그 기술을 얻기 위해 아스타테 공작에게 지불한 대가 이상을 준비하고.

그래, 내 생각이 얄팍했다.

눈앞에 있는 쾰른파 신모와는 인생 경험이라는 명확한 차이가 있었다.

파우스트 님은 내용을 이해하고 조금 떨떠름한 표정이 되었다.

"그 책이 그 정도의 사태를 일으킬까?"

솔직히 그런 사태가 될 것 같지 않은데.

파우스트 님은 대화 흐름 자체는 이해했지만, 실현 가능성은 별로 없다는 듯 중얼거렸다.

나를 위해 협력했을 뿐, 그 이상의 목적은 없는 파우스트 님.

나에게도 출세를 위해, 내 능력을 알리기 위한 재료에 불과했다.

하지만 쾰른파는 무언가 파문을 일으킨다고 생각하고 있으며, 나도 그런 생각이 들기 시작했다.

그 책에는 확실히 군사기술 발전의 다양한 과정과 실현 방법.

그리고 파우스트 님이 흘린 몇 가지 최종 해답 같은 기술을 적었다.

"가능합니다. 읽는 사람이 안할트의 왕족이니까요."

리젠로테 여왕 폐하는 매우 이지적이며, 그 기술을 알게 되면 안할트를 위해 전부 이용할 수 있다고 생각하는 걸물이다.

그리고 자신이 이용하는 것만이 아니라 타인에게 판다는 발상도 할 줄 아는 분이다.

신모의 말을 듣지 않았다면 눈치채지 못했을 테지만.

"아스타테 공작이, 리젠로테 여왕 폐하가, 아나스타시아 제1왕녀가. 그 세 사람이 「총 · 포 · 기사」의 내용을 부정하지 않고 받아들이신다면 실무자로서 어떻게 이용할까요. 바로 행동을 시작할 겁니다."

그 행동 끝에.

거래 상대가 신성 구스텐 제국의 황제 폐하일 수가 있다.

가장 비싸게 팔아치운다면 최고 권력자에게.

"그 결과가 마르티나에게 돌아와 준다면 뭐든 괜찮다."

파우스트 님은 너무 높으신 분들의 이야기라 생각하는 걸 그만두었다.

아무래도 본인의 능력에 어느 정도 선을 긋고 있으며, 윗분들의 일은 윗분들에게 맡긴다는 방침으로 움직이지만.

이미 상황은 그것을 허락하지 않는다.

"파우스트 님, 그것으로 끝이 아닙니다. 저희 두 사람은――."

"책의 저자가 함께 한다면, 그 입으로 책 이상의 내용을 들을 수 있다면 더욱 좋을 겁니다. 제도로 부름을 받게 되겠군요."

신모님이 내 생각을 긍정했다.

왜 이런 변경에, 빌렌도르프와 안할트가 맞붙은 최전선의 약소 영지에 있는 건지.

수수께끼로 가득한 그녀는 산뜻하게 이야기했다.

"지나친 망상입니다."

파우스트 님은 피식 웃어넘겼다.

참으로 부정적이다.

황제 폐하를 배알할 기회가 주어진다니, 평생에 걸쳐도 일어날 리가 없다고 생각하는 거다.

"……."

나는 조금 난처했다.

확실히 명성을 얻고 싶다고, 출세하고 싶다고 생각하고는 있다.

하지만 그건 안할트 연방 내에서 출세하는 거고, 만약 가능하다면 파우스트 님과 아이를 갖고 싶었다.

딱히 제도에 가고 싶은 게 아니다.

하지만 각오는 해 두어야 했다.

"파우스트 님, 아나스타시아 제1왕녀 전하는 슬슬 리젠로테 여왕 폐하에게서 선제후 지위를 계승합니다. 계승식을 위해 제도로 떠나실 때 저희를 데려갈 가능성이 있습니다."

"거절한다. 뭐가 서러워서 겨우 영지에 돌아왔는데 제도에 가야 해."

각오하기를 요구했지만, 애초에 파우스트 님은 영지 밖으로 나가고 싶어 하지 않는다.

봉건 제도의 쌍무적 계약으로서 어쩔 수 없이 군역을 수행하고, 신부를 찾을 필요가 있으니 어쩔 수 없이 귀족들과 교류하지만.

착잡할 정도로 영지에만 틀어박힌다.

그러나 마음을 바꾸게 해야 한다.

이유를 하나 떠올렸다.

"파우스트 님, 유목 기마민족 국가가 침공한다고 선언하고 게슈를 맹세하셨던 일, 설마 잊어버리신 건 아니죠?"

"내 목숨을 판돈으로 걸었는데 잊을 리가 있나."

파우스트 님은 손을 가볍게 흔들며 웃었다.

"하지만. 내가 할 수 있는 건 거기까지고, 게슈만으로도 많이 무리한 거다. 이다음은 윗분들이 할 일이지 내가 할 수 있는 일은 없어."

"황제 폐하를 알현하고 직언을 드릴 기회가 있을지도 모릅니다."

내가 지적하자 파우스트 님은 팔랑거리던 손을 턱으로 가져가더니.

잠시 생각에 잠긴 후 중얼거렸다.

"나는 그런 일이 가능한 신분이 아니다. 무슨 생각을 하는 거냐, 마르티나."

"어떻게 해야 파우스트 님이 죽지 않을 수 있는지 생각하고 있습니다."

아무래도 파우스트 님이 게슈를 맹세할 때.

나한테는 파우스트 님이 진심으로 그렇게 믿고 있을 뿐으로 보였지만, 요즘은 아니다.

파우스트 님은 본인의 확신에 어떠한 답이나 지식이 있기에 게슈를 맹세했다.

그렇게 보였다.

"파우스트 님, 지금의 저는 파우스트 님의 게슈에 의미가 없다고 생각하지 않습니다. 아마도 무언가 확신이 있어서 맹세하셨을 테죠. 하지만, 파우스트 님께 여쭙습니다. 과거에 저에게 유목 기마민족 국가가 얼마나 강력한지 설명하셨던 것을 기억하십니까?"

"당연히 기억하지."

"그렇다면 왜 직접 발언하려고 하지 않으시는 겁니까."

이 사람은 제도에 데려가야 한다.

나는 나를 위해서가 아니라 파우스트 님과, 파우스트 님이 사랑하는 폴리도로 영지민.

파우스트 님의 어머니인 마리안느 님과 내 어머니 카롤리느의 무덤.

그 모든 것이 있는 폴리도로령을 지키기 위해서는 제도에 갈 필요가 있다고 생각한다.

"솔직히 말씀드릴게요. 제 생가에 빌렌도르프와 안할트, 두 나라를 동원해도 신성 구스텐 제국의 강력한 지원 없이는 승산이 없습니다."

"그렇겠지. 그건 안다. 하지만 내가 뭘 할 수 있다고? 황제 폐하를 알현하는 건 불가능하다."

"파우스트 님은 리젠로테 여왕 폐하를 비롯한 높으신 분들이 어떻게든 해줄 것이라고. 그렇게 생각하고 계시죠? 그야 그분들은 움직이실 테지만, 파우스트 님도 도와드려야 합니다."

확실히 가능성은 제로에 가까울 것이다.

파우스트 님은 안할트 왕국에 호소하는 것이 한계라고 생각하지만 그렇지 않다.

이 사람이라면 가능할 것 같았다.

파우스트 님은 이 마르티나를 살린다는 말도 안 되는 난제를 해결했으니까.

이 세상에 운명이라는 것이 존재한다면 그것조차 좌우할 수 있는 사람이라고 확신한다!

"파우스트 님, 마르티나는 견습 기사로서 청합니다. 만약 아스타테 공작님이 권유하신다면 절대 거절하지 마세요. 종사장 헬가나 영지민은 반대할지도 모르지만 그래도 받아들이셔야 합니다."

"마르티나, 나는."

"저도 같이 가겠습니다."

"으음."

파우스트 님은 미심쩍은 얼굴로 잠시 고민한 후.

비교적 맥이 풀리는 말투로 중얼거렸다.

"뭐, 좋다. 죽기 전에 한 번 제도에 가 보는 것도 나쁘지 않지. 변경에서 올라와 매너도 모르는 인간이라고 조롱당하지 않는다면 좋겠는데."

"조롱당하면 어떻게 하실 겁니까?"

"패야지. 상대를 모욕한다는 게, 영주 기사가 짊어진 영지와 영지민과 선조를 모욕한다는 게 어떤 것인지 상대방에게 이해시켜야 한다."

파우스트 님은 영주 기사로서 더없이 올바르다.

그리고 상당히 막무가내다.

제도에 가도 이런 자세일 테고, 이 사람이라면 제도에서도 무언가를 이루어낼 것이다.

그런 생각이 들어, 나는 조금 웃었다.

그저 영지를 갖고 싶었다.

작은 영지여도 괜찮다.

내가 어떻게든 통치할 수 있는 범위의, 손바닥만 한 작은 땅.

영지민은 200명 정도 있으면 된다.

날 때부터 가신 기사인 내가 그런 것을 바랄 수 없다는 것쯤은 안다.

가신은 가신에 불과하고, 그 공적은 기본적으로 모시는 주인의 것.

어지간한 공적을 올려도 안할트의 직속 가신으로서 인정받는 기회는 받지 못한다.

문제는.

가장 큰 문제는── 카롤리느만 배신한다면 그것을 바랄 수 있는 환경에 놓여있다는 점이었겠지.

보셀 령이라고 불리는, 1천 명 정도의 영지민을 보유하여 어떻게든 도시라고 부를 수 있을 정도의 작은 땅을 빼앗아서.

우리 가신 기사 다섯 명이 각각 나눠 가져서 독립 영주가 되고 싶다.

그런 욕망에 사로잡힌 것이 문제였다.

그렇게 말한다.

"……."

죽을 테지.

그런 생각을 하며 심문에 대답한다.

왜 너희 가신 기사는 카롤리느 폰 보셀을 배신했는가. 너희들만 배신하지 않았다면 전부 잘 흘러갔을 텐데. 더러운 기사들 같으니.

그런 심문에서 도망쳐도 소용없기 때문이다.

이제는 어찌 발버둥 쳐도 소용없기 때문이다.

안할트 왕가에 대한 심증이 있다.

특히 이번 일에는 특별한 처벌이 내려질 것이다.

카롤리느 폰 보셀의 목은 효수되었지만, 그 딸에게는 연좌가 아닌 자비로운 조처를 내렸으니까.

내가 죽는 건 당연하지만, 이번만큼은 연좌가 적용되지 않고 가족과 종사는 눈감아줄 가능성이 있다.

그렇다면 얌전히 죽음을 기다릴 수밖에 없었다.

애초에 도망친다고 해도 어디로?

설마 카롤리느처럼 빌렌도르프로?

그 실패를 따라가는 건 한층 어리석은 짓이다.

도망칠 수 있을 리가 없다.

다들 그렇게 생각해서 얌전히 기다린다.

카롤리느가 폭주해서 모든 것을 망가트린 그때.

그것을 이해할 수 있을 정도로 우리가 주제를 알고 있다는 것이 슬펐다.

아아.

생각이 산만해졌구나.

"……."

와인을 마신다.

취기가 심해졌다.

눈앞의 인물은 눈감아주고 있었다.

기껏해야 술에 취해 입이 가벼워지기를 기대하는 거겠지.

딱히 가볍게 만들 필요도 없다.

처음부터 전부 다 털어놓을 생각이었으니까.

무슨 이야기를 하고 있었지?

그래, 영지를 갖고 싶었다.

우리는, 가신 기사는 보셀가에게서 영지를 빼앗고 싶었다.

우리에게 그런 욕심이 있었고, 그것을 바랄 수 있는 환경이 있었다는 점이 최대의 문제였다.

보셀가의 네 사람에 대해 이야기하지.

알베르타 폰 보셀.

귀족으로서 잘못된 판단을 내린 멍청이. 어리석은 알베르타.

카롤리느 폰 보셀.

무력에 능력이 편중되어 고어도 알아듣지 못하는 멍청이. 멧돼지 기사 카롤리느.

헤르마 폰 보셀.

산송장, 최악의 역병신. 겁쟁이 헤르마.

마르티나 폰 보셀.

다들 똑똑하다고 인정하는 아이. '초인' 마르티나.

이 네 명의 등장인물이 일으킨 사건을 이야기하자고.

당신은 그걸 듣고 싶었던 거지?

아스타테 공작님께서는 심기가 어떠시려나.

"마저 말해라."

폭력도 질타도 없다.

아스타테 공작은 그저 이야기를 재촉하며 같은 와인을 계속 마시고 있다.

고급 와인이었다.

죽기 전 마지막 자비인 거겠지.

자, 그렇다면 이야기를 마저 할까.

"처음 발단은 그 알베르타라는 멍청한 늙은이가 병약한 헤르마를 버리지 못하고 장녀로 대우하면서, 무예만 놓고 본다면 우리가 봐도 존경할 만한 점이 보였던 카롤리느를 차녀로서 홀대했던 것에 있지."

태생이 달랐다.

장녀는 우선시해야 하고, 차녀는 스페어에 불과하다.

멍청한 소리다.

스페어가 무슨 의미인 건지 아는 건가?

예비다.

본래의 방법을 쓸 수 없게 되었을 때 차선책으로서 마련해놓는 수단이다.

그 점에서 우리는 카롤리느라면 불만이 없었다.

스페어를 사용해준다면 충분했다.

그래, 처음부터 카롤리느를 차기 영주로 대우했다면 아무런 문제도 없었다.

'어리석은 알베르타'가 그 부분을 잘못 해석한 게 문제였다.

그녀가 어리석었기 때문에 두 사람을 차별하며 키웠다.

병약한 '겁쟁이 헤르마'는 금이야 옥이야 귀애하면서 키웠고——반면 '멧돼지 기사 카롤리느'에게는 혹독했다.

그러니까, 제대로 된 환경을 주지 않았다는 거다.

그녀에게는 성직자처럼 특별한 언어를 읽고 쓰기는커녕, 평범한 책도 제대로 이해할 수 있는 교육조차 하지 않았다.

믿기지 않는다고?

아스타테 공작께서는 믿을 수 없다고?

귀족은 기본적인 언어교육에 더해 문학적 능력도 갖추도록 교육받는 게 당연하지 않냐고?

아스타테 공작령에서는 그렇겠지.

아마도 다른 영지에서도 그럴 것이다.

우리 가문에서도 그랬다. 차녀는 무슨, 사녀까지 내가 가르칠 수 있는 모든 것을 가르쳤다.

언젠가 다들 훌륭한 기사가 될 수 있기를 바라는 어머니의 마음을 담아서.

그래, 호소하는 거다.

그 아이들은 제대로 키웠다.

반면교사인 셈이지.

그러니까 죽이지 말아줄 수 있을까.

나는 아무리 처참하게 죽어도 괜찮다. 손톱에 바늘을 찔러서 벗겨버리고, 줄로 갉아내고.

수차로 빻아내는 보릿가루보다도 더 산산조각내어도 괜찮다.

그 살점을 쥐에게 먹여주어도 괜찮다.

하지만 아이들만은 봐줄 수 없을까.

그런, '어리석은 알베르타'처럼은 되지 않도록 키웠다.

그러니까 다들 글을 알고, 계산도 할 줄 알고 시도 쓸 수 있다.

쓸만할 것이다.

재능이 있는 자는 평민이라고 해도 등용한다고 평판이 자자한 아스타테 공작에게는 쓸만한 패가 될 수 있을 것이다.

그 아이들은 당신에게 매달리는 것 말고는 앞으로 갈 곳이 없을 테니까.

써먹기 좋은 패가 되겠지.

한번 시험해보겠다고?

통과하면 살려서 데려가 주겠다고?

진심으로 감사를 전하고 싶군.

당신은 공정하게 시험할 사람이라는 것을 아니, 나머지는 그 아이들의 능력에 달렸지.

무슨 일이 있어도 당신을 원망하지 말라고 말해두었다.

그러니── 본론으로 돌아갈까.

그래, 카롤리느가 제대로 된 교육을 받지 못했다는 이야기를 하던 중이었지.

그 여자는 문맹에다가, 계산도 똑바로 할 줄 모른다.
그런 식으로 키웠다.
평민 종사가 군량을 계산해야 할 정도였지.
오직 하나, 누구보다도 뛰어난 점은 있었다.
무력이다.
어지간한 기사로는 그녀를 이길 수 없을 테지.
일당십의 힘을 타고난 데다, 그 어머니가 기사로서 싸우기 위한 훈련만은 누구보다 많이 시켰으니까.
요컨대.
'어리석은 알베르타'는 군역을 수행하지 못하는 병약한 '겁쟁이 헤르마'를 위해 영주 대신 군역을 수행하는 장치의 역할만을 요구했다.
참으로 어리석지?
병약한 헤르마는 빨리 포기하고, 카롤리느를 차기 영주로 인정했다면 될 텐데.
다들 그렇게 생각했다.
그런데 그리하지 않았다.
무슨 착각을 한 건지, 장녀의 자식이 건강하게 자라면 그 아이를 차기 가주로 삼으면 된다는 생각으로 방침을 바꾸지 않았다.
그 '어리석은 알베르타'는.
정말로 우습지.
병약한 헤르마가 건강하고 유능한 아이를 낳을 수 있다고 착각했다.

처음 본 자식인 헤르마가 그렇게나 귀여웠나?

둘째인 카롤리느는 그렇게나 귀엽지 않았나?

처음부터 틀렸다.

'겁쟁이 헤르마'가 낳은 아이는 사산이었다.

'멧돼지 기사 카롤리느'가 낳은 아이는…… 공작님이라면 말할 필요도 없이 알고 있겠지.

초인이다.

그런 괴물은 안할트의 어디를 찾아도 없을 거다.

소름이 끼칠 정도로 똑똑한 아이였다.

현명한 공작님에게는 필요하지 않을지도 모르지만, 이야기를 한번 정리하자고.

'어리석은 알베르타'는 자식을 키우는 방침을 잘못 선택했다.

본래 차기 영주로 세워야 할 차녀 카롤리느를 대리인이라는 쓰기 좋은 패로 삼아 군역에 부려 먹기만 했고.

아무런 도움도 안 되는 장녀 헤르마를 그저 사랑스러운 아이라며 총애하다가 전부 실패했다.

헤르마는 병약했기에 자식을 낳을 수 없는 몸이 되었다.

그렇다면 카롤리느를, '멧돼지 기사 카롤리느'를 차기 영주로 인정할 수밖에 없다.

아니면—— 그래.

일찌감치 그렇게 했다면 우리 가신 기사는 이렇게 당신에게 죽을 때까지 몰리는 일도 없었겠지.

하지만 알베르타는 인정하지 않았다.

무엇을 인정하지 않았느냐고?

본인의 실패를.

본인이 잘못된 판단을 내려서 병약한 장녀의 아이가 사산된 것을.

그것을 카롤리느에게 숨기기 위해 필사적이었지.

복수 당하니까.

카롤리느가 영주를 물려받으면 아마 알베르타에게 강력한 복수를 했을 테지.

그런 건 누가 봐도 뻔했다.

카롤리느는 자신을 제대로 교육해주지 않았던 '어리석은 알베르타'를 미워했다.

집 어딘가에 가둬놓고는, 독이 든 수프나 주겠지.

부모가 그 정도로 딸을 함부로 대해놓고 진심으로 겁을 집어먹었다.

헤르마의 딸이 사산되었다는 것을 주변에 숨기려고 했다.

오월제에는 죽은 손녀의 수프까지 준비했다니까!

정말로 우습지.

'어리석은 알베르타'는 정말 '어리석다' 말고는 평가할 수 없는 인물이었다.

이것으로 '어리석은 알베르타' 이야기는 끝이야.

아아, 생각할수록 정말 꼴사나운 인간이었지.

그런 인간을 기사로서 섬겼다는 사실에 구역질이 나.

바로 다음으로 넘어갈까.

음? 그녀의 사인을 못 들었다고?

설마 우리 가신이 죽였다고 생각하는 건가?

아니, 급사였어.

이유는 아무도 모르지. 우리 가신 기사 중 누군가가 독살한 게 아니냐고 의심하는 것도 당연하지만.

만약 그랬다면 '더 잘했을' 거다.

정말 갑작스럽게 죽었다.

너무 어리석어서 살아있는 게 죄라며 벌이라도 받은 거 아니야?

분명 그런 거겠지.

'어리석은 알베르타'는 틀림없이 지옥에 떨어졌을걸.

그렇게 넘어가 주지 않을래?

알았다고?

다들 똑같은 말을 했다고?

그래, 그러면 다음 이야기로 가자.

'멧돼지 기사 카롤리느'다.

고어도 모르는 바보, 멧돼지 기사 카롤리느. 불쌍한 카롤리느. 제대로 된 교육도 받지 못한 카롤리느.

그녀는 이름뿐인 영주 대행 기사로, 군역에만 동원되는 불쌍한 무인이었다.

바보였다.

딱히 머리가 나쁘다거나 그런 게 아니다.

그저 제대로 된 기사 교육을 받지 못했다.

전부 부모의 교육이 문제다.

글을 읽고 쓰지도 못했으니, 평민들로 모아놓은 종사 중 다소 교양이 있는 사람에게 대신 읽어달라고 시킬 정도였다.

군량 계산도 못 하니까 평민과 한솥밥을 먹었고, 주변 평민에게 식량이 모자라지는 않은지 물어볼 정도였다.

네가 수배해야 하는데도.

그게── 그래.

솔직히 말해 나는 카롤리느를 경멸했고, 동시에 존경했다.

그녀는 확실히 대단한 무인이었다.

파우스트 폰 폴리도로에게 생채기를 냈다고 들었다.

그것을 알았다면.

그래, 그 정도의 무인이라는 걸 알았다면 나만은 가신 기사로서 그녀를 따랐을지도 모르지.

이미 늦었지만.

전부 다 늦어버렸지만.

그래. 카롤리느는 제대로 된 교육을 받지 못했고, 이용당하기만 하는 인생을 보냈고, 그런 식으로 인생이 끝나리라는 판단력밖에 없는 인물이었을 거다.

바보였다.

그건 알고 있지?

카롤리느는 멧돼지 기사고, 바보였다.

하필이면 도망칠 때 안할트 왕가의 직할령을 습격했으니까.

그 아무 생각도 없이 궁여지책으로 꺼낸 수가 마르티나의 목숨을 구했으니, 무엇이 공적이 될 수 있는지는 모르는 일이지만.

남 일처럼 말하지 말라고?

뭐 어때. 이미 내 죽음은 확정되었는걸.

공작님은 약속을 지켜서, 내 종사와 딸들의 가치를 가늠해 보고 쓸만하다고 판단하면 고용해줄 테지.

더는 미련이 없다.

있다면 남 일처럼 모든 사실을 밝히는 것뿐이겠지.

보셀령에서 일어난 모든 일을.

그래, 모든 일.

'멧돼지 기사 카롤리느'에게 일어난 모든 일을 밝히겠다.

그녀는 딸을 낳았다.

마르티나라는 딸을 낳았다.

그녀는 그 아이가 너무너무 귀여워서 견딜 수 없었던 거겠지.

자신이 받지 못한 교육을 전부 받을 수 있기를 바랐고, 자신이 할 수 있는 모든 것을 주려고 했다.

교회를 찾아가 사제에게 머리를 숙이며 자신은 바보니까, 글도 제대로 읽지 못하니까 당신이 대신 가르쳐달라고.

그 대신 자신이 할 수 있는 일이라면 무엇이든 하겠다고.

그렇게 말했다.

명예로운 기사가.

뻔뻔하게도 자신은 배움이 얕으니 당신에게 매달릴 수밖에 없다는 소리를 했다.

나는 그런 그녀를── 뭐라고 말해야 할지, 이해해줄지는 모르겠지만.

역시나 경멸했고, 존경도 했다.

복잡한 심경이었다.

그러니 딱히 내가 카롤리느에게 원한이 있었기에 반란을 일으켰다는 식의 착각은 하지 말았으면 좋겠다.

그렇기에 마르티나를, 그 똑똑한 아이를 죽이지 못했던 건지도 모른단 생각도 한다.

물론 전부 다 잘 되었다면 마지막에는 마르티나를 죽였겠지.

하지만 오해는 받고 싶지 않다.

나는 '어리석은 알베르타'를 진심으로 싫어하지만, 무인인 '멧돼지 기사 카롤리느'는 싫어하지 않는다.

그 부분을 오해받은 채로는 순순히 지옥에 떨어지지도 못할걸.

이해했으니까 마저 말하라고?

알았어.

마저 말하지.

솔개가 매를 낳은 꼴이라고?

말이 용을 낳았다고 하는 게 더 맞으려나?

공작님도 알다시피 마르티나는 똑똑한 아이였다.

초인이라고 불리는 존재는 그런 인물을 표현하는 거겠지.

5살 나이에 '겁쟁이 헤르마'의 자식은 사산된 것이 아니냐고 의심하기도 했다.

그 의심을 말해도 무식한 '멧돼지 기사 카롤리느'는 믿지 않았겠지만.

그런 판단력이 없었다.

뭐라고 해야 하지.

그 똑똑한 아이는 파우스트 폰 폴리도로의 종사가 되었다고 했던가.

분명 장래에는 이름을 널리 알리겠지.

안할트 왕국을 넘어 제국까지 그 이름을 떨칠지도 모른다.

그때 내 딸들이 나로 인한 원한에 살해당하지 않는다면 좋겠는데.

그 부분도 배려해줄 수 있을까? 공작님.

그래, 알았어.

마저 말하라고?

자꾸 다른 길로 새지 말라고?

이미 다른 자들에게 같은 이야기를 몇 번이나 들었다고?

공작님이 관심 있는 건 보셀령 내에서 무슨 일이 일어났는지, 그 자초지종뿐.

'겁쟁이 헤르마'는 관심 없으니까 넘어가라고?

마르티나가 얼마나 똑똑한지 잘 알고 있으니까 나 같은 녀석에게 들을 필요도 없다고?

알겠습니다.

보셀령에서 무슨 일이 일어났는지만 결론을 이야기하죠.

'어리석은 알베르타'의 갑작스러운 죽음이 시작이었다.

'겁쟁이 헤르마'는 병약했기에 아무것도 하지 못했다.

자식조차 없는 자신이 차기 영주가 된다니 생각지도 못했기에 아무것도 하려고 하지 않았다.

'멧돼지 기사 카롤리느'는 저는 어찌 되든 괜찮으나 사랑하는 마르티나의 입지가 어떻게 되는지만을 걱정했다.

그때 '어리석은 알베르타'에게 충성심 같은 건 손톱만큼도 없는 우리 다섯 명의 가신 기사가 무엇을 했냐고?

알고 있을 텐데.

'멧돼지 기사 카롤리느'에게 보고했다.

영주이신 알베르타 님이 돌아가셨습니다.

어떡하죠? 어떡하죠? 저희 가신 기사는 밖으로 나가는 것조차 쉽지 않은 '겁쟁이 헤르마'와 영지에 얼굴도 제대로 비춰주지 않는 딸에게 충성을 맹세하라고 들었습니다. 하지만 군역을 완수한 적도 없는 그녀들에게 충성을 맹세할 수 없습니다.

오히려 지금까지 군역을 수행한 카롤리느 님과 총명한 마르티나 님께 충성을 맹세하고 싶습니다.

어떡하죠? 어떡하죠?

여기서 만약 카롤리느 님이 결기하여 저 헤르마 님을 죽이고 영주 자리를 빼앗으신다면 전부 다 해결될 텐데요…….

그래, 알고 있겠지만.

전부 거짓말이다.

제대로 된 교육을 받지 못한 카롤리느는 정말로 쉽게 걸려들었다.

그 멧돼지 기사는 마르티나를 위해서라고 읊조리며 반역을 결심했다.

전부 거짓말인데도.

'겁쟁이 헤르마'는 카롤리느에게 영주 자리를 이미 양보했다고 생각하는데, '멧돼지 기사 카롤리느'는 '어리석은 알베르타' 때문에 그 사실을 모른다.

이렇게 멍청한 인간들을, 보셀 가문을, 가신 기사로서 지금까지 섬겨왔으니 칭찬 하나쯤은 듣고 싶은 정도야.

그러니까, 괜찮지 않겠어?

카롤리느를 부추겨서 반역을 일으키게 하고, 헤르마를 죽였을 때 배신한다.

그 정도의 욕망은 품어도 괜찮지 않겠어?

그렇게 영지를 우리 다섯 명이 빼앗아서 나눠 갖자.

알고 있었거든.

안할트 왕가가 우리의 작은 보셀령에 관심이 없다는 것쯤은.

왕가의 요구에 따라 군역만 잘 마친다면 직할령이 아닌 영지에 어떤 상속 전쟁이 일어나서 누가 이어받는다고 한들 알 바 아니라는 것쯤은.

그러니 다 잘 풀렸어야 했다.

계획만큼은.

정말로 계획은 계획에 불과했다.

현실은 아니었다.

실패를 꼽아볼까.

첫째로, 그 '멧돼지 기사 카롤리느'가 '겁쟁이 헤르마'를 죽이지 못했다는 것.

정말 경악스러울 정도로 말이 안 되는 일이었다.

카롤리느가 저택에 쳐들어가 이미 헤르마를 죽였으리라고 판단한 시점에 반역했다.

타이밍이 안 좋았다.

헤르마는 죽지 않았고, 카롤리느는 너무 강한 무인이었기에 우리 손으로 죽일 수 없었다.

고작 혼자서 주변을 포위한 자들을 베어 죽여버릴 정도인 줄은 생각지도 못했다.

폴리도로 경에게 '상처를 남겼다'는 말도 수긍이 간다.

'겁쟁이 헤르마'는 살아있다.

'멧돼지 기사 카롤리느'는 도망쳤다.

여기서 우리 배신자들은 어떻게 해야 할지 고민하다가, 우선 교회로 쳐들어가 사제의 목을 매달고 마르티나를 확보했다.

만약 카롤리느가 돌아왔을 때 인질로 삼기 위해 죽이지 않았다.

하지만 돌아오지 않았다.

두 번째 실패다.

돌아왔다면 카롤리느를 죽이고, 헤르마를 죽이고, 마르티나를 죽여서 영지를 빼앗을 수 있었을 것이다.

하지만 '멧돼지 기사 카롤리느'는 그 인생이 너무 가혹했기에 제 딸은 이미 죽었다고 판단했다.

그리고 그 어리석음 때문에 왕가의 직할령을 약탈했다.

그때 우리의 심정을 이해할 수 있을까?

전부 다 끝장이었다.

파산이다.

기껏해야 그 직할령을 공격한 더러운 블루 블러드의 딸이라고 마르티나를 제물로 바쳐서 자비를 구걸하는 것 말고는 살아남을 가능성이 없었다.

하지만 이미 여기까지 와 버린 이상 무엇을 해도 소용없다는 건 다들 이해하고 있었다.

무익한 살인에 의미는 없다.

헤르마를 죽여서 입을 막아도, 마르티나를 죽여도 내 명운이 다했다는 건 이해할 수 있었다.

믿어지지 않게도 카롤리느는 영주가 있는 다른 영지가 아니라 직할령을, 그것도 발리에르 전하가 파견되어 파우스트 폰 폴리도로 경과 함께 찾아온 그 타이밍에 습격했다.

직할령을 습격한 원인을 확실하게 조사할 것은 뻔하잖아?

어떤 입막음도 의미가 없고, 허위 보고는 불가능했다.

우리에게는 더없이 운이 나쁜 일이었다.

마르티나를 제 목숨보다 소중히 여겼던 카롤리느에게는 행운이었을지도 모르겠네.

습격당한 직할령 영지민에게는 재난이었겠지만.

너희가 반역하지 않았다면 카롤리느도 가만히 있었을 거라고?

그렇겠지.

그래서 이렇게 죽음을 받아들이는 거다.

당연한 결말이다.

세 번째 실패다.

제물로 바친 마르티나는 폴리도로 경의 자비를 받아 목숨을 부지했다.

그것만이 아니라 그의 종사가 되었다.

아니, 이 부분은 실패가 아니라── 우리에게도 좋은 일이지만.

그러니 아스타테 공작은 우리의 종사와 가족에게는 자비를 내리겠다고 약속해주었다.

연좌는 악한 가치관이라는 폴리도로 경의 생각을 배려해주었다.

"똑똑한 마르티나라고 해도 섬기고 싶지 않았던 건가? 그녀는 반드시 영지를 번영시켰을 텐데."

아스타테 공작이 물었다.

그래. 그렇지.

그것도 나쁘지는 않았다. 지금도 그렇게 생각한다.

"지금 생각해 보니, 이렇게 되고 보니까."

와인을 마신다.

고급 와인인데, 생산지는 어디일까.

내 손으로는 엄두가 나지 않을 만큼 비쌀 테고, 다시는 와인을 마실 수 없으니 물어봐도 의미가 없어서 묻지 않는다.

그래.

가신 기사에서부터 출세해 내 영지를 손에 넣어봤자 와인의 질이 바뀌는 정도의 변화밖에 없었을 텐데.

왜 그렇게까지 영지를 갖고 싶었던 걸까.

지금 와 생각해 보면── 알베르타에 대한 반감이다.

"푸념일 뿐이지만. 전부 다 '어리석은 알베르타' 잘못인 거지. 혹은 '겁쟁이 헤르마'가 직접 '멧돼지 기사 카롤리느'에게 영주 양도 이야기를 꺼냈거나. 아니면 카롤리느가 우리 가신 기사의 목소리에는 귀를 기울이지 않고 스스로 반역했다면 어떻게 해볼 수 없었을 거야."

독이 든 잔을 마시고 싶다.

하지만 아마 영지에 본보기를 위해 교수형이겠지.

그리고 효수다.

당연히 각오하고 있다.

카롤리느가 받은 벌을 우리도 당연히 받아야 할 것이다.

"하지만 마르티나를 제외하면 이 녀석이고 저 녀석이고 다 멍청이들이라── 그래, 카롤리느만큼은 환경이 그렇게 만든 부분도 있을지도 모르지만. 우리가 가신 기사이면서도 반역의 욕망을 품기에는 넘치는 환경이었다는 게 문제였지."

"이해했다."

공작은.

아스타테 공작은 조용히 고개를 끄덕였다.

"다섯 명의 가신 기사 중 누구에게 물어도 같은 내용이더군. 진실을 말하는 것이겠지. 사면으로써 네 종사와 딸은 시험을 내려보고, 내가 괜찮은 인물이라고 인정하면 공작가에서 고용하마."

공작님은 나와 약속을 전부 지켜주셨다.

"너는 가신 기사로서, 배신한 기사로서 어떻게 해야 하는지 주제를 알고 있을 테지?"

교수형.

그리고 효수일 것이다.

영주를, 영지를, 영지민을 배신한 자로서 돌을 맞게 될 것이다.

그것은 이해하고 있다.

하지만.

"하나 약속해다오."

"무엇을?"

"……모든 사실을 마르티나에게 밝힌다는 약속을. 그 똑똑한 아이에게 하다못해 진실을 알 권리를 주고 싶다. 그리고 저 배신자들은 마르티나에게 사과했다고."

아스타테 공작님은 잠시 말문이 막히더니.

무슨 말을 하든 너희가 배신했다는 사실은 달라지지 않는다고 대답했지만.

그리해서 수긍한다면, 하고.

"……알겠다."

배신자가 품은 마지막 한 조각을 삼키고 그렇게 말했다.

이로써 내 바람은 전부 이뤄졌다.

남은 건 내 종사와 가족이 아스타테 공작에게 인정받기를.

그리고 '멧돼지 기사 카롤리느'가 남긴 마르티나의 앞날에 미래가 있기를 기도할 뿐이다.

선고된 형벌은 '교수형 후 효수'였지만, 그런 건── 완전히 취해버린 나에게는 중요하지 않았다.

나, 파우스트 폰 폴리도로 경과 마르티나 폰 보셀 양의 결혼이 정해진 것은 9년이나 더 전의 일이다.

이 파우스트가 15살, 마르티나가 2살 때의 일이다.

아무리 그래도 너무 어리지 않나?

머리에 피도 안 마른 아기 아닌가?

내 검지가 그녀의 손바닥만 한데?

그렇게 말하려고 했지만 말할 수 없었다.

어머니가 마련할 수 있는 혼담이 이것밖에 없었다고 들었기 때문이다.

그것도 전장에서 한 맹세라고 한다.

서로 제 목숨에 한계를 느끼고, 그 전투 후의 보상으로서 한 약속이라면 거절할 수는 없었다.

그 어머니는 이미 침대에서 일어나지 못하는 몸이었고, 나는 그녀가 병상에서 건넨 소원을 거절하지 못했다.

"폐가 되었을까? 설마 이렇게까지 나이 차가 있을 줄이야. 하지만 약속은 이미 해버렸고."

마르티나의 어머니인 카롤리느 폰 보셀 경이 조금 난처한 얼굴로 웃었다.

아예 당신이라면. 카롤리느 님이 상대였다면 괜찮았을 텐데.

보통은 이쪽과 혼담을 맺어주지 않냐고. 연상이어도 좋으니까.

과부여도 자식이 있어도 다 괜찮은데.

그렇게 말하고 싶었지만 어쩔 수 없다.

어머니가 정한 일이다.

받아들일 수밖에 없다.

이 기묘한 약혼이 성립된 경위는 어머니 마리안느와 어머님이 될 카롤리느 님의 사정이다.

군역에 동원되어 나간 전장에서 만나 의기투합했다고 한다.

쉬운 군역인 줄 알았는데 의외로 산적의 저항이 격렬해서 반대로 궁지에 몰리게 되었다.

마지막 결전 전날 밤.

서로 걱정거리가 나왔다.

"우리가 죽으면 자식은 어떻게 되지?"

그것만이 걱정이었다고 한다.

한쪽은 남자아이 한 명만 남기는 게 걱정이라는 마리안느.

한쪽은 여자아이 한 명만 남겼다간 무슨 대우를 받게 될지 알 수 없다고 하는 카롤리느 님.

더 자세한 이야기를 나눠보자 정말로 여러모로 고민되는 상황이었다고 한다.

한쪽은 미치광이 마리안느, 제 아들의 약혼자조차 마련하지 못하는 무능한 여자.

한쪽은 멧돼지 기사 카롤리느, 부모에게 오직 군역만을 위한 영주 대행을 요구받는 무식한 차녀.

둘 다 멸시당하는 처지고, 막상 내일 죽을지도 모르는 와중에

서로 상황을 이야기하고 나자 어마어마하게 마음이 잘 맞았다고 한다.

자연스럽게 이런 이야기가 나왔다.

"카롤리느 경, 내 전우여. 나는 지금 이야기한 대로 내 아들의 약혼자조차 마련하지 못하는 무능한 여자다. 그런 어미의 아들이어도 괜찮다면 당신의 딸을 약혼자로 받아들일 수 있을까?"

"마리안느 경, 내 전우여. 나는 지금 이야기한 대로 딸의 장래를 걱정할 수 있을 만한 학식도 없는 멧돼지 기사다. 그런 어미의 딸이어도 괜찮다면 기꺼이."

그렇게 하자.

그렇게 하자.

그렇게 되었다고 한다.

근심이 사라진 두 사람은 산적을 상대로 마구 날뛰어서 무사히 승리를 거뒀다.

하지만 어머니는 다리를 다쳐 침대에서 벗어나지 못하게 되었다.

어머니는 카롤리느 님에게 편지를 보냈다.

"카롤리느 경. 이제 나는 오래 버티지 못할 것 같다. 전장에서 한 약속을 지키겠다. 당신의 처우를 이용하는 것 같아 미안하지만, 당신은 영주 대행이라고 해도 딸을 인질로 잡혀서 군역 때만 동원되는 용병 같은 처지라고 들었다. 차라리 이 기회에 도망쳐야 하는 것 아닐까?"

어머니는 아직 어린 내가 영지를 잘 지킬 수 있을지 걱정이었던 모양이다.

물론 그 영지를 지키게 되는 나 자신도.

"도망칠 곳은 내 폴리도로령이다. 당신에게는 조금 이야기했지만, 폴리도로령은 스페어에게, '필요 없는 자'에게 따뜻한 땅이지. 땅은 남아돈다. 당신만을 섬기는 종사에게도, 당신만을 섬기는 영지민에게도 시민권을 주고 지혜만 있다면 장사도 할 수 있다. 개간해야 하는 땅은 얼마든지 있고, 돕기도 할 것이고, 잘 수 있는 집도 기꺼이 빌려주지."

그래서 수많은 전장을 경험한 카롤리느 님에게 내 후견인이 되어줄 수 없겠느냐고 꾸민 모양이었다.

"그러니 딸을 데리고 폴리도로령으로 도망쳐오지 않겠나? 물론 약혼 약속은 지킬 생각이다. 약혼자라는 입장이라면 아무도 당신들을 함부로 대하지 않으리라고 안심할 수 있겠지."

어머니는 그런 의도로 편지를 보냈다고 한다.

카롤리느 님은 빠르게 판단을 내렸다.

아니, 그 편지에 답장하는 것조차 잊어버리고는 전부 다 털어버리듯이 주변에 이렇게 이야기했다고 한다.

"나와 함께 폴리도로령으로 도망가지 않겠나? 보셀령 따위는 쓰레기라고."

그녀가 얼마나 심한 처우를 받았던 건지는 모르나, 아무튼 도망친다고 마음을 먹은 뒤로는 신속하게 행동한 모양이다.

자신이 훔쳐도 아슬아슬하게 괜찮다고 생각한 한도의 물건을 전부 긁어모아서는 '야호! 탈주한다!!'라는 양 자신이 믿는 약 1백 명의 영지민과 함께 폴리도로령으로 도주.

가신 기사가 추격하기도 했던 모양이지만 그것도 카롤리느 님이 쳐 죽이고 환하게 웃는 얼굴로 왔다고 한다.

결국 영지 내부의 싸움이니 안할트 왕가가 무언가 해줄 리가 없었고—— 애초에 영지 내부의 소란을 다스리지 못했다는 창피한 이유로 매달릴 수도 없었고.

폴리도로령으로 도망쳐 그 영역 안으로 들어간 이상 보셀가는 손 쓸 수가 없었다.

도망친 사람 중에는 카롤리느 님의 절친한 친구라는 사제님도 있었다.

그녀는 쾰른파가 아니라고 들었는데, 우리 종교적으로는 괜찮을까?

우리 신모님 왈, 새 주민이 바로 우리 종파에 적응할 수 있을 것 같지 않으니 사제님이 있는 게 더 낫다고 하지만.

괜찮은 거야?

괜찮은 거면 됐고.

바로 교회에 방을 하나 만들었다고 들었다.

교회가 솔선해서 영지민에게 모범을 보였다고 한다.

그나저나.

"2살이라."

마르티나가 2살이니까 이 세계에서 성인으로 불리는 14살이 될 때까지 12년.

그때 나는 27살이다.

이거 사춘기가 오면 굉장히 질색하는 거 아니야?

나는 장난감처럼 내 검지를 움켜쥔 마르티나를 보고 한숨을 쉬었다.

※

그래, 그로부터 9년이 지났다.

이런저런 모든 사건이 해결되었다.

모두 다.

어머니 마리안느는 카롤리느 님이 모든 약속을 지켜 영주 대행 경험을 통해 얻은 모든 능력을 아낌없이 나에게 가르치고, 그녀가 데려온 영지민들과 함께 폴리도로령에 잘 어우러지자 진심으로 안심하며 2년 전에 영면했다.

그 얼굴은 다들 슬픔을 잊을 만큼 평온해 보였다.

아아, 어머니는 전부 수긍하며 죽었구나.

나는 눈물을 흘리면서도 옆에 있는 마르티나의 손을 부드럽게 잡았다.

앞으로 카롤리느 님, 마르티나, 나 셋이 폴리도로령을 이끌어 간다.

그렇게 생각했는데——.

"참 기묘한 경위를 거쳤구나."

폴리도로령의 마구간에서 작게 중얼거렸다.

애마 플뤼겔의 덥수룩한 털을 빗으며 그동안의 인생을 돌아보았다.
모든 게 꿈 같은 경위를 밟았다.
많은 일이 있었다.
빌렌도르프 전쟁이 가장 큰 사건이었고, 역시 그곳에서 레켄베르 경과 일대일 대결 끝에 승리한 다음 '살려서' 포로로 잡은 것이 컸다.
아직 풋내기인 나에게는 카롤리느 님이라는 뛰어난 무인과 대련하여 그 기술을 마음껏 흡수할 수 있었던 것이 무척 귀중했다.
레켄베르 경도 마음이 맞는 상대여서 지금도 편지를 주고받고 있다.
두 번째로 큰 사건은 역시 내가 상담역을 맡은 발리에르 전하의 첫 출진일까.
놀랍게도 카롤리느 님의 출신지인 보셀령으로 출진하게 되었다.
카롤리느 님은 이미 자신과는 상관없는 일이라고 했지만, 보셀가의 영주가 죽고 그 후계자도 병약해서 죽었다.
거기까진 괜찮았는데, 가신 기사들이 후계자 자리를 두고 전쟁을 벌였다.
원래 작은 영지의 싸움 같은 건 일일이 언급하지 않지만, 보셀가라면 본래 카롤리느에게 계승권이 있지 않은가.
가서 전쟁을 정리하고 와라.
영지는 주겠다. 그런 명령이었다.
어떻게 된 일이냐고, 헤르마의 딸은 어디에 갔냐고 주저하던 카롤리느 님이었지만, 왕명이자 발리에르 전하의 첫 출진이니 거절할 수도 없어서.

카롤리느 님과 함께 갔다.

발리에르 님이 인솔하는 제2왕녀 친위대와 함께 폭력으로 전쟁을 끝냈다.

그리고 보셀가의 모든 사정이 드러났다.

카롤리느 님은 모든 게 다 기가 막힌다는 양 '도망치길 잘했군. 진저리가 나'라며 침을 뱉었고, 각종 수습을 한 다음 리젠로테 폐하에게 이렇게 진언했다.

"이미 보셀가에 미련 따위는 없습니다. 몰수하십시오. 영지는 왕가에 바치겠습니다. 대신 저와 마르티나에게 연좌만큼은—— 물론 현명하신 리젠로테 폐하를 믿습니다만. 부디 사정을 살펴주십사 청합니다."

폐하는 이렇게 대답했다.

"좋다. 이미 가문에서 나온 카롤리느와 마르티나에게 죄는 없지만, 이렇게 어리석은 전말을 알린 보셀가와 가신 기사는 죄를 갚아야겠지. 보셀령은 몰수하고 발리에르의 첫 출진에서 거둔 공적의 보상으로 내려주겠다."

흡족해하는 말투였다.

발리에르 전하는 '아니, 기쁘긴 한데 그 영지는 파우스트와 카롤리느가 박살 낸 뒤잖아. 부흥할 때까지 얼마나 걸리는 거지?'라며 기뻐해야 하는지 슬퍼해야 하는지 오묘한 표정을 짓고 있었지만.

작은 영지라도 본인의 땅을 받았으니까 수도원에 가는 것보다는 좋은 일이 아닐까.

세 번째로 큰 사건은—— 유목 기마민족 국가가 서방 정벌을 하러 오냐 마냐 하는 문제였다.

이 부분은 레켄베르 경의 활약이 눈부셨다.

나는 반드시 온다고 판단했지만, 그걸 안할트 왕가에 호소할 방법이 없다.

하지만 빌렌도르프에서 온 레켄베르 경이 직접 위험을 호소하며 양국의 화평 교섭과 맞바꿔 리젠로테 폐하를 설득해주었다.

그 언동에는 설득력이 있었고 각종 근거도 제시하였기에 아무도 반박할 수 없었다.

아니, 레켄베르 경이 죽었다면 정말 어떻게 되었을지 모르겠다.

내가 목숨을 걸고 위협을 호소하기라도 했을까?

아무튼 살았다.

"흠."

문득 이런저런 생각을 하며 맞장구를 쳤다.

누구에게 들려주기 위함인지는 나도 알 수 없었지만, 아무튼 어떻게든 됐다.

"유목 기마민족 국가는—— 최종적으로는 안 왔고 말이야."

아니, 오기는 왔다.

빌렌도르프 동쪽에 있는 대공국은 아무런 장애물도 되지 못하고 완전히 멸망했다.

그리고 거기까지였다.

아슬아슬하게 침략이 멈췄다.

죽을 각오를 하자.

할 수 있는 건 다 했다. 나는 내 영지를, 폴리도로령을 지키기 위해서라면 뭐든 하겠다.

전장에서 끝까지 날뛰어주겠다.

그렇게 마음의 준비를 마쳤다.

전부 헛수고가 되었지만.

"설마 동쪽 대공국을 멸망시키자마자 토크토아 카안이 사망할 줄이야."

토크토아 카안 암살이 성공했다고 들었다.

레켄베르 경이다.

더 정확하게 말하자면 리젠로테 폐하와 레켄베르 경이다.

폐하가 안힐드 왕가의 인맥을 사용해 어디에서 왔는지조차 알 수 없는 까무잡잡한 피부의 암살자 집단을 데려왔고.

레켄베르 경이 그 집단을 이끌고 빌렌도르프 동쪽 대공국에 매복했다.

전장에서의 암살은 훌륭히 성공하여, 토크토아는 레켄베르 경과 치열한 일대일 대결 끝에 패배해 사망했다고 들었다.

"왼팔을 빼앗겨버렸다."

얼마 전, 왼팔을 잃은 레켄베르 경이 폴리도로령을 찾아왔을 때 그 이야기를 들었다.

왼팔을 잃었다고 푸념하러 온 것이 아니라, 오히려 나에게 설욕하기 위해 지난 4년 동안 단련하지 않았다면 토크토아에게 이기지 못했다고 감사 인사를 하러 온 것이었지만.

그녀와 다시 싸울 기회는 없을 것이다.

조금 아쉽다.

뭐, 아무튼.

“전부 어떻게 잘 되었군.”

“무슨 혼잣말을 그렇게 하시는 겁니까?”

어느새 마구간에 한 명 더.

작은 소녀가 서 있었다.

내 약혼자인 마르티나 폰 폴리도로다.

약혼자라는 지위이긴 하지만 이미 그녀는 보셀의 이름을 쓰지 않는다.

완전히 이 영지와 하나가 될 생각이다.

“과거를 돌아보고 있었다.”

“미래를 생각하는 게 낫지 않습니까?”

“가끔은 과거를 돌아보는 것도 나쁘지 않잖아? 뭐…… 걱정할 일은 아무것도 없다만.”

모든 걱정스러운 문제는 해결되었다.

고민할 일이 하나도 없었다.

“모처럼 어머니가 배려해서 저희 두 사람의 시간을 만들어 주셨습니다. 조금은 저에게도 신경 써 주세요.”

약혼자님이 그렇게 말했다.

어머님인 카롤리느 님은 지금 교회에 가 있다.

겨우 한가한 시간이 생겼으니 사제님에게 글과 계산술을 배우고 싶다는 이유와, 우리를 배려해서 둘만의 시간을 만들어 주고 싶다는 계획이었다.

감사하지만 11살 소녀와 24살 남자가 둘이 뭘 하라고?

내가 할 수 있는 커뮤니케이션이라고는 기사로서의 자세밖에 없다.

"그러면 목검을 가져와라. 기사로서 대련이라도 하자."

"또 대련입니까. 레켄베르 경이 왼팔을 잃은 지금 당신이 제국 최강입니다. 이 이상 강해져서 뭘 하실 겁니까? 설마 더 강한 상대가 있다는 건가요?"

"글쎄?"

분명 그런 존재는 눈앞에 있다.

아마도 마르티나는 나보다 강해질 것이다.

지혜로는 11살에 이미 나를 뛰어넘었으니까.

"……아무튼, 뭐냐. 마르티나가, 내 약혼자님이 나에게 상처 하나라도 낸다면 뭐든 소원을 하나 들어주마."

"정말입니까? 그렇다면 다음에 왕도에 가실 때 저도 같이 데려가 주세요."

"왜?"

나는 물었다.

"왕도의 도서관이요. 한 번 가 보고 싶었거든요."

"그렇군."

그 정도라면 소원으로 걸 필요 없이 데려갈 수 있는데.

그건 말로 꺼내지 않아도 되려나.

열심히 했으니 상으로 데려가겠다고 하면 된다.

상처 내기에 성공한다면 그것도 좋고.

"좋아, 그럼 대련하자."

나는 한참 아래에 있는 마르티나의 손을 잡고 나란히 서서 천천히 걸었다.

그 뭐냐.

이런 인생도 나쁘지 않다.

나름대로 풍파가 있고, 부모와 영지민 모두가 바라는 행복한 결혼을 그리고 있지 않을까.

나는 마르티나의 뒤통수 쪽, 조금 짧은 땋은 머리를 바라보며 그런 생각을 했다.

나는── 파우스트 폰 폴리도로는 참으로 행복했다.

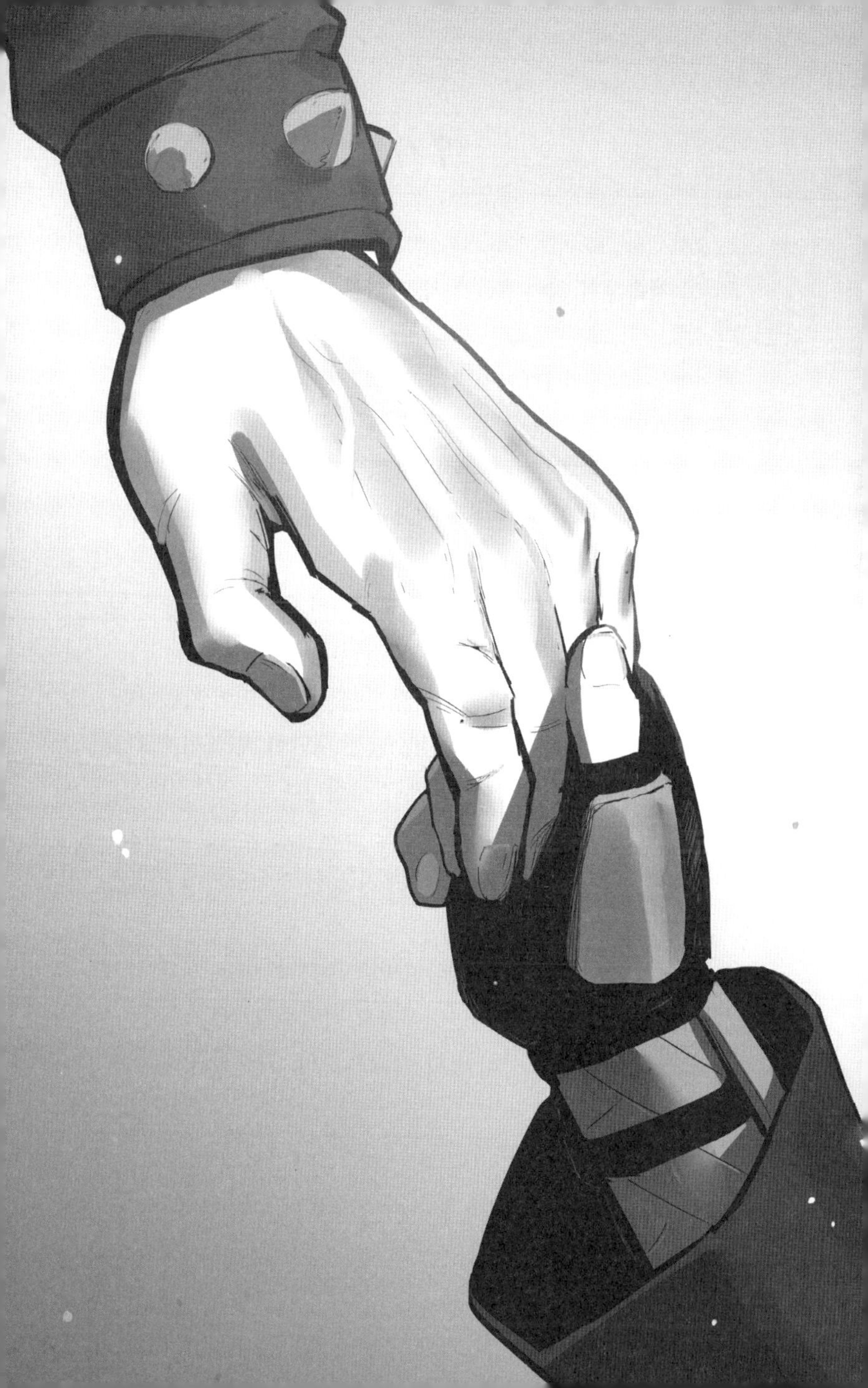

후기

5권도 계속해서 읽어주신 독자 여러분께 거듭 감사 인사드립니다.

이번에는 '후기'가 1페이지밖에 없으니까 짧게 갑니다.

5권은 개인적으로 좋아하는 챕터입니다.

이번 챕터에서 부족한 부분은 '메론 22' 선생님의 일러스트로 보완해서 독자 여러분이 만족하셨으리라고 봅니다. 항상 감사합니다.

새로 추가한 외전 두 개는 본편에서 설명하지 못했던 부분을 보충하는 외전과, 여느 때와 같은 if 외전입니다.

꼭 쓰고 싶었던 내용이었기에 단행본에서 쓰게 되어 기쁩니다.

여전히 일본어가 어설퍼서 교정자님께 대단히 폐를 끼치고 있습니다. 이번에도 잘 수정해주셔서 감사합니다.

또 대만판, 한국판에 더해 영어판도 발매가 결정되었습니다.

영어 번역이라니 꿈에도 생각해 보지 못한 일이었기에 정말로 기쁘기 그지없습니다.

역시 해외 분들의 반응이 궁금하지만, 여전히 아는 게 무섭기도 합니다. 좋은 감상만이라면 X에라도 적어주시기를.

그러면 6권에서도 무사히 만나 뵐 수 있기를 기도하면서. 이만 마칩니다.

정조 역전세계의 동정 변경영주 기사

Virgin Knight who is the Frontier Lord in the Gender Switched World Vol.5

©2025 Mitizou
First published in Japan in 2025 by OVERLAP, Inc.
Korean translation rights reserved by Somy Media, Inc.
Under the license from OVERLAP, Inc., Tokyo JAPAN

정조 역전 세계의 동정 변경 영주 기사 5

2025년 9월 15일 1판 1쇄 발행

저　　자 미치조
일러스트 메론22
옮 긴 이 현노을
발 행 인 유재옥
담당편집 정영길

이　　사 조병권
편 집 2 팀 정영길 조찬희 박치우
편 집 3 팀 오준영 이소의 권진영 정지원
디자인랩팀 김보라 전세연
디지털사업팀 김지연 윤희진 장혜원
라이츠사업팀 김정미 이지현 유아현
영업마케팅팀 최원석 윤아림
물 류 팀 백철기
경영지원팀 최정연
인쇄제작처 ㈜코리아피엔피
발 행 처 ㈜소미미디어
등　　록 제2015-000008호
주　　소 서울시 마포구 토정로222, 502호 (신수동, 한국출판콘텐츠센터)
판매 및 마케팅 (070) 8822-2301

ISBN 979-11-384-4035-6 04830
ISBN 979-11-384-2530-8 (세트)